달의 아이
최윤석 장편소설
포레스트북스

차례

참 이상하지?

왜 소중한 것은 잃고 난 뒤에야 선명해지는 걸까.

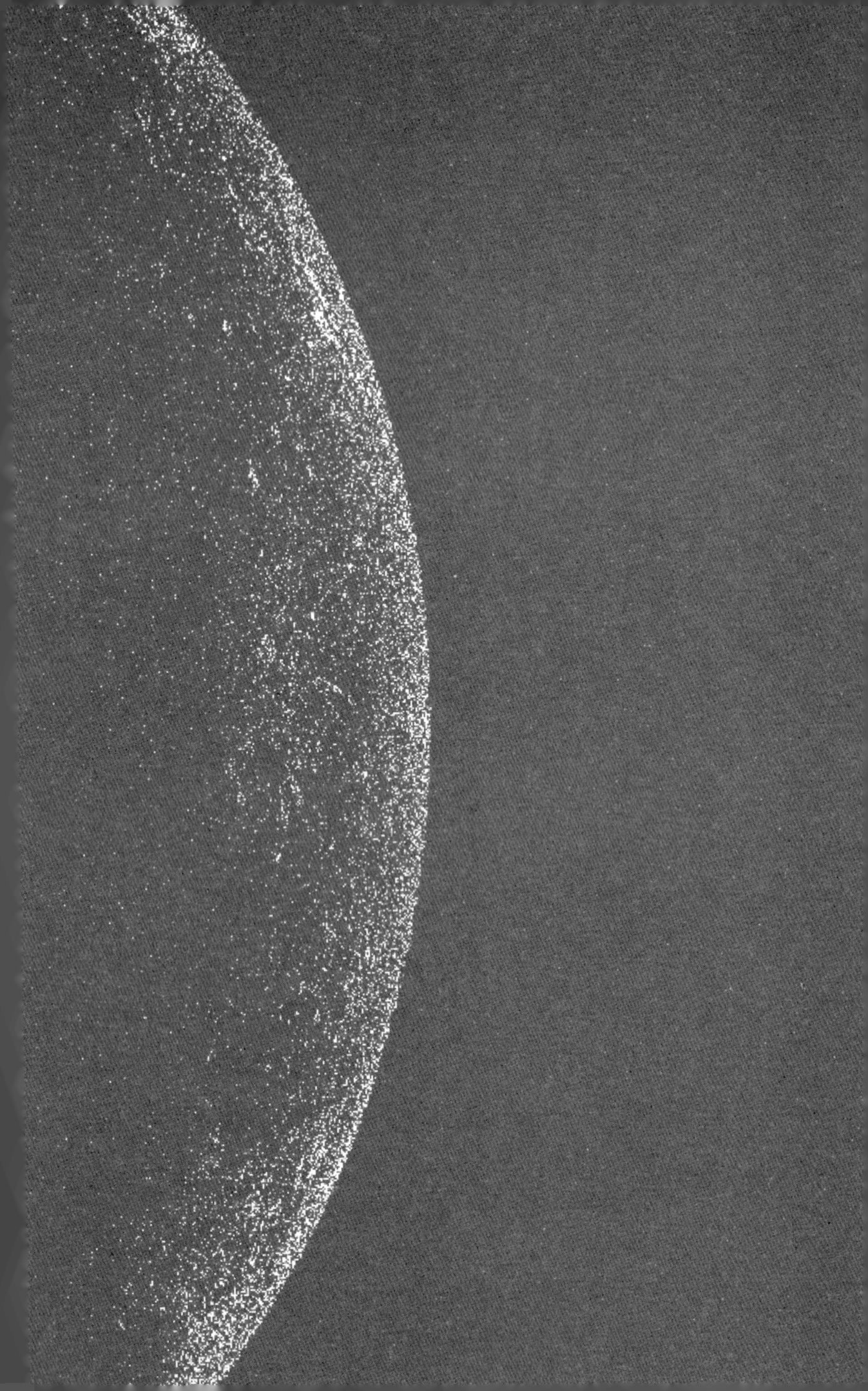

(

1장

"여보, 수진이 괜찮아진 거 맞겠지?"

수진이 눈 감은 것을 확인하고 안방으로 들어온 정아가 침대에 기댄 채 상혁에게 물었다. 어딘지 모르게 불안한 듯 초조해 보이는 아내의 모습에 상혁은 옅은 미소로 말했다.

"그래. 우리도 수진이도 많이 노력했잖아. 이제 다 괜찮아질 거야."

하루 종일 운전하느라 반쯤 잠긴 목소리였지만 그래도 온기는 남아 있었다.

오늘은 딸 수진의 여덟 번째 생일이었다. 어디를 갈까 고민하다가 코엑스 아쿠아리움으로 향했다. 2035년, 개장 35

주년을 맞아 진행된 특별 이벤트 때문에 사람이 어찌나 많던지 정아 패밀리는 거의 떠밀리다시피 한 바퀴를 돌았다. 정신없고 때론 부산스러웠지만 그래도 좋았다.

"다시 제자리로 돌아올 거야. 마치 아무 일도 없었던 것처럼……."

"그래. 진짜 그랬으면 좋겠다."

정아는 그렇게 말했고 상혁은 그녀의 어깨를 부드럽게 토닥여주었다. 조금 이른 시간이었지만 상혁은 침대 옆의 무드등을 껐고 둘은 서로 다른 방향으로 돌아누웠다. 하지만 눈을 감아도 정아는 쉽사리 잠이 오지 않았다. '정말 다시 제자리로 돌아갈 수 있을까?' 그저 다른 집 아이들처럼 평범하게 자랄 수만 있다면 더 이상 바랄 것도 없었다.

그때, 안방 문이 스르르르 열렸다. 수진이었다. 한 손에 토끼 인형을 든 딸은 분홍색 잠옷을 입은 채 우두커니 문 앞에 서 있었다.

"엄마……."

"어~, 수진아! 왜?" "잠이 안 와?"

정아와 상혁은 동시에 물었다.

"우리 달 보러 가면 안 될까?"

수진이 작은 손가락으로 천천히 가리킨 창밖에는 커다란

달이 컴컴한 밤하늘에 마치 엽서 속 한 장면처럼 걸려 있었다. 10시 20분, 너무 늦지 않았나 싶었지만 그래도 딸 부탁을 들어주고 싶었다. 오늘은 일 년에 한 번뿐인 생일이니까, 그래도 된다고 생각했다.

한여름인데도 밤바람이 쌀쌀했다. 두꺼운 후드티를 입혔지만 정아는 혹여 수진이 감기라도 걸릴까 걱정되었다.

"안 추워?"

"엉, 괜찮아."

엄마 아빠 손을 꽉 쥔 채 수진은 양손을 힘차게 흔들었다. 그런 딸이 귀여워 정아는 찡긋 미소 지었다. 다행히 한강공원은 집에서 10분 거리였다. 잠시 둔치를 걸으며 바람 좀 쐬다가 수진이 잠들면 품에 안고 다시 돌아올 생각이었다. 그때 수진이 뭔가를 발견했다.

"아빠~, 저거 봐?"

건물 LED 스크린 한 면에 '스페이스 X' 우주여행 광고가 떠 있었다.

"다음 주에 스타십 23이 목성으로 출발하는구나!"

6년 전 송도에 항공우주센터가 지어진 후로 2주에 한 번꼴로 민간 우주선이 발사되었다. 처음에는 대한민국 모든 사람들이 생방송으로 지켜볼 만큼 초미의 관심사였지만 그동안 수차례 반복되다 보니 이제는 다들 그러려니 하는 분위기였다.

"아빠! 우리는 저거 언제 탈 수 있어?"

수진이 상혁을 올려다보며 물었다.

"그게, 음…… 언젠가는 탈 수 있지 않을까?"

"그게 언제인데?"

수진이 두 눈을 동그랗게 뜨고 보자 상혁은 멋쩍은 미소를 지었다. 아무리 우주여행이 많이 저렴해졌다고 한들 자기 같은 평범한 직장인들에게는 무리였다. 계산해보니 한 번 우주에 가려면 월급 한 푼 안 쓰고 정확히 15년 4개월을 모아야 했다.

"아마 다음 생에나 가능하지……."

"아니, 우리 꼭 갈 거야. 알겠지? 가서 수진이가 좋아하는 달도 보고 별도 보고 그렇게 놀자!!"

정아가 머리칼을 매만지자 수진은 앞니 두 개 빠진 것도 모르고 배시시 웃었다.

이렇게 웃으며 이야기 나누는 게 얼마나 오랜만일까? 불과 두 달 전만 해도 수진은 실어증에 걸린 아이처럼 입을 굳게 다물고 좀처럼 열지 않았다. 심리상담가는 마음의 문이 닫혀 있다고 했고, 그의 조언대로 정아와 상혁은 꾸준히 수진과 대화를 시도했다. 어떠한 상황에도 화를 내지 않았고 또 대화가 안 통하면 그림으로 이야기를 대신했다. 역시 시간이 약인 걸까? 그때의 상처가 조금은 아물었나 싶은 요즘이다.

한강에 도착하니 이미 강가에 모인 사람들은 하나같이 고개를 든 채 밤하늘을 보고 있었다.

"저렇게 큰 달은 생전 처음이네." "그러게 말이야!"

놀라 웅성거리는 사람들의 시선을 따라가보니 평소보다 두세 배는 더 커 보이는 달이 밤하늘에 걸려 있었다. 정아는 허리를 숙인 채 딸 수진에게 말했다.

"저런 걸 슈퍼문이라고 불러."

"정말 달이 저렇게 커진 거야?"

"아니~, 그렇지 않아. 실제로 저렇게 커질 수는 없지. 달은 항상 같은 크기를 유지하는데 아마 오늘이 지구와의 거리가 제일 가까운 날인가 봐."

엄마의 설명이 신기한지 수진은 조그맣게 입을 벌린 채 고개를 끄덕였다. 실은 정아도 이렇게 큰 달은 사십 평생 처음이었다. 얼마나 큰지 잠시 눈을 감으면 지구를 향해 다가오는 소리가 들릴 것 같았다.

"근데 아빠는 왜 이렇게 안 와?"

"그러게~. 우리 수진이 줄 마카롱 사러 가서는 왜 이렇게 안 올까?"

사러 간 지 20분도 더 지났다. 보나 마나 가게 오가는 길에 DMB로 야구 하이라이트 보고 있겠지! 그러다 사고 날 수도 있으니, 제발 그러지 말라고 신신당부했는데.

"아빠 또 야구 보느라 늦는 거지?"

"아니야, 줄이 긴가 봐."

요리 보면 밉고 조리 보면 더 얄미운 남편이지만 그래도 정아는 잘 포장해주고 싶었다. 그게 12년이나 살 맞대고 산 사람에 대한 최소한의 의리니까. 그때였다. 검푸른 밤하늘에 초록빛 한 줄기가 실처럼 내려오더니 이내 나뭇가지처럼 사방으로 퍼지기 시작했다. 하늘거리는 커튼 같기도, 일렁이는 파도 같기도 했다.

"저거 혹시 오로라 아니에요?" "맞아! 그런 것 같아."

한강에 모인 사람들이 모두 한목소리로 외쳤다. '어떻게 저럴 수 있지?' 다들 감탄하며 핸드폰을 높이 들었다. 서둘러 SNS에 사진을 업로드하는 이도, 흥분한 목소리로 어디론가 전화하는 이도 있었다. 정아는 믿을 수 없었다. 북해 근처에서만 볼 수 있는 오로라를 한강에서 보게 되다니. 상상조차 할 수 없는 일이었다.

"너무너무 예쁘다! 엄마~."

홀린 듯 시선을 떼지 않는 수진의 눈동자에 초록색 물결이 가득 들어찼다.

"그러게. 우리 딸 덕분에 잘 왔네."

아까 그냥 잠들었으면 좋은 구경 놓칠 뻔했네! 다음 작품은 이걸 배경으로 그려야겠다! 정아는 그렇게 마음먹었다. 때로는 짙어지기도 하고 때로는 옅어지기도 하며 아지랑이처럼 춤추는 초록빛 향연을 보니 당장이라도 빨리 화폭에 옮기고 싶은 충동까지 일었다. 바로 그때, 수진이 정아의 옷을 잡아당겼다.

"엄마, 이것 좀 봐!"

목소리를 따라 시선을 돌리니 딸의 후드 티에 달린 작은 토끼 인형이 조금씩 위로 올라가고 있었다.

"어! 왜…… 왜 이러지?"

정아와 수진은 깜짝 놀라 서로를 보았다. 그러고 보니 몸도 좀 이상했다. 뭐랄까? 마치 보이지 않는 실이 위에서 잡아끄는 느낌이었다. 땅을 딛고 선 다리에도 더는 힘이 들어가지 않고, 확실히 전보다 몸이 가볍게 느껴졌다. 주위를 둘러보니 다른 사람들도 놀란 표정으로 자신들의 몸을 어루만지고 있었다. 바람이 일듯 잔디가 출렁이고 나뭇가지들이 부들부들 몸을 떨던 바로 그 순간, 바닥에 있던 수진의 두 발이 조금씩 떠오르기 시작했다.

"수진아!!"

정아는 화들짝 놀라서 딸에게 다가갔다.

"이게 어떻게 된 거지?"

수진은 저절로 뜨는 자기 몸을 신기하듯 쳐다보았다. 정수리에 자석이라도 달린 듯 두둥실 떠올랐으니까.

"엄마! 나 팅커벨 되었나 봐."

정아는 믿을 수 없었다. 지금까지 자라면서 배우고 경험한 모든 지식과 상식이 한순간에 산산조각 나버렸으니까. 아무리 두 눈을 끔뻑거려도 바뀌는 건 없었다.

"뭐 해? 엄마, 나 빨리 사진 찍어줘."

수진이 공중에서 빙빙 돌며 정아를 향해 손을 흔들 때마다 은빛 마법 가루가 손끝에서 흩뿌려지는 듯했다.

"조심해! 수진아!!"

정아는 걱정되었다. 저러다 바닥에 떨어져 다칠 수도 있으니까.

"괜찮다니까. 빨리, 엄마!"

어쩔 수 없이 정아는 수진의 손을 놓고 가방에서 핸드폰을 꺼냈다. 기기가 공중에 뜨려는 걸 붙잡고 *찰칵찰칵!* 딸의 모습을 서둘러 화면에 담았다. 그때였다. 카메라에 비친 수진이 조금씩 멀어지고 있었다. 깜짝 놀란 정아가 서둘러 다가가 손을 뻗었지만 수진은 잡히지 않았다.

"잠깐만 엄마. 나 좀 더 날고 싶어."

"위험하다니까!"

정아의 목소리가 떨렸다.

"수진아! 수진아!!"

멀지 않은 곳에서 상혁이 달려오면서 소리쳤다. 하지만 마음이 너무 급했는지 채 몇 걸음 못 가서 그만 넘어지고 말았다. 그가 놓친 마카롱이 공중으로 두둥실 떠올랐다.

"아빠! 아빠!!"

수진이 상혁에게 다가가려 해도 더 이상 몸이 말을 듣지 않았다. 우주비행사가 유영하듯 공중제비를 돌며 점점 위로 올라갈 뿐이었다. 창백해진 얼굴로 수진은 소리쳤다.

"엄마, 엄마! 빨리 잡아줘, 엄마!!"

정아는 다급히 딸을 향해 손을 뻗었지만 좀처럼 닿을 수 없었다. 들고 있던 핸드백까지 집어던졌지만 수진의 손끝 가까이까지 갔다가 다시 멀어질 뿐이었다.

"안 돼, 안 돼!"

정아는 소리를 질렀다.

"엄마아아아~~~!"

그 사이에 수진은 조금씩 조금씩 더 높은 곳으로 올라갔다. 어느 순간 혈관처럼 뻗은 초록빛 오로라가 하늘거리며 작고 여린 몸을 감쌌고 얼마 지나지 않아 수진은 하나의 소실점이 되어 밤하늘로 사라졌다.

"수진아! 수진아……!"

정아와 상혁은 울부짖으며 딸의 이름을 불렀지만 이미 저 멀리 떠나버린 후였다. 다른 아이들도 마찬가지였다. 풍등처럼 두둥실 떠서 검푸른 밤하늘 너머로 사라져버렸다. 지상에 남은 부모들은 발을 동동 굴렀지만 그들이 할 수 있는 것은 아무것도 없었다. 그저 망연자실한 눈빛으로 하늘만 바라볼 뿐이었다. 뒤늦게 긴급 재난 문자가 울렸다.

— 관측 이래 달의 크기가 최고치를 기록했습니다. 평상시보다 1.27배 큰 상태이니, 혹시 모를 상황에 대비해 시민분들은 안전한 곳으로 대피하시길 바랍니다.

새하얀 달은 좀 전보다 더 불어난 몸집으로 짐승 같은 숨소리를 내뱉고 있었다.

✦

"네, 각하! 저도 사태를 파악 중입니다."

원형 얼음이 들어 있는 위스키 잔을 테이블에 내려놓으며 운택이 말했다. 수화기 너머로 흥분한 대통령의 목소리가 들렸지만 그는 좀처럼 집중할 수 없었다. 창문 밖으로 골든리트리버가 줄에 묶인 채 공중 위로 둥둥 떠오르고 있었으니까. 리트리버는 놀랐는지 왈왈 짖으며 발버둥쳤고 그럴 때마다 목줄은 점점 더 목을 조여왔다. 가정부 아주머니가 급하게 달려가 잡아보려 애썼지만 이미 개는 그녀의 키를 훌쩍 넘어 더 높은 곳에 다다라 있었다.

"도와주세요, 도와주세요!"

안 되겠다 싶었는지 그녀는 도움을 청했지만 운택은 애써 시선을 돌렸다. 지금은 그럴 상황이 아니었다. 대통령 말 한 마디 한 마디에 귀 기울이는 게 더 중요했다. 심장이 방망이질 쳤지만 그는 천천히 마음을 다잡았다. 이윽고 대통령의 말이 끝나자 "네, 곧 가겠습니다!"라고 하며 그는 핸드폰을 재빨리 내려놓았다. 곧바로 비밀 서재로 간 그는 금고 비밀번호를 누르고 밀봉한 서류를 가방에 넣었다. 그때 노크와 함께 문이 열리더니 송 비서가 들어왔다. 그는 놀란 눈빛으로 주위를 둘러보았다. 난리 통인 바깥세상과는 반대로 서재 안은 평소와 다를 바 없이 평온했으니까. 핸드폰도 볼펜도 그 자리에 그대로 놓여 있었다. 그는 목을 가다듬고 운택에게 다가가 고개를 조아렸다.

"총리님! 차량 준비되었습니다."

"지금 괜찮겠어?"

운택은 밖을 가리켰다. 어둠이 휩쓸고 간 자리에 슬레이트들이 부딪쳐 깨지는 소리가 사방에서 들려왔다.

"그럼 어떻게……."

송 비서 말이 맞았다. 청와대까지 가려면 차 타는 것 이외에 다른 방법은 없어 보였다. 지금 이 상황에서는 화상 회의가 더 나아 보였지만, 운택은 그걸 대통령에게 먼저 제안할 용기도, 그럴 능력도 없었다. 군데군데 보풀이 일어난 체크무늬 회백색 재킷을 걸치고 밖으로 나가니 가정부 아주머니가 개를 잡으려 용을 쓰고 있었다. 하지만 리트리버는 이제 가느다란 신음조차 없었다. 혀를 축 늘어뜨린 채 불투명한 눈빛으로 공중에 둥둥 떠 있을 뿐이었다. 씁쓸했지만 어쩔 수 없었다. 5년 넘게 키웠지만 이미 죽은 것은 되살릴 수 없으니까. 운택은 조경용 가위를 가져와 줄을 잘랐고, 그런 그의 모습을 아주머니는 놀란 표정으로 쳐다보았다. 이윽고 줄이 끊어지자 리트리버는 커다란 달을 배경 삼아 점점 더 위로 올라갔다.

'도대체 어디로 가는 걸까?'

운택은 끝까지 시선을 떼지 않았다. 리트리버는 마치 공중제비하듯 천천히 돌았다. 시계 방향으로 돌다가 기류의 영향 때문인지 다시 반대 방향으로 돌았다. 오로라는 마치 손짓하듯 일렁였고 리트리버는 블랙홀에 빨려 들어가듯 껌껌한 세상 속으로 순식간에 사라져 버렸다. 운택의 귀에서 *삐—* 이명 소리가 들렸다. 눈으로 본 것을 믿을 수 없었고, 또 이 모든 상황이 좀처럼 믿어지지 않았다.

"총리님! 얼른 타시죠. 이러다 회의에 늦으시겠습니다."

그제야 운택은 정신 차리고 발길을 돌렸다. 이윽고 검정 세단은 밤길을 달리기 시작했다. 바람 때문인지 아니면 달의 인력 때문인지 도로 위 표지판이 격하게 흔들렸다. 금세라도 떨어질 것만 같았다. 기사는 침을 꿀꺽 삼키며 두 손으로 운전대를 꽉 잡았다. 운택이 차창 밖을 내다보니 멀리서 무언가가 계속 하늘 위로 올라가고 있었다. 아이 같기도, 고양이 같기도 했다. 곳곳에서 우는 소리, 절규 소리가 바람에 실려 귓가에 먹먹하게 들려왔다. 그는 다급한 손길로 손자에게 전화를 걸었다. 하지만 아무리 기다려도 반복적인 신호음만 계속 들릴 뿐이었다.

"아마 위성에 장애가 생긴 것 같습니다."

옆에서 송 비서가 말했다. 초조한 마음으로 운택은 다시 전화를 걸었다. 이번에도 받지 않자 며느리에게 연락했지만 역시 마찬가지였다.

'혹시 무슨 일 생긴 건 아니겠지?'

시야는 좁아지고 숨소리는 점점 거칠어졌다. 불안한 마음을 달래고자 눈을 감아봤지만 별 소용없었다.

"김 기사! 앞으로 얼마나 걸릴 것 같아?"

"아, 그게……. 15분 정도 걸릴 것 같습니다."

먹통이 된 내비게이션을 끄면서 김 기사가 말했다.

"그래. 속도 좀 내자고."

그렇게 말하며 운택은 가방에서 비밀 자료를 꺼냈다. 그리고 날아가지 않게 손에 꼭 쥔 상태로 신중히 자료를 검토했다. 송 비서는 곁눈질로 그런 그의 모습을 찬찬히 살폈다.

청와대에 도착하자 이미 다른 차들이 도착해 있었다. 서둘러 올라간 운택은 집무실 앞에서 크게 한숨을 내쉬고는 노크를 했다.

"국무총리입니다."

"들어와요."

인사를 하며 들어가니 대통령은 전 세계 뉴스가 뜬 실시간 화면을 국방부 장관을 비롯한 다른 참모들과 같이 보고 있었다. 단상 위에는 국가정보원장이 브리핑 중이었다.

"오전 1시 반 현재, 476명의 아이들이 실종된 것으로 보고되었습니다. 민관합동으로 육·해·공에 걸쳐 전방위적인 수색에 나서고 있으나 아직까지 아이들의 생사 유무는 확인되고 있지 않습니다. 또한 달의 강한 인력으로 인해 해일이 된 파도가 27m까지 치솟아 수백 척의 배가 침몰되고, 이로 인한 쓰나미로 해안가는 초토화된 상태입니다. 전날 오후 11시를 기점으로 재난 단계를 오렌지에서 레드로 격상시켰습니다."

"아니 이게 도대체 무슨 일이랍니까?"

대통령은 심기 불편한 표정으로 고개를 절레절레 저었다. 운택은 재빨리 빈 의자에 앉아서 가방에 있는 서류를 꺼냈다. 실수로 놓치는 바람에 공중에 뜬 서류를 다시 잡아야 했지만 다행히 대통령 눈에는 안 띄었다.

"다른 나라는요? 우리나라와 비슷합니까?"

"네, 맞습니다. 밤이 되고 달이 뜬 모든 나라에서 공통적으로 발생하였습니다. 모든 자료를 취합한 것은 아니지만 전 세계 기준으로 하면 실종자 수가 7,600명이 넘을 것으로 추정됩니다."

행정안전부 장관이 말했다.

"도대체 이런 기괴한 일이 왜 생긴 거죠?"

"그게…… 저희도 파악 중에 있습니다만……."

국정원장이 말을 아끼는 사이에 과기부 장관은 준비한 자료를 공용 모니터에 띄웠다.

"외신에 의하면 프랑스 전문가는 달 지표면에서 일어나는 화산 활동 때문이라고 추정했고, 브라질 학자들은 달이 소멸 직전에 마지막으로 팽창하는 거라고 분석했습니다."

대통령이 답답하다는 듯 넥타이를 풀자 넥타이 끝이 공중 위로 올라갔다.

"그럼 오로라는요? 우리나라에 오로라가 나타난다는 게 말이 되나요?"

"흔한 일은 아니지만. 한국 같은 중위도 지역에도 오로라가 나타나는 사례가 종종 있습니다. 1770년에 9일 동안 밤하늘이 붉은빛으로 물든 적이 있는데 이는 기록적인 자기 폭풍의 결과로 생긴 오로라였다고 합니다. 조심스럽게 예상하자면 강력한 우주 방사능이 지구 전체를 뒤덮고 있는 것 같습니다."

과기부 장관이 대통령의 눈치를 살피며 말했다.

"그럼 이런 일이 벌어질지 왜 아무도 예측하지 못한 거죠?"

하지만 이번에는 그 누구도 대통령의 질문에 답하지 못했다. 그저 서로 눈치만 살필 뿐이었다. 기회를 엿보던 운택이 천천히 손을 들려던 찰나, 반대편에 앉아 있던 대통령이 그를 먼저 불렀다.

"총리님! 총리님도 예상하지 못하셨나요?"

"그게…… 지금까지 이와 관련된 보고가 거의 없다시피 해서."

운택이 불안한 시선으로 말했다.

그의 말은 사실이었다. 전 세계에 있는 수많은 천체물리학자 중에 이와 관련된 보고서를 쓴 사람은 19년 전 한 과학자를 제외하고 단 한 명도 없었다. 매일매일 천체망원경을 통해 우주를 보는 연구원도 마찬가지였다. 몇 시간 전 사건이 벌어지기 직전까지 달은 태곳적 모습 그대로였다. 마치 풍선이 순식간에 부풀어 오르듯 2035년 7월 5일 22시 58분, 단 3분 만에 달은 급격하게 팽창하였다. 이는 관측 역사상 유례없는 일이었다.

"확실한 건 조금 더 지켜봐야 할 것 같습니다. 지금으로 써는 정확한 원인과 추이를 파악하기가…….”

“조금 더 지켜본다고요? 이러다가 아이들 전부 하늘 위로 올라가면 누가 책임질 겁니까?”

대통령이 손바닥으로 책상을 쿵쿵 내리치자 순식간에 공기가 싸늘해졌다. 운택은 늘 그렇듯 시선을 내리깔았다.

“그럼 앞으로 어떻게 하면 좋을지 대책이라도 한번 말씀해보세요!”

“이번 사태는 질량과 연관성 있어 보입니다. 무게가 상대적으로 가벼운 아이들만 하늘 위로 올라갔으니까. 일단 아이들 먼저 실내로 대피시켜서…….”

“총리님!! NASA 출신 아닙니까?”

대통령이 운택의 말허리를 잘랐다.

“네……. 맞습니다.”

“그럼 좀 다른 의견을 제시하셔야죠? 이미 다른 사람이 했던 이야기를 뭐 하러 또 합니까?”

대통령이 대놓고 면박을 주자 운택은 눈을 질끈 감았다. 자료를 쥔 손이 바들바들 떨렸다. 그는 늘 그런 식이었다. 임기가 1년밖에 안 남은 시점에서 운택을 총리로 임명해놓고는 무슨 일이 터질 때마다 그에게 책임을 전가했다. 가끔은 인간적인 모멸감까지 느껴질 정도였다.

"그리고 재난청장은 행안부장관이 맡아주세요."

"네?"

테이블 아래서 손을 만지작거리던 행안부장관이 깜짝 놀라 그를 바라봤다.

"저기 각하! 비상시 재난관리청장은 국무총리가 맡기로 되어 있는데……."

"이 상황에서 프로토콜이 뭐가 중요합니까? 제일 잘할 수 있는 적임자가 맡아야지요. 안 그래요?"

대통령이 운택을 보며 비아냥거리듯 말했다.

"네……. 그렇게 하시죠."

운택은 카이스트 교수 출신인 자신이 누구보다 지금의 상황을 잘 컨트롤할 수 있다 생각했지만 대통령의 의견에 반기를 들지 않았다. 어차피 결과는 정해져 있었으니까. 17년 동안 그를 겪고 난 후 알게 된 사실이었다. 숨을 깊게 들이마시며 잠시 고민하던 운택은 손에 쥔 서류를 다시 가방 안으로 집어넣었다.

청와대를 나서는 길, 운택의 주머니에서 진동이 느껴졌다. 서둘러 전화를 받으니 수화기 너머로 9살 손자의 목소리가 들렸다.

"할아버지~ 할아버지~."

다행이다! 운택은 안도의 한숨을 내뱉었다.

"별일 없지? 엄마, 아빠는……. 어, 그래그래. 절대 밖에 나가지 말고 집에만 있어. 알겠지?"

손자는 책상 아래 숨어 있다고 했다. 놀랐는지 목소리가 조금 떨렸지만 그래도 생각보다 괜찮아 보여서 다행이었다. 씩씩한 아이였다. 그리고 누구보다 똑똑한 아이였다. 운택은 손자를 자신의 분신처럼 여겼다.

"할아버지~, 엄마 오는 것 같아요. 이제 끊을게요! 할아버지도 조심하세요."

이것저것 더 묻고 싶었는데 손자는 서둘러 전화를 끊었다. 부디 나쁜 일 없어야 할 텐데……. 운택은 아랫입술을 지그시 깨물었다. 잠시 무언가 생각하던 그는 다시 핸드폰을 들었다. 하지만 통신 장애인지 아니면 바쁜 건지 상대방은 좀처럼 전화를 받지 않았다.

미국 워싱턴에서는 세계적인 석학, 코넬대 커민스 교수가 자신이 호스트로 있는 〈더 유니버스〉 방송에 출연해서 수많은 기자들의 질문을 받고 있었다. 그는 아이들이 하늘 위로 올라가는 현상을 '에비에이션(Aviation)'이라고 정의하였다.

"문제는 이런 에비에이션이 일회성이 아닐 겁니다. 달이 앞으로 더 커질 수도 또 원래대로 돌아갈 수도 있지만, 중요한 것은 앞으로 어떤 양상으로 변할지 그 누구도 쉽게 예측할 수 없다는 겁니다."

그의 말에 방송국에 있는 스태프와 피디, 기자 모두 표정이 급격히 어두워졌다. 커민스 교수는 착잡한 목소리로 말을 이었다. 만약 달이 지금 추이로 계속 팽창한다면 조수 간만의 차는 앞으로 점점 더 커질 것이라고, 그러면 석 달도 안 돼 전 세계 육지의 12퍼센트는 완전히 물속에 잠기게 될 것이라고. 기자들은 심각한 표정으로 그의 말을 노트북에 받아 적었다. FOX 기자가 물었다.

"오로라는 열권에서 발생하는데 어떻게 대류권까지 오게 된 것일까요?"

"그것도 미스터리입니다. 저 초록빛 물질이 정말 오로라 같은 플라즈마인지 아니면 다른 발광입자인지 좀 더 조사해 봐야 할 것 같습니다."

그의 말이 끝나자 이번에는 CBS 기자가 손을 들었다.

"낮에도 달은 지구를 공전하잖아요. 그런데 왜 지금 아메리카 대륙에는 에비에이션이 안 생기는 건가요? 만조와 간

조는 낮에도 일어나잖아요."

"데이터를 확인해보니 낮 시간대 달의 기조력은 평상시와 비슷한 수치로 나타났습니다. 자세한 것은 조금 더 분석해봐야겠지만 아마도 낮에는 고에너지 우주입자인 태양풍이 달의 자기장과 충돌하면서 그 영향력을 상쇄시키는 것 같습니다."

현장에서 그의 말을 듣던 미국 정부 관계자는 손목을 들어 시계를 확인했다. 이제 3시간 27분 후면 워싱턴에도 달이 뜰 예정이다. 아시아, 유럽과 아프리카 대륙에 이어서 이제 아메리카 대륙이 시험대에 올랐다. 재난 코드를 최고 수준으로 격상하고 방송 화면에 계속 '긴급 상황'이라는 문구를 띄웠지만 시민들이 얼마만큼 주의할지 미지수였다.

"그러면 아이들만 에비에이션한 이유는 뭐죠?"

"높은 확률로 인력과 중력과의 싸움, 즉 '체중'이라고 판단됩니다. 밤새 중량이 23.8*kg* 미만인 아이들만 에비에이션되었으니까요."

그의 말을 인용한 언론과 정부는 시민들에게 창문과 현관문을 반드시 닫아놓고, 집에서도 뜰 수 있으니 반려동물이나 아이들 몸에는 무게 나가는 것을 부착해 최대한 무겁게 만들라고 조언했다. 또한 책은 모두 벽에 고정하고 장난감이나 잡동사니들은 서랍에 넣어서 공중에 떠다니지 않게 하라고 덧붙였다.

그렇게 악몽 같은 밤이 지나가고 다시 아침이 찾아왔다. 마치 밤새 아무 일도 없었다는 듯 세상은 다시 제자리로 돌아왔다. 지난밤, 긴장해서 잠 못 이루었던 사람들은 기진맥진한 상태로 곯아떨어졌고, 해안가에 살던 사람들은 피난민이 되어 내륙으로 줄지어 이동했다. 그동안 전 세계는 쑥대밭이 되었다. 특히 뉴스가 느린 아프리카의 피해가 제일 컸다. 체구가 작은 동물들과 원주민 아이들은 발버둥 한 번 제대로 못 친 채 속절없이 하늘 위로 올라갔다. 쓰나미로 인해 2만 명의 사상자가 나왔고 하룻밤 사이에 35만 명이 넘는 사람들이 이재민이 되었다.

✦

"하나밖에 없는 우리 손녀를 도와주세요. 주여~."

어렴풋하게 들리는 기도 소리에 정아는 힘겹게 눈을 떴다. 흐릿한 시야 너머로 친정 엄마인 두심이 보였다.

"괜찮니? 정아야!"

그녀가 다가왔다.

"엄마…… 엄마가 여기 왜……. 아! 수진이."

정아가 침대에서 몸을 일으키자 한쪽 구석에 있던 상혁이 재빨리 다가왔다. 정아는 계속 병실 이곳저곳을 두리번거렸다. 마치 지진이라도 난 듯 약통과 주사기가 바닥 곳곳에 어지러이 널브러져 있었다.

"자기야! 우리 수진이 어디 있어? 찾았지? 찾은 거지?"

하지만 그는 깊은 한숨과 함께 고개를 가로저었다.

"아무리 돌아다녀도 찾을 수 없었어."

정아는 가슴을 부여잡고 헉헉 거칠게 숨을 내뱉었다.

"괜찮니? 괜찮니?"

두심이 그녀를 살피는 사이에 상혁은 황급히 밖으로 나가 의료진을 불렀다. 서둘러 병실로 온 의사는 재빠른 손놀림으로 정아의 상태를 살폈다. 옆에 있던 두심이 걱정스러운 마음에 연신 마른 손을 굴리며 말했다.

"선생님! 애가 원래 몸이 많이 안 좋아요~."

결국 강한 진정제를 맞은 후에야 정아의 호흡은 제자리로 돌아왔다. 네 번의 유산 끝에 안 그래도 약해질 대로 약해진 그녀의 체력은 급속도로 나빠졌다. 어제도 수진이 하늘로 올라가는 모습을 지켜보던 정아는 그 자리에서 그대로 기절하고 말았다.

어느 정도 진정된 뒤에야 상혁은 정아에게 지난밤 있었던 뉴스를 보여주었다. 하룻밤 사이에 한국에서만 721명의 아이들이 에비에이션했다. 휴대폰과 현금입출금기 서비스는 먹통이 되었으며 그로 인해 모든 거래가 중지된 상태였다. 지난밤 달이 할퀴고 간 상처는 너무나도 컸다. 정아는 충격에 빠져 입을 다물 수가 없었다.

"어떻게 이런 일이 있을 수 있지?"

"나도 모르겠어."

상혁은 머리를 흔들었다.

"우리 수진이. 지금 이러고 있을 시간이 어디 있어? 빨리 수진이 찾아야지!"

정아가 흥분해서 링거를 뽑으려 하자 두심이 막았다.

"안 돼! 너 이러다 진짜 큰일 나면 어쩌려고 그래?"

하지만 정아의 결심은 확고했다. 진통제 몇 알을 입에 털어 넣고 곧바로 옷장에서 외투를 꺼냈다. 지켜보던 상혁도 할 수 없다는 듯 자리에서 일어났다.

"어머님! 저희 먼저 일어나 볼게요!"

둘이 서둘러 밖으로 나가자 두심은 걱정스러운 시선으로 품 안의 성경을 쓰다듬었다.

지난밤 일을 짐작이라도 하듯 거리는 온통 난장판이었다. 각종 쓰레기와 꺾인 나뭇가지가 바닥에 나뒹굴었고, 가로등과 간판들은 앙상한 전선줄을 드러낸 채 건물 위에 위태롭게 매달려 있었다. 경차들은 강한 바람 때문에 죽은 바퀴벌레처럼 뒤집혀 있었고, 오래된 건물 외벽은 마치 괴수가 밟고 지나간 듯 흉물스럽게 뜯겨 있었다. 곳곳에 새, 고양이, 개의 사체들도 즐비했다. 이런 참혹한 현장을 보고 있자니 상혁은 불현듯 〈나는 전설이다〉라는 할리우드 영화가 생각났다. 사람들이 있다는 것 빼고는 모든 게 다 비슷했다. 도로 위 행인들은 서둘러 발걸음을 재촉했다. 아직도 불안한 듯 위를 보며 걷는 사람도 있었고 생필품을 사러 서둘러 마트로 달려가는 이도 있었다. 상혁은 문득 자동차 차창에 비친 자기 모습을 보았다. 밤새 한숨도 못 자서인지 다크서클이 짙게 내려와 있었다.

"회사는?"

"전화했어. 수진이 이야기하면서."

정아는 말없이 고개를 끄덕였다.

한강 공원에 도착하자마자 둘은 어제 수진이가 올라간 곳으로 뛰어갔지만 그곳은 이미 노란색 폴리스 라인으로 둘러싸여 있었다. 안으로 들어가려 하자 경찰이 와서 둘을 저

지했다.

“저희 딸이 어젯밤 여기서 하늘로 올라갔어요. 혹시 뭐 찾은 거라도 있나요?”

“아니요, 아직까지는. 저희가 계속 수색하고 있으니……”

정아가 관계자의 말을 가로챘다.

“혹시 강에 빠진 건 아닐까요?”

“해가 뜨면 인력이 약해져서 중간에 떨어질 수도 있잖아요.”

상혁도 덧붙였다.

“다이버들까지 투입돼서 계속 찾아보고 있는데, 아직까지 특별히 확인된 것은 없습니다.”

정아는 그래도 들어가서 한 번만 살펴보면 안 되겠냐 애원했지만, 경찰은 단호하게 고개를 저었다. 혹시 발견된 게 있으면 연락드릴 테니 그만 돌아가라고 했다. 어쩔 수 없이 두 사람은 발길을 돌렸다. 윙윙거리는 소리에 하늘을 올려다보니 드론 몇 대가 공중을 날며 이곳저곳을 탐색하고 있었다. 잠시 올려보던 둘은 다시 차로 돌아왔다. 7월의 더위 때문일까? 운전대를 잡은 상혁의 이마는 금세 땀으로 범벅되었다.

"이제 어디로 갈까?"

혹시나 해서 동네 공터며 놀이터며 샅샅이 뒤져봤지만 헛수고였다. 시간이 지날수록 초조해진 정아는 계속 손톱을 물어뜯었다. 그때 국회 앞에서 대규모 집회가 벌어지고 있다는 뉴스가 라디오를 타고 흘러나왔다.

"여의도! 여의도로 가보자. 거기 가면 정보를 얻을 수 있지 않을까?"

정아의 말에 고개를 끄덕이며 상혁은 국회로 차를 돌렸다.

이미 국회 앞은 수많은 인파로 가득 차 있었다. 아이를 찾아달라고 애원하는 사람, 이게 어떻게 된 일이냐며 설명해 달라는 사람, 정부의 잘못을 성토하는 사람들이 한데 뒤섞여 카오스 그 자체였다.

"우리 딸 수진이 좀 찾아주세요."

"8살이고요. 이마에 V자 모양 반점이 있어요."

정아와 상혁이 소리를 질렀지만 이내 다른 소음에 묻혀 버렸다. 줄지어 방패를 든 경찰들은 흥분한 시민들을 막아섰고 두 집단 사이에 밀고 밀리는 상황이 반복되었다. 정부 관계자는 확성기에 대고 목소리를 높였다.

"앞서 여러 번 설명드렸듯 저희가 확실하게 말씀드릴 수 있는 것은 없습니다."

"아이들이 다시 떨어졌나요? 아니면 계속 올라갔나요? 그거라도 말씀해주세요."

"그것도 확인 중입니다. 아시다시피 지난밤 일로 인공위성이 거의 다 파괴되었거나 작동 불가 상태라."

그는 머리를 긁적이며 말을 이었다.

"합동수사팀이 꾸려질 예정입니다. 그러니 돌아가셔서 조금만 더 기다리시면 조속히 해결책을 마련해보겠습니다."

하지만 시민들의 항의는 멈추지 않았다. 곳곳에서 야유가 터져 나왔다. 다들 한시가 급하다고, 이러다가 애들 다 죽겠다고, 왜 미리 예상하지 못했냐며 울분을 터뜨렸다. 온갖 고성이 난무하는 가운데 관계자는 난감한 표정으로 건물 안으로 들어갔고, 청경들은 다시 몰려드는 사람들을 급히 막아섰다.

"수진이, 우리 딸 좀 찾아주세요!"

쉴 새 없이 외치던 정아가 이마를 부여잡고 바닥에 주저앉았다.

"괜찮아?"

상혁이 재빨리 다가가자 정아는 남편 품에 안겨 힘없이 고개를 끄덕였다. 얼굴이 하얗게 질린 아내를 보며 상혁은 안 되겠다 싶었다. 어젯밤부터 제대로 먹지도 자지도 못했으니까. 안 그래도 몸이 성치 않은 사람인데.

"일단 돌아가자! 분명 다른 방법이 있을 거야!"

"수진이는 지금 시간이 없어. 어떻게든 빨리 데려와야 해."

"그래, 그래야지. 내가 한번 더 알아볼 테니까 일단 자기는 집에 가서 조금만 쉬어. 알겠지?"

정아는 어쩔 수 없이 고개를 끄덕였다.

집으로 향하는 길, 보조석에 앉은 정아는 하염없이 눈물을 흘렸다. 눈을 떠도 눈을 감아도 자기 손을 잡지 못한 채 하늘로 올라가는 수진의 마지막 모습이 계속 떠올랐다.

"우리 수진이 금방 찾을 수 있을 거야. 우리 딸이 어떤 애인데. 예전에 마트에서 잃어버렸을 때도 한참 찾았는데 알고 보니까 먼저 집에 와 있었었잖아. 그 어린것이."

"지금 얼마나 아프고 또 외로울까?"

그 말에 상혁은 눈물이 왈칵 쏟아졌지만 차마 아내에게 들킬 수 없어서 입술을 꽉 깨물었다. 자기마저 무너져 내리면 안 된다고, 이럴 때일수록 정신 똑바로 차려야 한다고 그는 주문 외우듯 되뇌었다. 그때였다. 정아가 갑자기 운전대를 잡은 상혁의 팔을 잡아챘다.

"잠깐만 차 세워봐!"

갓길에 차를 세우자 정아는 갑자기 차 문을 열고 밖으로 뛰쳐나갔다.

"어디 가! 어디 가는데?"

상혁이 뒤에서 외쳤다.

정아는 분명 봤다. 한 남자아이가 어린 여자아이 손을 잡고 걷는 모습을. 서둘러 달려간 그녀는 여자아이의 어깨를 붙잡았다.

"수진아!!"

하지만…… 아이는 수진이가 아니었다. 딸보다 적어도 두세 살은 더 들어 보였다.

"뭐예요? 아줌마!"

오빠로 보이는 남자아이가 정아에게 따지듯 물었다.

"미안……. 착각했네."

흔들리는 시선을 감추며 정아는 중얼거렸다.

남자아이는 정아를 흘깃거리면서 다시 가던 길을 갔고 뒤늦게 상혁이 정아 곁으로 다가왔다.

"갑자기 왜 그래?"

"자기야! 만약 용달이…… 용달이가 있었으면 우리 수진이 찾을 수 있지 않을까?"

먹먹한 시선으로 정아는 여자아이의 뒷모습을 계속 좇았다.

11개월 전, 정아와 상혁은 이 동네로 이사 왔다. 전문 택배 업체를 부르지 않아서 그들은 1.5톤 트럭에 실린 짐들을 직접 날라야 했다. '이럴 줄 알았으면 사다리차 하나 부를걸!' 뒤늦게 후회하면서 둘은 짐을 내렸다. 7살 수진이는 처음에는 시키지 않아도 신이 나서 작은 물건들을 들고 열심히 오르락내리락하더니 금세 흥미를 잃고 시들해졌다.

"엄마~, 나 놀이터에서 놀아도 돼?"

수진은 아파트 한가운데에 있는 놀이터를 가리켰다. 정아도 그게 좋을 것 같았다. 이삿짐 풀고 정리하느라 정신없는데 딸이 혼자 놀아준다면 훨씬 수월할 것 같았다. 수진은 '리본'이라고 이름 지은 토끼 인형을 들고 신나게 놀이터로 뛰어갔다. 정아와 상혁이 맥주 냉장고를 카트에 실으려고 할 때였다. *찰칵!* 소리에 깜짝 놀라 뒤를 돌아보니 고등학생 정도 돼 보이는 아이가 필름 카메라를 들고 서 있었다.

"어……, 뭐니?"

정아가 묻자 아이는 대답 없이 그저 *헤헤헤* 웃었다.

이상한 애네, 고개를 갸웃하는 사이에 단발의 중년 여성이 불편한 걸음으로 다가왔다.

"안녕하세요. 이사 오셨나 봐요?"

"아~, 네."

상혁은 고개를 숙였다.

"용달아! 어른들한테 먼저 인사드려야지?"

그 말에 아이는 카메라를 내려놓고 고개를 꾸벅 숙였다. 그 모습을 보며 용달모는 사람 좋은 미소를 띠었다.

"제 아이가 약간 장애가 있어서요. 그래도 엄청 착한 아들이에요."

정아가 어떻게 반응해야 할지 몰라 가만히 있자, 상혁이 다가가 용달 목에 걸린 필름 카메라를 살폈다. 적어도 20년은 더 된 기종이었다.

"야~, 요즘에도 이런 카메라 있구나. 앞으로 잘 찍어줘."

상혁이 어깨를 두드리며 말하자, 용달은 선홍빛 잇몸을 드러내며 환하게 웃었다. 용달은 IQ 70의 바보였다. 나이는 17살이었지만 지능은 7살에 머물러 있었다.

"저희 여기 104동에 사는데 앞으로 잘 부탁드릴게요."

용달모가 말했다.

"저희야말로."

상혁이 공손한 목소리로 답했다.

용달모는 용달을 데리고 다시 아파트 안으로 들어갔고, 정아는 허리를 옆으로 기울인 채 모자의 뒷모습을 바라보았다.

“재가 개구나. 부동산에서 말했잖아. 이 동네에 명물 있다고.”

상혁의 말에 정아는 “아!” 하며 고개를 끄덕였다. 부동산 주인이 동네 곳곳을 돌아다니며 사진 찍는 아이가 있다고 했는데……. 잠시 생각하던 정아는 뒤돌아 놀이터 쪽을 바라보았다. 수진은 조막만 한 손으로 혼자 모래성을 쌓으며 열심히 놀고 있었다.

그날 저녁, 정아는 대충 짐을 정리해놓고 배달 음식을 시켰다. 수진을 부르기 위해 베란다 밖을 내다봤지만 딸의 모습은 보이지 않았다. 이상하다 싶어 직접 놀이터로 내려갔지만 역시 수진은 없었다. 만들다 만 모래성만 덩그러니 남아 있을 뿐이었다.

“수진아! 수진아!!”

다급해진 정아는 딸을 부르며 동네 이곳저곳을 정신없이 뛰어다녔다. 하지만 저녁 어스름이 지천에 깔려도 수진은 그 어디에도 보이지 않았다. 뒤늦게 샤워를 마친 상혁도 딸의 이름을 부르며 아파트 곳곳을 뒤졌다.

"혹시 토끼 인형을 든 아이 본 적 없으세요?"

"네, 여기 이마에 V모양 반점이 있어요."

아파트를 오가는 주민들에게 물었지만, 그들은 하나같이 고개를 저었다. 경비 아저씨들과 친절한 몇몇 주민들도 손전등으로 온 동네를 비추며 수진을 찾았지만 2시간 넘도록 별다른 소득은 없었다. 초조한 정아는 눈물을 글썽였다.

"경찰에 신고해야 하나 봐!"

"알았어. 그럴게."

상혁이 핸드폰으로 112를 누르려고 할 때였다. 뒤에서 "엄마!!" 외치는 소리가 들렸다. 돌아보니 누군가가 수진을 업고 있었다. 용달이었다. 상혁은 달려가서 수진을 대신 안았다. 정아도 서둘러 다가갔다. 여러모로 원망스러웠지만 그래도 찾았다는 안도감이 더 컸다.

"어디 있었던 거야? 한참 찾았잖아!"

하지만 수진은 그저 퉁퉁 부은 눈으로 엄마 품에 안겨서 울 뿐이었다. 어찌 된 일이냐고 정아가 물어보니 용달이는 떠듬떠듬 입을 열었다.

"공사장…… 공사장에 떨어져……."

알고 보니 수진은 입자가 고운 모래가 더 필요해서 주변 공사장으로 향했단다. 거기서 돌아다니다가 실수로 환기통을 임시로 막아놓은 함석판을 밟고 그만 2m 아래로 떨어지고 만 것이다. 다행히 근처에서 사진을 찍던 용달이가 신음 소리를 듣고 재빨리 내려가서 수진을 구한 것이었다.

"저 오빠가 날 찾아줬어."

작은 손가락으로 수진은 용달을 가리켰다.

"고마워. 정말 고맙다!"

상혁은 다가가서 용달의 손을 잡고 연신 흔들었다.

울먹이는 수진을 토닥이며 정아는 멋쩍은 듯 뒷머리를 긁적이는 용달을 천천히 바라보았다.

— 이제 곧 달이 뜰 예정입니다. 다들 안전한 곳으로 대피해주시기 바랍니다.

사이렌 소리와 함께 재난 방송이 나오자 거리에 있는 사람들은 다들 정신없이 내달리기 시작했다. 마트에서 사재기하느라 카트에 산더미처럼 쌓인 물건들 몇 개가 바닥에 떨어져 나뒹굴어도 누구 하나 주워 갈 생각조차 하지 못했다. 겁에 질린 부모들은 창문을 닫고 문을 굳게 걸어 잠갔다. 한 번 겪어봐서일까? 공포는 더 크게 다가왔다. 경찰들은 경광봉을 흔들며 시민들에게 빨리 건물 안으로 들어가라 지시했고, 옥외 간판에는 빨간 글씨로 서둘러 대피하라는 시그널이 흘러나왔다.

"일단 집에 들어가자!"

어둑해지는 하늘을 올려다보며 상혁이 말하자 정아는 할 수 없다는 듯 고개를 끄덕였다.

✦

저녁 6시 42분이 되자 다시 어둠이 찾아왔고 눈처럼 새하얀 달이 세상을 집어삼킬 듯 그 모습을 드러냈다. 해준은 9살 아들 윤재와 4살 윤아가 공중에 뜨지 않게 하려고 안간힘을 썼다.

"가만히 좀 있어봐!"

점잖게 따르는 윤재와 달리, 윤아는 싫다고 발버둥치며 떼를 썼다.

"오빠가 재미있는 이야기 해줄게."

윤재가 나긋나긋한 목소리로 동생을 달랬다.

"그래, 오빠 말 좀 들어."

해준의 아내인 수애도 줄로 꽁꽁 묶으며 그렇게 말했다. 여전히 윤아는 답답하다며 울어댔지만 어쩔 수 없었다. 뉴스에 나온 것처럼 하루아침에 아이들을 잃을 수는 없었다.

"자기야? 여기 마무리 좀 해줘. 난 거실로 갈게."

"엉. 25kg보다 가벼운 건 뭐든지 고정시켜. 알겠지?"

뭐가 25kg 이하인지 잘 모르겠지만 일단 해준은 고개를 끄덕이고 서둘러 거실로 달려갔다. 책장에 책을 꽂았고 서랍 안에 잡동사니를 넣었다. 노트북 전원을 끄고 가방에 넣으려는데 얼핏 보니 모니터에 새로운 게시물이 15개나 올라왔다는 알람이 떠 있었다. 흥분한 해준은 그대로 의자에 앉았다.

'우주와 인간 무중력 보고서'

해준이 5년 전에 만든 블로그 이름이었다. 〈월간 유니버스〉라는 과학 잡지에서 기자로 일하는 그는 시간이 날 때마다 우주의 이상 징후에 대한 글을 이곳에 올렸다. 초신성이 폭발하고 새로운 블랙홀이 발견되었고, 루나 프로스펙터 2(2028년에 NASA가 보낸 달 탐사선)를 통해 밝혀진 새로운 정보를 매주 업데이트하였다. 민간 우주선에 대한 취재글도 있었다. 그중에서 가장 조회수가 높은 글은 '달이 죽고 있다!'라는 제목의 글이었다.

달에는 단애 Scarp라는 이름의 절벽이 있는데, 액체가 고체로 변하면 부피가 줄어들 듯 용융 상태의 달 내부는 수십억 년에 걸쳐 식고 굳으면서 부피가 줄고 있다. 마치 과일의 속이 말라서 껍질이 쪼그라지는 과정과 비슷하다. 현재 달에 존재하는 80개 넘는 단애를 분석해보면 달이 소멸되기 전 마지막 수축 단계를 겪는 것으로 보인다.

그동안 제보글도 받았지만 읽을 만한 가치는 없었다. 반쯤 정신 나간 사람이 외계인에 대해 쓴 망상이거나 아니면 일부로 장난스럽게 쓴 글이 대부분이었으니까. 그것도 3개월 전 글이 마지막이었다.

"뭐 하는 거야? 지금 이럴 시간이 없어."

어느새 다가온 수애가 그를 재촉했다.

"잠깐만. 이것만 빨리 확인하고."

해준은 점점 짙은 주황빛으로 물드는 창밖을 확인하며 재빨리 마우스를 움직였다. 어젯밤 비정상적인 달의 활동으로 모든 통신망이 마비돼버렸다. 오늘도 아마 비슷할 거다. 달이 뜨기 전에 빨리 봐야 했다. 중요한 제보일 수도 있으니까. 두근거리는 마음을 달래며 해준은 서둘러 페이지를 열었다. 오늘따라 로딩이 더욱 더디게 느껴졌다. 초조하게 1분 정도 기다렸을까? 드디어 제보란 페이지가 떴다.

ㄴ 하늘로 올라간 아이들은 외계인이다. 지구 임무를 끝내고 서둘러 귀환하는 중!!

ㄴ 인간이 무중력 상태가 되면 어디로 가는지 아는가? 천국이다.

ㄴ 우주에 오류가 생겼다는 걸 어떻게 알았나요? 당신 혹시…… 노스트라다무스?

누군가가 그렇게 쓰자 '이 블로그는 성지다! 성지!'라는 식의 댓글이 잇따랐다. 역시 쓸 만한 제보는 없었다. 어젯밤 에비에이션이 생기고 난 뒤로 다들 호기심에 블로그를 방문한 모양이었다. 실망한 채 창을 닦으려는데 마지막 글의 제목이 그의 눈에 띄었다.

'제 딸은 두 달 전에 하늘로 올라갔어요.'

클릭해서 내용을 보던 해준의 눈이 점점 커졌다. '설마 장난은 아니겠지?' 하지만 거짓말이라고 하기에는 모든 게 너무 디테일했다. 해준은 재빨리 글에 적힌 번호로 전화를 했다. 제발 걸려라, 걸려라! 다행히 딸깍 소리와 함께 한 여자의 목소리가 들렸다.

"여보세요."

여리고도 가냘픈 목소리였다. 해준은 혹여 장난 전화로 여길까 자신이 누구인지 밝히고는 여자에게 사는 곳을 물었다.

"인천이라고요. 네, 알겠습니다. 괜찮으시면 지금 찾아봬도 될까요?"

잠깐 망설이던 여자에게서 긍정의 답이 돌아왔다. 해준은 창문 너머 어둑해지는 하늘을 잠시 바라보다가 굳게 마음먹고 재빨리 외출복으로 갈아입었다. 빨리 밟으면 1시간 안에 도착할 수 있을 것 같았다.

"이 밤에 어디 가려고? 밖에 바람 장난 아니야."

"어……, 진짜 중요한 제보가 있어서. 잠깐 나갔다 올게."

아내에게 차마 인천까지 간다고 할 수 없었다. 수애는 잘못하면 큰일 난다며 웬만하면 내일 아침 일찍 가라고 만류했지만 해준은 한시가 급했다. 제보자가 어디 가는 것도 아니고, 하루 더 늦는다고 세상이 바뀌는 것도 아닌데, 서두르지 않으면 안 될 것 같았다. 분명 특종이니까! 기자로서의 본능에 가까운 촉이었다.

"빨리 다녀올게. 애들 잘 돌봐줘. 알겠지?"

뒤에서 수애가 뭐라 뭐라 말했지만 제대로 듣지도 않은 채 해준은 가방을 챙겨 서둘러 밖으로 나갔다.

같은 시간, 정아와 상혁도 작은 방에 들어가서 수진이가 좋아했던 인형들과 장난감들을 서랍에 집어넣었다. 의자나 침구류 위에는 무거운 책들을 한데 묶어서 올려놓았다. 어느 정도 고정이 되자 정아는 상혁에게 말했다.

"나 나갔다 올게."

"위험해. 어딜 나가려고 그래?"

"우리 수진이 찾아야지."

정아는 막무가내였다. 상혁은 그런 아내를 잡으며 창밖을 가리켰다. 폭풍이 치듯 창문이 달그락거렸고, 주변 공사장 벽돌들은 휘몰아치는 바람에 산산조각 난 채 하늘 위로 올라갔다.

"이러다가 진짜 자기마저 사고 나면 어쩌려고 그래? 그땐 진짜 끝이야."

정아는 찬찬히 고개를 돌려 창밖의 달을 바라보았다. 기분 탓인가? 창백하리만큼 시퍼런 이빨을 드러낸 달은 어제보다 더 크고 더 위협적으로 느껴졌다. 그때였다. 벽에 고정해놓은 정아의 핸드폰이 울렸다. 발신 번호는 뜨지 않았다. 받을까 말까 잠시 고민하던 정아는 천천히 핸드폰을 귀에 갖다 댔다.

"여…… 여보세요?"

하지만 아무리 기다려도 상대방은 좀처럼 말이 없었다. 흐느끼듯 거친 숨소리만 귓가에 울릴 뿐이었다. 정아는 순간 딸의 기운을 느꼈다.

"수진이니? 수진이 맞지?"

역시 대답이 없었다. 옆에서 보고 있던 상혁이 달려왔다.

"왜? 수진이야?"

정아는 모르겠다는 듯 고개를 저었다. 혹시 납치된 건가? 아니면 어딘가 다쳐서 목소리가 안 나오는 걸까?

"수진아~, 엄마야. 어디 있어? 엄마가 갈게."

그러자 수화기 너머로 한 여자의 목소리가 들렸다.

"왜? 네 딸이 하늘 위로 올라갔나 봐."

변조된 음성이었다. 정아는 두근거리는 마음을 애써 다잡으며 침착한 목소리로 물었다.

"누구……시죠? 혹시 우리 딸 어디 있는지 아세요?"

"네 죄를 네 딸이 대신 갚는 거야. 알았어? 이 살인자야!"

저주를 퍼붓듯 날카로운 소리가 정아의 귀에 꽂히고 전화는 뚝 끊어졌다. 정아는 아무 말도 할 수 없었다. 그저 멍하니 정면만 응시할 뿐이었다.

"뭐야? 도대체 누구야?"

"모르겠어……."

정아는 등골이 서늘해지며 식은땀이 났다. 그리고…… 기억 저편에 묻어놓은 찰나의 순간이 떠올랐다. *쾅!* 정신없이 부딪치는 수많은 차량들, 그리고 볼품없이 바닥에 떨어지는 카메라, 비명과도 같은 트럭의 경적 소리…….

"괜찮아?"

상혁이 가까이 다가왔다. 정아는 남편의 어깨에 기대어 천천히 숨을 들이마셨지만 쿵쾅거리는 가슴은 쉽사리 진정되지 않았다.

— 현재 시각 풍속 26m/s입니다. 운전 위험! 위험단계입니다.

경고음이 울렸지만 아랑곳하지 않고 해준의 SUV는 무섭게 도로 위를 질주했다. 거센 바람 때문에 차체가 옆으로 조금씩 들렸지만 그는 속도를 늦추지 않았다. 밖을 내다보니 지평선 위로 서서히 달이 고개를 내밀고 있었다. 그걸 보고 있으니 어렸을 때 기억이 떠올랐다.

"우주도 하나의 생명체야. 모든 생명이 태어나서 자라고 또 사라지듯 우주 또한 다시 공(空)으로 돌아간단다."

아버지의 말을 듣고 나니, 어린 해준은 밤하늘에 떠 있는 별과 달이 뭔가 달리 보였다. 예전에는 검은 도화지에 박힌 형광 물질처럼 느껴졌다면 지금은 자기를 봐달라며 마지막까지 최선을 다해 빛을 발하는 생명체처럼 느껴졌다.

"아버지. 그럼 우리도 언젠가는 죽는 건가요?"

"그럼~, 영원한 건 없단다. 만나면 헤어지고 또 헤어지면 다시 만나게 되지. 언젠가 크면 너도 내 뜻을 알게 될 거다."

아버지는 어린 해준의 머리칼을 쓰다듬으며 그렇게 말했다. 그 심오한 메시지를 온전히 이해하기까지 약간의 시간이 걸렸지만, 한번 뿌리내린 뒤부터는 평생 그의 곁에 남았다. 그때 올려다본 아버지는 세상 그 누구보다 위대한 존재였는데…….

"위선자!! 쓰레기!!"

해준은 그렇게 중얼거리며 입술을 깨물었다. 그의 아버지는 누구보다 그에게 큰 상처를 안겼다. 우주의 모든 것은 연결되어 있으니 언제나 인연을 소중히 여기라 말해놓고는, 아픈 엄마와 어린 해준을 두고 홀연히 떠나버렸다. 심지어 엄마의 장례식에서조차 그는 얼굴을 비추지 않았다. 달의 인력 때문일까? 아니면 그때의 기억 때문일까? 룸미러 너머 해준의 얼굴은 붉게 상기되었다. 그때였다.

전신주 사이에서 뱀처럼 출렁거리던 고압선 하나가 갑자

기 *팍!* 끊어지더니 맞은편에서 달리던 유조차를 덮쳤다. 유조차는 급하게 브레이크를 밟았고 길고 긴 파열음을 내면서 도로 위를 뱅글뱅글 돌았다. 그걸 본 해준은 서둘러 핸들을 꺾어 방향을 틀었다. 사이드 브레이크 레버를 위로 잡아당기자 그의 SUV는 여러 번 회전하면서 유조차 바로 앞에 가까스로 멈출 수 있었다. 주먹 하나 겨우 들어갈 만한 간격이었다. 충격이 가시지 않았는지 해준은 핸들에 고개를 파묻은 채 거칠게 숨을 몰아쉬었다. *빵빵!* 뒤차 경적 소리에 그는 천천히 고개를 들어 창밖을 내다보았다. 멀지 않은 곳에서 돌풍이 불어왔고 부들거리던 표지판이 종잇조각처럼 구겨진 채 어디론가 날아갔다.

'돌아갈까? 아니면 빨리 갈까?'

마른침을 삼키며 잠시 고민하던 해준은 다시 액셀을 밟았다. 앞으로 20분만 더 가면 제보자를 만날 수 있을 것 같았다. 하지만 영종대교에 다다르자 커다란 해일이 시야에 들어왔다. 족히 40m는 넘는 높이였다. 거센 파도는 마치 온 세상을 뿌리째 뽑을 듯한 기세로 다가오더니 *쿵!* 커다란 파열음을 내며 다리에 부딪쳤다. 물대포 같은 포말이 사정없이 차들을 강타했고 그 충격으로 수많은 차량이 격랑 치는 바다 아래로 떨어졌다.

'세상에…….'

해준은 차마 입을 닫을 수 없었다.

그때 앞선 차들이 맹렬한 기세로 후진했다. 해준은 자신을 향해 다가오는 차들을 보며 재빨리 기어를 후진에 놓고 액셀을 밟았다. 하지만 물이 들어찬 노면이 미끄러워서일까? 바퀴는 계속 헛돌았다. 비상등을 켜고 다시 한 번 강하게 액셀에 무게를 실었다. 거칠게 달려오는 헤드라이트 불빛이 보였고 찰나의 순간, 어둠 속에서 물보라를 일으키며 모습을 나타내는 것은…… 다름 아닌 30톤 대형 트럭이었다.

깜짝 놀란 해준이 왼쪽으로 재빠르게 핸들을 틀자 트럭은 빠른 속도로 SUV 바로 옆을 지나쳤다. 사이드미러가 박살이 났다. 해준은 충격에 옆으로 밀리면서 휘청거렸다. 에어백이 터지며 그의 얼굴을 감쌌다. 하지만 그는 서둘러 정신을 차려야 했다. 하나 남은 사이드미러로 보니 빌딩만 한 파도가 양쪽에서 덮칠 듯한 기세로 다가오고 있었으니까. 그는 재빨리 기어를 바꿨다. 타이어가 굉음을 내면서 제자리에서 돌기 시작하더니 급작스럽게 앞으로 나아갔다. 해준은 뒤를 못 보고 후진하는 차량들 사이사이를 전속력으로 달려나갔다. 아슬아슬했다. 차체가 긁히면서 생긴 불꽃이 사정없이 튀었다. 하지만…… 늦었다. *쿵!* 소리와 함께 수백 톤의 해일이 그의 차 지붕을 강타했다. 헉! 해준은 거친 숨을 내쉬며 아랫입술을 깨물었다.

2장

미국 뉴욕에 있는 유엔 본부와 스위스 제네바 유엔 사무소에는 각국 대표들이 거대한 규모의 반원형 테이블에 둘러앉아 각국에서 수집한 데이터를 주고받았다. 총회 현장은 전 세계에 이원중계되었다. 위성 상태가 불안정해 영상이 끊기거나 때론 목소리만 전달되기도 했지만, 각국에 있는 시민들은 숨죽이며 총회를 지켜봤다. 앞으로 지구의 미래는 어떻게 되는지, 또 어떻게 대응해야 하는지 초미의 관심사였다. 첫날만큼은 아니지만, 지난밤에도 전 세계적으로 만 명에 가까운 아이들이 에비에이션했다. 각종 재난으로 죽은 피해자도 거의 20만 명에 육박했다.

회의장 커다란 모니터로 초록빛에 싸여 하늘로 올라가는 아이들의 모습이 나오자 대표들은 다들 앞으로 고개를 내밀었다. 미국 대표로 나온 커민스 교수도 마찬가지였다. 그는 화면을 보면서 골똘히 생각에 잠겼다. NASA 국장이 화면을 가리켰다.

"현지 시각 오전 3시에 프랑스 나노위성 PicSat이 찍은 에비에이션 영상입니다. 언론을 통해 보도됐듯 어제 달 크기는 이틀 전보다 31.78퍼센트나 더 커졌습니다. 그 결과 어제는 24.7*kg*의 무게를 가진 아이가 에비에이션했습니다."

"하루 만에 0.9*kg*이나 늘어났군요."

각국 대표들은 하나같이 깊은 한숨을 내쉬었다. 그때 화상으로 연결된 대한민국의 행안부장관이 손을 들었다.

"달의 인력은 지금과 동일한 추이로 증가할까요?"

"아뇨. 초승달과 보름달이 떴을 때 가장 커지고 하현달과 상현달이 떴을 때 가장 작아지죠. 기조력은 천체의 질량과 지구 반지름에 비례하고, 천체와 지구 사이 거리의 세제곱에 반비례하니까요. 중력 상수를 감안하면……."

"박사님!! 그러니까 결론이 뭔가요?"

핀란드 총리가 답답했는지 커민스 교수의 말을 끊었다.

"그러니까…… 앞으로 얼마나 달이 커질지 그 누구도 예상할 수 없다는 겁니다. 지금 이 상태가 지속되면 몇 달 지나지 않아 지구에 있는 모든 인류가 달에 빨려갈지도 모릅니다."

순간 회의장은 정적에 휩싸였다. 다들 부정하고 싶었다. '왜 지금 이런 일이 일어난 걸까?' '하필 내가 대표로 있을 때!' 하지만 아무리 고개를 흔들어도 닥친 현실을 외면할 수 없었다.

"그럼 앞으로 어떻게 해야 할까요? 이대로 지켜보면 안 되잖아요."

에티오피아 총리가 묻자 커민스 교수는 잠시 고민하는 듯 손가락으로 갈라진 턱을 매만졌다. 신중에 신중을 거듭하는 모습이었다. 하지만 아무리 기다려도 그가 입을 열지 않자 보다 못한 프랑스 대표는 지금이라도 빨리 달에 탐사선을 보내 뭐가 문제인지 조사해야 한다고 주장했다.

"지금 달의 인력이라면 탐사선은 분명 도착도 전에 파괴될 겁니다."

"그럼 달의 인력에 맞서는 우주선을 개발하면 되잖아요?"

"그게 말처럼 쉬운 게 아닙니다. 완벽하게 만들려면 적어도 2~3개월은 준비해야 합니다."

"2~3개월? 우리 다 죽으라고요?"

튀니지 대통령이 어이없다는 듯 *껄껄* 웃었다.

다시 회의장에는 긴 침묵이 찾아왔다. 그때 베네수엘라 총리가 *쾅!* 책상을 치면서 자리에서 일어났다.

"그럼 차라리 핵을 쏴서 달을 반으로 쪼갭시다!"

어차피 인간들 못 사는 땅이니까 반으로 쪼개면 예전처럼 돌아갈 수 있지 않냐는 게 그의 주장이었다. 하지만 어떤 방식으로 정확히 반을 쪼갤 수 있냐는 질문에 그는 침묵을 지켰다.

"너무 위험해요. 그러다가 달이 산산조각 나면 어쩌려고요?"

"맞아요. 자칫하면 기조력 자체가 아예 없어질 수도 있어요. 지구 자전축의 기울기가 조금이라도 틀어지면 인류에 어떤 재앙이 생기는지 모르시나요?"

많은 대표들이 난색을 표했다. 달이 사라진다면 지구의 기후는 급격하게 변할 것이다. 적도 지방에 눈이 내리고, 남극과 북극의 모든 빙하가 녹는 일이 발생할 수 있다. 그렇게 몇 시간 동안 열띤 공방이 펼쳐졌지만 서로의 의견은 쉽게 좁혀지지 않았다.

회의를 마친 커민스는 달이 뜨기 전에 서둘러 워싱턴에 위치한 NASA 본부로 향했다. 그곳에서는 우주선에 사용되는 '인공중력장치'를 이용해서 밤에도 연구할 수 있었다. 뒤늦게 거른 끼니가 생각나서 샌드위치를 먹는데 입으로 들어가는지 코로 들어가는지 알 수 없었다. 그는 인생 처음으로 스스로에 대해 회의를 느꼈다.

지난 15년 동안 그는 TV쇼를 통해서 어렵고도 생소한 천체물리학을 대중들에게 최대한 친절하고 재미있게 설명하려고 노력했다. 하지만 이제 그럴 자신이 없었다. 달이 이렇게 커질 거라고 예측 못했을 뿐만 아니라 앞으로 어떻게 대응하면 좋을지 마땅한 비전도 제시할 수 없었다. 지구의 종말이 가까이 다가오는데 이깟 허기짐은 사치처럼 느껴졌다.

'어떻게 하면 좋을까?'

지근거리는 머리를 매만지며 커민스는 생각에 잠겼다. 아내에게 오늘 집에 못 들어간다고 전화하려다가 핸드폰에 찍힌 부재중 전화를 확인했다. 대한민국의 '차운택'이었다. 이름을 보는 순간 그의 눈이 번쩍 뜨였다. 혹시…….

커민스와 운택은 27년 전 MIT에서 같이 박사과정을 밟았다. 한때는 룸메이트이자 둘도 없는 친구였지만 지금은 다소 소원해진 상태였다. 특히 19년 전에 있었던 우주에 대한 논쟁이 둘 사이를 멀어지게 만들었다. 시계를 봤다. 13시간 시차니까 한국은 지금 아침 7시일 거야! 조금 이른 감이 없지 않았지만 지체할 시간이 없었다. 다행히 운택은 전화를 받았다. 오랜만에 하는 전화지만 안부 인사는 건너뛰었다.

"총리님! 한국은 어때?"

그러자 운택은 긴 한숨으로 대답을 대신했다.

"총회 봤어. 앞으로 어떻게 될 것 같아?"

"결론이 쉽게 날 것 같지 않아."

"그래. 새로운 소식 있으면 내게 빨리 알려줘."

그렇게 말하는 운택의 목소리는 거칠게 갈라졌다. 초조한 기색이 역력했다.

그동안 대통령은 운택을 달달 볶았다. 앞으로 어떻게 되는 건지, NASA에서 들려오는 새로운 소식은 없는지 하루에도 수십 번 캐물었다. 하지만 여전히 그는 자신이 갖고 있는 자료를 꺼내지 않았다. 이것을 보여주면 자신이 팽당할지도 모른다고 생각했다. 혹은 왜 지금까지 보고하지 않았냐며 문책당할 수도 있었다. 이제 대통령 임기가 10개월밖에 안 남았으니 조금만 더 버티면 된다고 그는 스스로를 타일렀다. 그때까지 살아남을 수 있을지는 또 다른 문제이지만. 운택이 전화를 끊으려고 할 때 커민스가 다급하게 물었다.

"예전에 네가 그랬지? 달이 커질 거라고."

하지만 운택은 좀처럼 입을 열지 않았다. 그 모습에 커민스는 확신이 생겼다.

"분명 논문에 그렇게 썼잖아. 달이 몇 십 년 안에 두 배 이상 확대될 거라고."

"맞아. 그랬지."

운택은 순순히 인정했다.

"어떻게 알았던 거야? 이렇게 될지."

"에이~, 내가 신도 아니고 어떻게 그걸 알겠어. 고장 난 시계도 하루에 두 번은 맞잖아."

운택은 일부러 웃으며 농담처럼 넘겼다. 커민스가 다시 한 번 물었지만 그의 대답은 한결같았다. 운이 좋았다고. 얻어걸려서 자기도 너무 신기하고 또 놀랍다고. 그렇게 둘은 별 소득 없이 통화를 마무리했다.

핸드폰을 내려놓은 운택은 책장으로 다가가 자신의 예전 논문을 바라보았다. 19년 전에 발표했을 때 그 누구도 그의 말을 믿어주지 않았다. '달의 바다'에서 발견한 포타슘, 토륨 같은 방사성 원소를 통해서 달의 생애 주기가 끝을 향해 달려가고 있음을 밝혔지만 이는 주류 학설에 어긋나는 이론이었다. 달이 별도 아닌데 무슨 생애 주기가 있냐며 학자들은 그를 조롱했고, 그는 곧 학계에서 왕따가 되어버렸다. 믿었던 동료 커민스도 마찬가지였다.

"너는 그동안 인류가 배우고 연구한 모든 것을 부정하는 거야!"

"인류는 그렇게 오래 연구했으면서 달의 기원조차 제대로 못 밝혔잖아. 원래 달이 두 개였다고, 큰 달과 작은 달이 합쳐져서 하나가 되었다는 것도 최근에 밝혀진 사실이잖아. 그러면서 어떻게 달에 대해 모든 것을 안다고 할 수 있지? 확증 편향된 건 지금의 과학계 아니야?"

둘은 그렇게 치열하게 설전을 벌였지만 결과는 정해져 있었다.

매드 사이언티스트! 다들 운택을 '미치광이 과학자'라고 불렀다. 게다가 기존에 썼던 논문까지 표절 논란이 터지면서 그는 학자로서의 명성을 한순간에 잃게 되었다. 학교 평판이 떨어질 것을 우려해서일까? 40대 초반인데도 카이스트 총장은 그에게 안식년을 포함한 무기한 휴가를 종용했고, 국내외 50개가 넘는 연구 단체에 이력서를 제출했지만 그를 받아주는 곳은 단 한 곳도 없었다.

그때 그는 느꼈다. 힘이 없으면 아무리 노력해도 소용없다는 것을, 진리를 차곡차곡 쌓아 올린 상아탑에도 때론 권력과 권위가 필요하다는 것을. 그렇게 그는 2년 넘게 술에 취해 하루하루를 버텨나갔다. 이때 그를 구원해준 게 바로 지금의 대통령이었다.

운택은 눈을 감고 그때 느꼈던 쓸쓸한 감정을 다시 상기해 보았다. 술 한 잔 마시지 않았지만 쓰디쓴 무언가가 속 깊숙이 들어찼다.

"봐봐. 내 말이 맞지. 왜 그때 내 말을 안 들었어? 그러니 이렇게 고생하잖아."

마치 세상에 원망하듯 그는 하나밖에 안 남은 자신의 예전 논문을 한 손에 꽉 쥐고 창밖의 태양을 정면으로 응시했다.

에비에이션 3일 차, 달이 사라지고 아침이 되자 사물들은 모두 아래로 떨어졌지만 정아의 머릿속은 여전히 부유한 상태였다. 해가 뜨기 전에 밖으로 나간 상혁과 정아는 어제처럼 이곳저곳을 하염없이 떠돌았지만 그 어디에서도 수진의 흔적은 찾을 수 없었다.

"인스타 알람은?"

"아니, 없어."

상혁은 고개를 저었다. 어젯밤 둘은 수진의 사진과 인적 사항을 각종 SNS에 올렸다. 조회수는 높았고 위로의 댓글 또한 많았지만 그들이 찾는 정보는 없었다. 다른 게시글에 밀릴까 봐 상혁은 한 시간마다 똑같은 사진을 계속 업로드했다. 혹시 새로운 소식이 있을까 해서 둘은 경찰서로 향했다. 이미 경찰서 안은 아이를 잃은 부모들로 가득 차 있었다. 그때 한 30대 여자가 고래고래 소리를 질렀다. 그녀의 이름은 주원이었다.

"아니 도대체 언제까지 기다리라는 거예요?"

그녀는 계속 따졌지만 경찰은 그저 뒷머리만 긁적일 뿐이었다.

"아, 그게……. 하늘에 올라간 걸 어떻게 찾습니까?"

"아니 그래도 찾는 시늉이라도 해야죠. 안 그래요?"

주원은 울화통을 터뜨렸다.

"아니 저희가 아이를 잃어버렸나요? 그러니까 왜 아이 하나 제대로 단속 못해서."

제일 뒷자리에 앉아 있던 나이 든 경찰 한 명이 일어나 빈정거리듯 말했다. 화가 난 상혁이 그에게 다가가려 했지만 정아가 앞을 가로막았다.

"지금 우리에게 중요한 게 뭔지 생각해봐!"

답답한 상혁은 허리춤에 손을 대고 한숨을 푹 내쉬었다. 분명한 건 경찰만 믿고 있다간 큰일 날 것 같았다. 다른 유관 기관도 마찬가지였다. 구청에 연락하면 서울시로 연락하라고 했고, 재난청에 전화를 하면 또 관할 소방서가 담당이라며 전화를 돌렸다.

"죄송한데 이제 나가주세요. 자꾸 이러시면 공무집행 방해입니다."

그러면서 경찰들은 한데 모여서 부모들을 밖으로 밀어냈다. 경찰서 밖으로 나오자마자 주원은 '씨팔!' 하면서 돌부리를 걷어찼다. 얼마나 속상하면 저럴까? 정말 남 일 같지가 않았다. 정아는 다가가 그녀의 등을 조심스레 어루만졌다.

"언제 아이를 잃어버리셨어요?"

"그제요. 현우가 갑자기 고열이 나서 병원에 갔거든요. 가는 길에 실수로 차창을 열었다가 그만……."

5살 남아랬다. 남편은 사별해서 혼자 애를 키우다가 이런 일이 벌어졌단다. 자기 때문에 아이를 잃었다는 죄책감 때문일까? 주원은 말하는 내내 어깨를 떨며 흐느꼈다. 짙고 커다란 눈망울이 금세라도 물컹 아래로 떨어질 것만 같았다.

"우리 힘내봐요. 아이들은 우리를 기다리고 있으니까요."

"정말…… 그럴까요?"

"네, 그럼요. 우리 현우랑 수진이 꼭 찾을 수 있을 거예요."

그렇게 말하며 토닥이자 주원은 정아의 어깨에 기대 점

점 안정을 찾아갔다.

“저기요! 괜찮아요?”

누군가가 부르는 소리에 해준이 천천히 눈을 떴다. 눈을 떠보니 반쯤 기울어진 그의 시야 너머로 형편없이 구겨진 차의 보닛이 보였다.

‘여기가 어디지?’

천천히 주변을 둘러보니 갯벌 위로 무리를 지어 이동하는 갈매기 떼가 보였다. 뒤늦게 비릿한 갯벌 냄새가 코끝을 찔렀다.

“제 목소리 들려요?”

다시 누군가의 목소리가 멍멍하게 들렸다. 해준은 눈을 깜빡이며 어제 있었던 일을 하나하나 되짚어 보았다. 양쪽에서 나타난 산채만 한 해일이 차 지붕을 덮쳤고 ‘이러다 죽겠다!’ 싶던 순간, 대형 세단 하나가 노면에 미끄러지면서 해준의 차 옆구리를 박았다. 그 바람에 해준은 데굴데굴 몇 바퀴 구르다가 가드레일을 뚫고 바닷가 근처 갯벌에 빠지고 만 것이다. 엄청 위험했지만 그래도 운이 좋았다. 만약 조금만 더 멀리 떨어졌다면 깊은 바다에 빠져 목숨 구하기 쉽지 않았을 테니까.

"도와드릴까요?"

남자가 한 번 더 물었다.

"네……, 부탁드려요."

허리가 끊어질 듯이 아팠지만 해준은 이를 악물며 몸을 일으켰다. 남자는 자신의 포드 픽업트럭에 줄을 묶은 뒤, 최대 출력으로 SUV를 노면 위로 끌어올렸다. 나와 보니 가슴팍이 쓰라린 것 빼고 크게 다친 곳은 없었다. 해준이 차 상태를 살피는 사이에 남자는 119에 전화를 했다. 하지만 해준은 고개를 저으며 그를 막아섰다.

"진짜 병원에 안 가봐도 돼요?"

남자는 해준의 이마를 가리켰다. 핸드폰 액정으로 살펴보니 정수리부터 흘러내린 피가 딱지가 된 채 굳어 있었다.

"네, 괜찮습니다."

그 순간 해준은 까맣게 잊고 있던 것이 떠올랐다.

'제길……. 제보자 만나기로 해놓고는 거의 하루 종일 기절해 있었네!'

빌린 물티슈로 대충 피를 닦으며 그는 서둘러 제보자에게 전화했다. 받지 않았다. 혹시 밤사이에 마음이 바뀐 건 아니겠지? 해준은 초조해졌다. 차에 들어가서 시동을 켜니 다행히 엔진 소리가 들렸다. 후미등도 깨지고 지붕도 무너져 내렸지만 정말 신기하게도 주행에는 무리가 없었다.

"설마 운전하시게요?"

남자가 놀라며 물었다.

"네. 저기 혹시 계좌 번호 하나 알려주세요!"

사례비를 지급하려는데 남자는 괜찮다며 연신 손을 흔들었다. 세상에 대가 없는 호의는 없다! 이게 그가 살아가는 원칙이자 방식이었다. 결국 계좌 번호를 받고서야 해준은 다시 도로 위를 질주했다. 과연 제보자에게 원하는 정보를 얻을 수 있을까? 부디 정보가 그만큼의 값어치 있기를 그는 마음속으로 빌고 또 빌었다.

정아와 상혁은 주원과 같이 영등포와 상암 일대를 샅샅이 돌아다녔다. 주변에는 아이를 찾는 부모들로 넘쳐났다. 전단지를 나눠주는 사람도 있었고, 돈 많은 부모들은 건물의 전광판을 사서 아이들 얼굴로 도배해놓았다.

"제발 우리 아이 좀 찾아주세요."

저마다 외치는 안타까운 사연에 행인들은 촉촉한 눈빛으로 아이들 얼굴을 옮겨갔다. 방송국 외벽에 설치된 LED에는 종로와 강남 곳곳에 가게를 털고 물건을 훔치는 강도 때문에 경찰들이 집결했다는 뉴스가 흘러나왔다. 시간이 지나자 시위는 점점 폭동으로 변해갔고 곳곳에 방화 및 약탈, 육탄전이 벌어지며 사상자가 속출했다. 지나가는 차량을 세우고 운전자를 끌어내려 이유 없이 구타하는 장면이 생중계로 보도되기도 했다.

"참……, 세상이 어찌되려고……."

지나가는 사람들 모두 잠시 멈춰서 화면을 보다가 서둘러 발걸음을 옮겼다. 혹시나 여기까지 강도들이 들이닥치는 건 아닌가 걱정하는 분위기였다. 주원은 그걸 보다가 옆에서 전단지를 나눠주는 정아에게 다가갔다.

"언니! 혹시 '에피모'라고 들어봤어요?"

"그게 뭔데요?"

"'에비에이션 피해 부모 모임'이에요."

"네. SNS에서 본 것 같아요."

정아 대신 뒤에 있던 상혁이 답했다.

"우리 거기 들어가서 같이 활동하는 게 어때요? 목소리도 모으고, 정보도 공유하고."

정아는 나쁘지 않은 생각 같았다.

"자기 생각은 어때?"

"글쎄……."

상혁이 고개를 갸웃거렸다.

"혹시 사기 아닐까? 절박한 사람들 모아서 한몫 챙기려는 놈들 많잖아."

"설마 자기 아들딸 가지고 그러려고. 주원 씨! 가입하려면 어떻게 해야 해요?"

정아가 묻자 주원은 핸드폰 메모장을 켰다.

"가입신청서를 내야 한대요. 아이 사진이랑 그리고 가족관계증명서 혹은 추천서가 필요하다네요. 괜찮으시면 지금이라도 같이 시청에 가서……."

"자기야!!!!"

주원의 말이 채 끝나기도 전에 상혁이 다급한 목소리로 정아를 불렀다.

"수진이……. 우리 수진이 찾았대."

"진짜?"

정아가 다가가자 그는 인스타 댓글을 보여줬다.

ㄴ 혹시 이마에 V자 반점 있는 아이 아닌가요?

'맞아요. V모양 반점' 답글을 달자, 곧바로 '맞군요. 저희가 데리고 있어요.'라는 메시지가 떴다. 정아는 손으로 입을 틀어막았다.

"언니……, 축하해요. 빨리 가보세요."

뒤에서 주원이 두 주먹을 불끈 쥐었다. 고맙다 말하며 둘은 정신없이 충정로에 있는 보육원으로 향했다. 차를 타고 가는 길, 상혁은 아내의 손을 꼭 잡았다. 정아는 심장이 터질 것만 같았다.

"그래~. 분명 땅으로 떨어졌을 거야. 내가 말했잖아."

"그런데 왜 직접 전화를 안 했을까?"

"그 높은 데서 떨어져 봐. 그럴 정신 어디 있겠어. 많이 안 다쳤기를 바라야지."

정아는 눈을 감고 수진의 모습을 그렸다. 제발 무사하기를. 아니 부디 살아만 있어다오. 손깍지를 낀 채 그녀는 기도를 드렸다. 종교는 없지만 그래도 지금은 위에 있는 누군가에게 기대고 싶었다. 보육원에 도착하자마자 정아는 신발을 제대로 벗지도 않은 채 안으로 뛰어 들어갔다. 단아한 인상의 중년 여자가 정아를 반갑게 맞았다.

"우리 수진이 어디에 있어요?"

"네~, 지금 잠시 잠들어 있어요."

"많이 다친 건 아니죠?"

"그게……. 직접 확인해 보시는 게 좋을 것 같아요."

그녀는 말을 아꼈다. 주차를 마친 상혁이 허겁지겁 안으로 들어왔다.

"우리 딸 그동안 어디에 있었어요?"

"경기대 근처 폐공장에 있는 걸 지나가던 사람이 발견했대요. 밤마다 얼마나 고생했는지 처음에 여기 왔을 때 얼굴이 새하얗게 질려서 성한 데가 하나도 없었어요. 충격 때문에 실어증에 걸렸는지 말 한마디 못하고……."

그 말에 정아의 입술은 바짝바짝 타들어갔다.

"그래도 다행이에요. 이렇게 엄마 아빠 찾을 수 있어서……. 수진이 데려올 테니 잠시만 기다려주세요."

그러면서 원장은 어디론가 향했다.

정아는 금방이라도 눈물이 터질 것 같았다. 그동안 이렇게나 오랜 시간 딸과 떨어져 있기는 처음이었다. 지난 3일이 3년처럼 느껴졌다. 이윽고 멀리서 휠체어에 몸을 실은 아이의 실루엣이 보였다.

"수진아!!"

정아와 상혁은 잰걸음으로 다가갔다. 하지만…… 아이는 수진이 아니었다. 수진과 닮은 여자아이였다. 당황한 정아는 불안한 눈빛으로 원장을 바라봤다.

"아닌가요? 이마에 반점도 있는데……."

원장의 얼굴이 흙빛으로 변했다.

"아니에요. 제 딸……."

두 손으로 머리를 쓸어 올리며 말하는 상혁의 손끝에 실망감이 가득 묻어났다.

알고 보니 그 아이는 며칠 전 단순 실종된 아이였다. 뒤늦게 아이의 진짜 부모가 왔는데 아이는 원래 장애가 있어 말을 못한다고 했다. 앙상하게 마른 아이를 쓰다듬으며 감격의 조우를 하는 부모를 보면서 정아는 만감이 교차했다.

"죄송해요."

원장은 연신 허리를 굽히며 미안함을 표했고, 정아는 어색하게 웃으며 발걸음을 돌렸다.

다시 집으로 돌아오는 차 안에서 정아와 상혁은 단 한 마디 대화도 나누지 않았다. 그저 깜깜한 시선으로 창밖만 내다볼 뿐이었다. 한숨조차 제대로 나오지 않았다. 절망 끝에 더 큰 절망이 찾아올 것만 같아서…… 그래서 더 두려웠다. 그때 상혁의 핸드폰이 울렸다. 인스타 DM인가 싶었지만 전화였다.

"아! 부장님. 네……, 아직 못 찾았습니다."

부장은 언제 출근할 수 있냐고 물었다. 상혁은 난감한 표정으로 입맛만 다시다가 조심스레 청원 휴가를 쓰겠다고 했다. 부장은 사정이 딱한 건 충분히 이해하지만, 갑자기 이러면 자기도 난감하다며 수화기 너머로 쩝쩝 소리를 냈다. 옆에서 듣고 있던 정아는 순간 이성의 끈이 끊어졌다. 그래서 핸드폰을 빼앗아 "지금 제정신이세요?" 소리를 질렀지만, 상혁은 얼른 손으로 휴대폰을 막았다. 그리고 다시 연락드리겠다고 고개를 조아리며 급히 전화를 끊었다.

"당신, 도대체 왜 그래?"

"어떻게 그딴 식으로 말할 수 있어? 그 인간 소시오패스야, 뭐야?"

"알잖아. 나 여기 잘리면 이 나이에 어디 가지도 못해."

핸들을 잡은 상혁의 손이 초조하게 떨렸다. 수진은 그와 아내가 수차례 인공 수정 끝에 5년 만에 낳은 딸이었다. 늦은 나이에 얻은 딸인 만큼 수진이 대학 갈 때까지 뒷바라지하려면 무조건 정년까지는 버텨야 했다. 그래서 더러워도 화가 나도 악을 쓰며 버티고 또 참았는데……. 이렇게 생각지도 못한 변수가 나타날 줄이야! 어찌해야 하나 생각을 정리하기도 전에 또 다른 고민이 상혁의 머리를 무겁게 짓눌렀다.

✦

10개월 전, 정아는 집 한편에 마련된 작업실에서 그림을 그리고 있었다. 전시회가 얼마 남지 않았기에 서둘러 작품을 완성해야 했다. 같이 전시하는 다른 작가들에게 뒤처지면 안 된다는 생각, 저번에는 평가가 좋지 않았기에 이번에는 달라야 한다는 부담 때문일까? 붓을 쥔 손에 자꾸 힘이 들어갔다. 그때 현관문이 열리더니 마트에 갔던 상혁이 들어왔다.

"수진이는? 수진이는 어딨어?"

정아가 문을 바라보며 물었다.

"아~, 들어오는 길에 용달이 만났거든. 녀석이 수진이 동네 구경시켜준대."

그러면서 상혁은 냉장고에서 페트병을 꺼내 그대로 *꿀꺽꿀꺽* 마셨다. 평소라면 컵에 따라 마시라고 잔소리할 텐데 정아는 그럴 정신이 없었다.

"아니 그게 무슨 소리야. 어쩌려고 그래?"

"뭐가?"

입 주변에 흘린 물을 손등으로 스윽 훔치며 상혁이 어리둥절한 표정으로 물었다.

"사춘기 남자애잖아. 그런 애랑 단둘이 있어도 되는 거야?"

"에이~, 걱정 마. 용달이 그런 애 아닌 거 자기도 알잖아."

상혁은 첫날 이사 왔을 때 수진이 사라졌던 기억을 상기시켰다. 그 사건이 있은 다음 날, 정아는 감사의 의미로 용달모에게 상품권을 전달했지만 그녀는 한사코 거절했다.

"같은 아파트에 살면 한 가족이나 다름없는데요, 뭘~."

그러면서 용달모는 앞으로 용달이 잘 부탁한다고 고개를 조아렸다.

"근데…… 진짜 괜찮을까? 그래도 지적 장애가 있는데."

정아가 냉장고 문을 닫으며 물었다.

"정신 연령은 7살이래. 그러니까 수진이랑 딱 맞을 거야."

상혁은 걱정 말라는 듯이 정아의 어깨를 툭툭 치고는 패브릭 소파에 드러누웠다. 곧이어 야구 중계 소리가 들렸다. 정아가 베란다로 나가 밖을 내다보자, 수진과 용달이 놀이터에서 깔깔 웃으며 이리저리 뛰어다니는 모습이 보였다. 정아는 입술을 깨물었지만 찜찜한 기분까지 숨길 수 없었다.

— 오늘 월출 시간은 18시 27분입니다. 인력은 25.6kg까지 치솟을 것으로 예상됩니다.

핸드폰에서 울리는 재난 문자에 정아는 천천히 눈을 떴다. 차에서 잠시 눈만 붙인다는 게 1시간 넘게 자버렸다. 옆을 보니 상혁은 허리를 뒤로 젖힌 채 곤히 자고 있었다.

"일어나! 자기야~ 일어나!"

정아가 어깨를 흔들자 그는 붉게 충혈된 눈을 가늘게 떴다.

둘은 다시 밖으로 나가 수진 얼굴이 담긴 전단지를 돌렸다. 이번에는 마포 한복판이었다. 행인들 대부분은 같이 슬퍼하며 위로의 말을 건넸지만, 전단지에 발길질하는 사람도 있었다.

"야! 니네 딸만 잃어버렸냐?"

"어휴~, 진짜 유난이네 유난이야."

상혁은 화가 났지만 참을 수밖에 없었다. 다른 생각하기에는 지금 일분일초가 아까웠다.

"심판의 날이 머지않았어요! 빨리 신 앞에 무릎 꿇고 속죄합시다!"

뒤돌아보니 종교 단체로 보이는 무리들이 피켓을 들고 가까이 다가오고 있었다. 앞에는 십자가를 어깨에 짊어진 사람이, 뒤에는 달 모양 탈을 쓴 사람이 채찍을 맞으며 걸었다. 확성기를 든 종교 지도자가 소리쳤다.

"이게 다 우리가 그동안 신을 무시한 결과입니다! 신이 노하셨다고요."

그러면서 그는 신께 자신의 잘못을 용서하고 또 믿음으

로 기도하면 다시 예전으로 돌아갈 수 있다고 부르짖었다. 안 되겠다 싶은 상혁과 정아는 반대편 거리로 갔지만 거기도 마찬가지였다. 어제 뉴스에서 본 것처럼 그곳은 방화와 폭력이 난무했다. 지구의 종말이 머지않았다고 외치면서 가게를 습격해 물건을 훔치거나, 길가에 주차된 자동차에 불 지르고 도망치는 청소년들이 군데군데 눈에 띄었다.

'여기서 전단지 나눠주는 건 아무래도 무리다!' 싶을 때 정아는 주원의 연락을 받았다. 국회 앞에서 에피모 회원들이 모여서 단체 시위하고 있으니 빨리 오라는 메시지였다.

"진짜 가도 될까?"

상혁은 역시 조심스러워했다.

"일단 가보고 나서 판단하면 어때?"

마지못해 상혁은 고개를 끄덕였고 둘은 서둘러 차를 몰고 여의도로 향했다.

국회 정문 앞에는 아이를 잃은 부모들과 기자들로 인산인해를 이뤘다. 주원을 찾아보려고 했지만 쉽게 보이지 않았다. 가슴팍에 하얀색 클로버 브로치를 한 무리들만 보일 뿐이었다. 멀리서 정부 대표로 나선 행안부장관이 마이크에 대고 현 상황에 대해서 브리핑하고 있었다. 경찰과 시민단체 등 모든 인력들이 계속 수색에 나서고 있지만, 아직 발견된 아이는 단 한 명도 없다고 그는 말했다. 질문을 받겠다고 하자 앞에 있는 누군가가 손을 들었다.

"그러면 우리 아이들은 어떻게 된 건가요?"

"우주에서 이동 중이라는 보고를 받았습니다."

그의 말이 끝나자 사람들은 술렁거렸다.

"그 말은 인력에 의해 계속 올라가고 있다는 뜻인가요?"

"지구를 계속 도는 건가요?"

"살아는 있는 건가요?"

수많은 질문들이 우후죽순 쏟아졌다. 어디서부터 어떻게 대답해야 할까 장관이 고민하고 있을 때 상혁이 소리를 질렀다.

"그럼 탐사선을 보내면 되잖아요. 그러면 아이들 찾을 수 있는 거 아니에요?"

"네, 저희도 그 방법을 고안 중입니다."

"말로만……."

상혁이 짜증을 내뱉었다. 외신에 의하면 미국과 프랑스에서는 며칠 안에 유인탐사선을 보낼 계획이라는데 도대체 이 나라 윗대가리들은 뭐 하고 있는 건지 그는 열불이 터졌다. 초조한 정아가 손을 들었지만 맨 앞에 앉은 여성에게 먼저 기회가 갔다.

"우리 아들 죽었는지 살았는지 그것만이라도 알려주세요. 제발요."

그 질문에 장관은 쉽게 말을 잇지 못했다. 잠시 고민하던 그는 단상에 놓인 물을 한 모금 마신 후 조심스럽게 입을 열었다.

"이런 말씀드리기 조심스럽지만……, 생존은 쉽지 않을 것 같습니다. 대류권을 넘어서부터는 산소가 희박하고 또 영하 270도까지 내려가기에 인간의 몸으로 버티는 건 불가능하다고……."

순식간에 장내는 무거운 정적에 휩싸였다. 그리고 이내 여기저기서 동시다발적으로 울음이 터져 나왔다. 어느 정도 예상은 했지만 전문가의 입을 통해 한 번 더 확인하니 아이들의 죽음이 기정사실처럼 느껴졌다. 상혁은 치밀어 오르는 감정에 재빨리 하늘을 올려다보았다. 눈가에 고인 눈물이 볼을 타고 흘렀지만 차마 닦을 수 없었다. 하지만 정아는 믿을 수 없다는 듯 고개를 세차게 흔들었다.

"아니에요. 그럴 리 없어요. 우리 딸 아직 살아 있어요. 확실해요. 그러니까 제발 우리 아이 찾아주세요, 네?"

앞에 선 경찰들을 제치고 정아가 애원하며 단상 앞으로

걸어 나가려던 바로 그때. 맨 앞줄에 있던 빨간 뿔테를 쓴 남자가 번쩍 손을 들었다.

"좀 전에 외국 아이 한 명이 우주를 떠돌다 다시 지구로 돌아왔다는 뉴스가 떴는데 이건 뭔가요?"

"진짜?"

"정말이야?"

울음소리는 삽시간에 사라지고 다들 정신없이 핸드폰으로 검색하기 시작했다. 그들이 찾은 건 볼리비아의 한 아이가 에비에이션 후 다시 호숫가로 떨어졌다는 기사였다. 장관은 난감한 표정으로 입을 열었다.

"가짜 뉴스일 가능성이 높습니다."

"진짜 아닌가요?"

"정부가 사실을 은폐하고 있는 것 아니에요?"

사람들이 하나둘씩 소리를 질렀고, 울음과 욕설과 비방이 한데 섞여 기자회견장은 난장판이 되었다. 안 되겠다 싶은 장관은 고개를 숙인 채 황급히 자리를 피했다.

"진짜 우리 수진이 죽은 거야? 아니지? 아닌 거지?"

정아는 울먹였다.

"그래. 살아 있을 거야. 다른 아이는 몰라도 우리 딸은 분명 살아 있을 거야. 수진이는 기적의 아이잖아."

동그랗게 굽은 아내의 등을 토닥이며 상혁이 말했다.

그때 한 남자가 둘 앞에 다가왔다. 아까 봤던 그 빨간 뿔테를 쓴 남자였다. 옆에 있던 주원이 눈빛으로 정아에게 신호를 보냈다.

"들었습니다. 8살 딸을 잃어버리셨다고요?"

"네."

정아는 고개를 끄덕였다.

"저도 아들을 잃어버렸어요. 5살밖에 안 된 아이였는데……."

그러면서 그는 '에비에이션 피해 부모 모임 총무 김민상'이라고 적힌 명함을 내밀었다.

"아……, 에피모."

"우리 같이 찾아봐요. 혼자서 꾸는 꿈은 그냥 꿈이지만, 여럿이서 같이 꾸는 꿈은 현실이 될 수 있으니까요."

총무가 부드럽게 미소를 흘리며 말했다. 상혁이 그의 명함을 유심히 살피는 사이에 정아는 고개를 크게 끄덕였다.

해준이 인천 운서동에 들어서자 오래된 2층 주택이 보였다. 분명 노출 콘크리트로 지은 건물은 아닐 텐데 며칠 사이 외장 벽돌과 타일이 군데군데 떨어져 나가서 굉장히 황량하게 느껴졌다. 다행히 차임벨은 그대로 붙어 있었다. 그는 목을 가다듬고 벨을 눌렀다.

"누구세요?"

"네, 어제 전화드린 〈월간 유니버스〉 정해준 기자입니다. 늦어서 죄송합니다."

잠시 후 30대 초반의 여자가 밖으로 나왔다. 그녀는 해준의 모습을 보자 깜짝 놀랐다.

"아…… 그게……. 오는 길에 사고를 좀 당해서."

그러면서 그는 거의 폐차 직전의 SUV를 가리켰다. 여자는 입을 벌린 채 고개를 끄덕였다.

잠시 후 화장실에서 얼굴을 씻고 나온 해준은 거실 소파에 앉아서 핸드폰 녹음 어플을 켰다.

"이게 제가 말씀드린 그거예요."

앞에 앉은 그녀가 사진 하나를 건넸다. 제보자와 남편이 8개월 된 아이와 함께 찍은 사진이었다.

"아이가 사라진 날짜가 7월 5일이 아니라 5월 12일이라고요?"

"네. 그때 청소하고 있는데, 베란다에서 놀던 진주가 갑자기 사라졌어요."

그녀는 쓸쓸한 눈빛으로 그렇게 말했다.

"그럼 신고는 하셨어요?"

"네. 곧바로 경찰에 신고했는데 아무도 제 말을 믿어주지 않더라고요. 누가 믿겠어요? 아기가 갑자기 하늘로 올라갔다는데……."

해준은 수첩에 적은 5월 12일에 동그라미를 쳤다. 에비에이션 두 달 전이었다. 그때만 해도 다들 말도 안 된다고 비웃었을 게 분명했다.

"결국 진주를 못 찾았군요."

"네. 혹시나 해서 이곳저곳 다 뒤져봤지만 찾을 수 없었어요. 경찰은 제가 유기한 게 아니냐며 의심까지 했어요."

땅이 꺼져라 그녀는 한숨을 쉬었다. 혹시 그때도 하늘에 오로라 같은 특이 현상이 있었냐는 질문에 그녀는 정신없어서 제대로 기억은 안 나지만 그런 것 같다고 했다.

"그럼 우리 진주 찾을 수 있는 건가요?"

"그게…… 한번 열심히 알아보겠습니다."

두 달 전 실종된 아이를 다시 찾는다는 건 아무리 생각해도 불가능해 보였지만, 아이 엄마의 절박함까지 매몰차게 뿌리치긴 싫었다.

"혹시 증거 같은 건 없을까요? CCTV나 혹은 경찰 조사 자료."

"아……, CCTV는 없고 남편이 찍은 사진이 있는데……."

그러면서 그녀는 자료를 가지러 작은 방으로 향했다. 그 사이에 해준은 5월 12일이라는 글씨를 다시 바라봤다. 그녀 말이 사실이라면 에비에이션 전에 분명 전조가 있었다는 건데…….

'역시 내 예상이 맞았어.'

예전부터 그는 블로그를 통해 달의 인력과 지구의 중력 사이에서 불균형이 있을 거라고 주장했다. 하지만 그 누구도 그의 주장에 귀를 기울이지 않았다. 잡지사 편집장은 그가 기사를 써 올 때마다 이런 것은 실을 수 없다고 반려했다.

그동안 정부는 몰랐던 걸까? 아니면 전조가 있다는 걸 알면서도 애써 모른 척했던 것일까? 그렇다면 도대체 왜? 머리에 수많은 의문이 오고 갔다. 해준은 핸드폰 연락처에서 아버지 이름을 검색했다. 통화 버튼으로 검지가 조금씩 다가갔지만, 그는 차마 누를 수는 없었다.

'아버지. 도대체 무슨 생각을 하고 있는 건가요?'

그는 독기 어린 눈빛으로 '차운택'이라고 적힌 이름을 매섭게 노려보았다.

"발사 후의 너희 전략은 뭐야?"

운택은 스카이프를 통해서 커민스 교수와 이야기를 나누고 있었다. 미국 정부는 에비에이션 한 아이들을 찾기 위해 이틀 후 유인 탐사선을 보낼 예정이었다. 이미 미국은 2025년부터 우주 기구와 우주 관련 민간 기업들까지 연계된, 거대 국제 프로젝트인 '아르테미스 프로젝트'를 시행하고 있었기에 다른 나라보다 먼저 인명구조용 탐사선을 신속하게 추진할 수 있었다. 운택이 물었다.

"정말 아이들이 살아 있다고 생각하는 거야?"

커민스 교수는 혹시 운택이 녹화하는 건 아닌지 확인한 후 고개를 저었다.

"아니 그럴 가능성은 희박하지."

"그런데 뭐 하러 보내?"

"내가 너한테 묻고 싶은 말이야. 왜 보내면 안 되는데?"

커민스 교수의 한 마디에 운택은 무방비 상태가 되었다. 아이들이 살아 있을 가능성이 0.1퍼센트라도 있다면 탐사선 보내서 찾는 게 정부의 역할 아니냐고 커민스는 덧붙였다. 그 이야기를 듣고 운택은 잠시 생각에 잠겼다. 무엇이 맞는지 아직도 확신이 서지 않았다.

"그나저나 혹시 좋은 아이디어 없어? 앞으로 달은 어떻게 하면 좋을지."

커민스 교수는 운택이 분명 좋은 생각을 가지고 있을 거라 생각했다. 학교 다닐 때부터 그는 남다른 학생이었으니까. 천재들이 모인 MIT에서도 운택은 단연 두각을 드러냈다. 19년 전 달이 커질 거라고 유일하게 예측한 이도 그였다. 하지만 그때의 상처 때문일까? 운택은 쉽게 속내를 드러내지 않았다.

"그걸 내가 어떻게 알겠어? 나는 이제 과학보다는 정치 쪽에 가까운 사람인데."

"그런 사람이 2년 전부터 NASA와 비밀 자료를 주고받아?"

운택은 놀란 마음을 애써 감추며 커민스가 어디까지 알고 있는 건지 가늠해보았다. 최근에 커민스는 목성 탐사선 계획인 '패스파인더 프로젝트'에도 참여하는 등 수차례 NASA와 협업했기에 아마도 비밀 자료 열람이 가능한 듯싶었다. 운택은 순순히 시인했다.

"맞아. 그거로라도 먹고 살아야지."

농이 섞인 말로 어색한 분위기를 무마하려 했지만 커민스가 쉽게 넘어가지 않았다.

"진짜 모르겠어. 우리는 그저 분석하고 연구하는 사람이

지 대책을 내는 사람이 아니잖아."

이 말은 진심이었다. 근원적인 해결책은 자기도 알 수 없었다. 그저 주어진 환경에 어떻게 하면 빨리 적응할지 궁리할 뿐이었다.

"그쪽 상황은 어때?"

커민스가 한숨을 쉬며 물었다.

"폭동 나기 직전이야. 이러다가 정말 큰일 나겠어."

운택은 한쪽 벽면에 놓인 TV를 바라보며 말했다. 미국과 한국뿐만 아니라 전 세계가 미쳐 돌아가고 있었다. 시위가 줄을 이었고 폭력과 방화, 강도 및 성폭행 때문에 사상자가 속출했다. 채널을 돌리자 청와대 앞에 구름떼처럼 모여든 시위대들이 보였다. 그걸 바라보며 운택은 오랫동안 마음에 품고 있는 말을 꺼냈다.

"커민스 교수! 혹시 나랑 같이 뭐 하나 준비해보지 않을래?"

"우리 아이들을 살려 달라!"

"빨리 탐사선 왜 안 보내냐?"

맨 앞에 있는 총무가 구호를 외치면 나머지 회원들이 복창을 하며 앞으로 나아갔다. 시위대 중에서는 신입 회원이 된 정아와 상혁, 그리고 주원도 있었다. 그들은 가슴팍에 하얀색 클로버 브로치를 부착했다. 부총무인 승연 말로는 그게 구원과 희망을 상징한다고 했다.

"해산하세요, 해산."

책임자는 확성기에 대고 소리를 질렀지만 성난 사람들의 분노까지 막을 수는 없었다.

"대통령은 어디 갔냐? 나와라~ 나와!!"

총무와 회원들의 목소리는 점점 더 높아졌고, 이내 굳게 닫힌 철창 너머 관저에 있는 대통령의 귀에까지 흘러갔다. 대통령은 창문 가까이 서서 시위대의 모습을 착잡한 심정으로 바라봤다. 임기 내에 이런 일이 있을 거라고는 한 번도 예상치 못했는데, 탁월한 성과는 없었지만 그래도 특별히 못한 것도 없다 생각했는데 이렇게 커다란 스크래치가 생길 줄이야!

"각하! 탐사선 보내는 게 어떨까요?"

옆에서 비서 실장이 조심스레 말을 이었다.

"지금이라도 빨리 추진하면 일주일 안에 탐사선을 보낼 수 있을 것 같습니다."

그러자 대통령은 불만족스럽다는 표정으로 비서 실장을 흘겨보았다.

"보내면 위로 올라간 아이들을 살릴 수 있단 말인가요? 보나 마나 다 죽었을 텐데……. 죽은 애들 시체 확인한 부모들이 또 가만히 있겠어요?"

그렇게 말하자 비서 실장은 더 이상 입을 열지 못했다.

"앞으로 아이들이 올라가지 않게 하는 게 더 중요해요. 지나간 일은 어쩔 수 없어요. 감내해야지."

그러면서 대통령은 보기 싫다는 듯 창문을 닫아버렸다.

밖에서 시위대는 이제 거의 절규에 가까운 소리를 내지르며 그들을 막아서는 청경들을 밀어붙였다. 경찰들이 방패로 밀어봤지만 역부족이었다. 결국 물대포가 등장하고 나서야 홀딱 젖은 시위대는 전의를 상실하고 뒤로 물러났다. 하지만 총무는 여전히 그대로였다.

"아이들을 찾을 때까지 우리는 결코 물러나지 않을 겁니다."

그의 목소리는 말이라기보다 울부짖음에 가까웠다. 옆에서 북을 치며 회원들을 독려하던 승연도 다시 물대포 앞으로 달려 나갔다.

"쏴봐! 쏘라고! 우리를 쫓아내려면 아마 여기에 있는 물 다 비워야 할걸?"

그 모습을 가까이서 지켜보던 정아는 순간 가슴이 뜨거

워졌다. 동시에 어쩌면 이들과 함께라면 절망 속에서 한 줄기 빛을 찾을 수 있지 않을까! 그런 생각이 들었다.

✦

그렇게 또 하루가 지났다. 밤이 되면 모두 긴장한 채 서로의 손을 잡았다. 그나마 다행인 건 지구 반대편에 있는 사람들은 그나마 숨을 쉴 수 있었다. 달 대신에 해가 떠 있었으니까. 하지만 행복은 채 12시간도 못 갔다. 마음을 졸이면서 그들은 또다시 다가올 밤을 준비해야 했다. 살아 있는 동안 낮과 밤은 계속 번갈아 올 것이고, 지구에 있는 한 인류는 창살 없는 감옥에 갇힌 거나 다름없었다. 몇몇 부자들은 개인 전용기를 타고 전 세계 이곳저곳을 돌아다니며 밤을 피하려 했지만 그것도 임시방편이었다. 시차 적응도 힘들었고 사람들의 뜨거운 시선을 피하기도 어려웠다. 며칠도 못 지나 그들은 자포자기 상태가 되어버렸다.

— 금일 월출 시간은 18시 22분이고 달의 인력은 26.4kg으로 예상됩니다. 다들 오늘 하루 편안하시길 기도드립니다.

핸드폰과 모니터 위로 재난 뉴스가 떴다. 밤새 시달린 사람들은 아침이 되자 다들 지쳐 쓰러졌지만 정아는 잠을 잘 수 없었다. 머리를 풀어헤친 채 인터넷 기사를 찾고 또 찾았다. 아직도 불안정한 위성 상태 때문일까? 기사 하나 보려면 엄청 오래 기다려야 했지만 그녀는 충혈된 눈을 깜빡이며 끝까지 기다렸다. 하지만…… 애석하게도 정부 말대로 볼리비아 아이는 가짜 뉴스였다. 철부지 대학생이 장난삼아 올린 글을 남미 언론사에서 검증도 없이 기사로 작성한 것이었다. 두통이 점점 심해졌다. 서둘러 약을 털어 넣었지만 별 소용이 없었다.

마트에서 장을 보는 상혁은 연신 하품을 해댔다. 간밤에 두통과 이명으로 제대로 잘 수 없었다. 다른 이들도 비슷해 보였다. 다들 잠을 설쳐서인지 좀비처럼 퀭한 얼굴로 카트를 밀었다. 그 사이에 사재기와 절도가 기승을 부려 마트의 물건은 거의 텅텅 비어 있었지만 상혁은 개의치 않았다. 하긴 이 와중에 제품을 고른다는 건 사치였다.

"어쩜 저럴 수 있지?"

그때 마트에 있는 누군가가 말했다. 그녀의 시선을 따라가보니 마트 TV로 속보가 나왔다. '당심교'라는 사이비 종교 단체에서 인신 공양의 목적으로 밤사이 갓난아기 5명을 하늘로 띄워 보냈다는 뉴스였다. 경찰에 붙잡힌 교주는 이렇게 말했다.

"하늘이 노하셨기에 달래 드리려 아기들을 보낸 겁니다. 그래야 더 큰 재앙을 피할 수 있어요. 앞으로 100명만 더 보내면 달은 다시 예전 그대로 돌아올 것입니다."

경찰은 교주와 그의 신도, 그리고 그걸 찍어서 유튜브에 올린 유튜버들 모두 관할 경찰서로 압송했다고 발표했다. 그걸 보고 있으니 상혁은 가슴에 구멍이 뚫린 듯 헛헛해졌다.

'진짜 지구의 종말이 오는 건가!'

그동안 수많은 영화와 드라마를 통해 재난 상황을 맛봤다. 화산이 터지기도 하고 지구가 얼어붙기도 하고. 그저 우리와 상관없는 이야기라 생각해서 즐기면서 봤는데 이게 현실이 되다니……. 아무리 생각해도 믿기지가 않았다.

상혁은 쌀과 양파, 애호박을 계산대 위에 올려놓았다. 제대로 음식을 소화 시키지 못하는 아내를 위해 죽을 만들 계획이었다. 현금을 내밀자 그가 강도가 아니라는 걸 확인한 점원은 전기 충격기를 내려놓고 바코드를 찍었다. 20*kg* 쌀 한 봉지에 무려 36만 원이었다. 3일 전보다 무려 4배나 올랐다. 기가 찼지만 어쩔 수 없었다. 오늘이 제일 싼 날이니까. 내일 되면 또 몇 배로 뛸지 장담할 수 없었다.

계산을 마치고 밖으로 나가자 옥외 LED 화면에서 에피모 회원들이 시위하는 장면이 나왔다. 총무가 열변을 토하는 가운데 상혁과 정아의 얼굴도 군데군데 눈에 띄었다. 매일 청와대 앞으로 나가 시위를 했건만 대통령은 요지부동이었다. 밤새 한국에서만 72명의 아이들이 하늘 위로 올라갔고 지지율은 갈수록 떨어졌지만 대통령은 대중 앞에 좀처럼 나서지 않았다. 라디오를 통해서 "정부를 믿고 기다려주세요!"라고 앵무새처럼 똑같은 말만 반복할 뿐이었다. 이제 레임덕이라고 대충 말년 때우다 넘어갈 셈인가? 마음 같아서는 진짜 면상에 펀치 한 대 날리고 싶었다.

'수진이가 살아 있을까?'

솔직히 상혁도 힘들 거라 생각했다. 하지만 정아에게 그렇게 말할 수 없었다. 희망 하나로 하루하루 힘겹게 버티는 아내가 도자기처럼 산산조각 나는 걸 지켜볼 자신이 없었다. 거짓으로라도 상혁은 희망을 지어내야 했다. 언제까지 그게 가능할지 모르겠지만……. 상혁이 짐을 싣고 차에 타려는데 마스크를 쓴 강도들이 오토바이를 거칠게 몰고 마트 가까이 다가오고 있었다. 제길! 그는 서둘러 들어가 시동을 걸었다. 하지만 긴장했는지 손이 계속 미끄러졌다. 그 사이 야구방망이를 든 복면남이 상혁 쪽으로 성큼성큼 다가오고 있었다.

"할아버지! 아빠 왔어요. 나중에 연락해요."

밖에서 해준이 들어오는 소리가 들리자 윤재는 서둘러 전화를 끊었다. 그리고 침대 밑에 핸드폰을 숨겨놓고는 전원을 껐다. 혹시나 해서 고정 잘 됐는지 한 번 더 살폈다. 저번에 청소하던 엄마에게 자칫하면 들킬 뻔했으니까.

작년 봄이었다. 하굣길에 불쑥 나타난 운택이 윤재에게 핸드폰을 건넸다. 받아도 되나 싶었지만 할아버지는 목소리 듣고 싶을 때 언제든지 전화하라며 사양 말고 받으라고 했다. 그 후로 윤재는 하루에 한 번씩 운택과 통화했다. 아빠와 달리 할아버지는 윤재 이야기를 잘 들어줬다. 아무리 바쁘더라도 중간에 나간 적도 없었다. 시험 100점 맞았다고 하면 "너는 우리 가문의 자랑이다!"라며 운택은 그 누구보다 좋아했다. 그래서 윤재는 할아버지를 너무나도 사랑했다.

"차는 왜 그래? 사고 났어?"

놀란 수애 목소리에 윤재가 서둘러 밖으로 나가보니 해준의 SUV는 완전히 망가져 있었다.

"아빠~, 괜찮아요?"

윤재가 해준에게 다가가 안겼다.

"어. 괜찮아."

해준은 별 문제없다는 식으로 손을 들었다.

"그냥 빗길에 잠깐 미끄러졌을 뿐이야. 아무 이상 없어."

걱정하는 수애와 윤재를 안심시키려는 듯 그는 담담하게 말했다. 해준은 늘 그런 식이었다. 이틀 만에 집에 돌아왔으면서, 게다가 죽을 뻔한 사고를 당하고도 대수롭지 않게 넘겼다.

"윤아는? 자고 있어?"

"응, 밤새 울다가 지쳐 쓰러졌어."

해준은 방문을 살짝 열어 침대 위에 누운 윤아를 바라보았다. 팔과 다리를 대자로 뻗고 피곤한지 코를 드르렁 골고 있었다. 해준은 윤재에게 다가갔다.

"아들은 밤에 무섭지 않았어?"

"이제 괜찮아요. 익숙해졌어요, 아빠."

아직 아홉 살밖에 안 됐지만 윤재는 중학생처럼 의젓했다. 자기를 닮은 건가? 아니면 맨날 취재 다니느라 자리 비우는 아빠의 역할을 대신하는 건가? 많이 다쳤는지 걱정하는 윤재의 머리칼을 쓰다듬으며 해준은 화장실로 향했다. 행여 누가 들어올까 봐 문을 잠갔다. 옷을 벗고 거울을 보니 가슴팍에 붙여놓은 거즈에 피가 흥건히 고여 있었다. 사고

때 부러진 갈비뼈가 아직도 아물지 않은 것이다. 입술을 꽉 문 채 그는 붕대를 다시 풀었다.

그동안 해준은 안산, 부평, 그리고 금호동을 떠돌며 취재를 했다. 괜찮은 제보도 의심이 가는 제보도 있었다. 특히 하늘에서 굵은 동아줄이 내려와 아이를 데려갔다는 제보자의 말은 허무 그 자체였다. 그것 때문에 고물차를 끌고 안산까지 내려갔는데…….

잡지사 사장은 언제 원고 줄 거냐며 계속 독촉했지만 그는 조금 더 기다려달라고 했다. 아직은 때가 아니다. 확실한 한 방을 잡아야 한다. 한 번에 적의 숨통을 끊어놓으려면.

"아버지! 조금만 더 기다리세요."

그는 통증 완화 주사를 어깨에 꽂으며 나지막이 신음 소리를 냈다. 수챗구멍에는 불그스레한 물줄기가 원을 그리며 들어가고 있었다.

정아는 상혁이 사 온 재료로 죽을 만들었다. 상혁은 그 사이에 마트에서 있었던 일을 말했다. 진짜 간발의 차로 폭력배로부터 벗어났다는 무용담이었다. 만약 그때 1초만 시동이 늦게 켜졌다면 아마 맞아 죽었을지도 모른다며 상혁은 가슴을 쓸어내렸다. 아직도 자기를 노려보던 복면남의 얼굴이 눈에 선했다.

"근데…… 거기 점원들은 괜찮을까?"

"아마 괜찮지 않을까? 다들 전기 충격기랑 방망이 들고 있었으니까. 그러고 보면 우리나라가 총기 허용국이 아니라 이건 아쉽네."

"총기 허용국이면 강도들도 총 들고 들이닥칠 거 아니야!"

"맞네, 맞아~. 역시 우리 와이프 똑똑해."

상혁은 일부러 너스레를 떨었다. 정아도 웃었다. 최선을 다해서……. 어찌 됐든 남편의 노력이 느껴졌으니까. 하지만 입은 웃어도 눈까지 웃을 수 없었다. 둘 다 마찬가지였다. 어색한 침묵이 둘을 감싸고 있을 때 핸드폰이 울렸다. 두심이었다.

"응, 엄마. 별 이상 없어. 어…… 싫어! 나 안 갈래!"

"왜? 무슨 일인데……."

옆에서 상혁이 물었다.

"엄마가 교회에 나오라고 해서."

며칠 전부터 두심은 수진을 위해 기도하자고 했다. 정아는 싫다고 했다. 짜증 내고 화도 내고 투정도 부려봤지만 전화는 계속 울렸다. 안 받으니 이제 다른 사람 폰으로 전화한 것이다. 안 되겠다 싶어 핸드폰 전원을 끄려고 할 때 진동이 느껴졌다. '에비에이션 피해 부모 모임' 단톡방에서 누군가가 링크 주소 하나를 올렸다. 확인해보니 폴란드 자코파네 호수에서 여섯 살 아이가 에비에이션 3일 만에 다시 돌아왔다는 뉴스였다. 아이는 온몸에 중화상을 입고 의식이 불투명했지만 분명 살아 있다고 했다. 정아의 마음에는 밀물과 썰물이 동시에 찾아왔다.

"자기야~, 이것 봐봐."

상혁은 이마를 긁적였다.

"이거 또 가짜 뉴스 아니야?"

"아니야. 여기 AP통신이라고 쓰여 있잖아."

잠시 눈이 흔들렸지만 이내 그는 고개를 저었다. 아무래도 믿지 않는 눈치였다. 그동안 정아는 냉동 수면 기술인 '딥프리징'에 대해서 연구했다. 우주 비행사들이 냉동 수면 기술로 목성까지 가는 것처럼 분명 수진이도 그런 방식으로 달로 향하고 있다고 생각했다. 온몸을 감싼 초록빛 오로라가 캡슐 역할을 하고 있다는 것이었다.

"진짜 그게 가능할까?"

"많은 전문가들이 그렇게 말했어."

하지만 상혁은 팔짱을 낀 채 고개를 절레절레 흔들었다.

"자기 혹시 '암스트롱 한계'라는 말 들어봤어? 인간이 지상으로부터 1만 미터 이상 올라가면 어떻게 되는지 알아? 체온에 있는 혈액이 끓어올라. 그러면 그 상태로 진공 밥솥처럼 되는 거야!"

"지금 그게 무슨 말이야? 자기는 수진이가 죽었다고 생각하는 거야?"

상혁이 아무 말도 않자 정아는 다가가 그의 두 팔을 잡고 흔들었다.

"죽었다 생각하냐고?"

"나도 인정하기 싫어. 하지만 어쩔 수 없잖아. 가능성이 희박하다는 거."

"그래도 0은 아니잖아. 1퍼센트 아니 0.001퍼센트 가능성이라도 있으면 잡아야지. 그게 부모잖아. 안 그래?"

정아는 울먹이며 말했다. 상혁은 그런 아내의 팔을 애처롭게 어루만졌다.

"일단 잠이라도 좀 자둬. 이러다가 자기까지 정말 큰일 나겠어. 그때 용달이 일 생각 안나? 그렇게 안 되려면 우리……!"

"거기서 용달이 얘기가 갑자기 왜 나와?"

정아의 목소리가 차디차게 변했다.

"그게 아니고…… 내 말은……."

상혁은 어떻게든 수습해보려 했지만 쉽지 않았다. 이미 정아는 자리에서 벌떡 일어난 상태였다.

"됐어! 난 수진이 찾으러 갈 거야."

쏘아붙이듯 말하며 정아는 한편에 있던 전단지를 들고서 밖으로 나가버렸다. 혼자 남은 상혁은 나지막이 한숨을 내쉬며 차갑게 식은 죽을 한술 떴다. 하지만 이내 또 마음이 요동쳤다. 진정하려 해봤지만 자꾸만 가슴 언저리가 턱턱 막혔다. 한 손으로 눈 근처를 연신 쓸어내리며 그는 식탁 위에 수저를 내려놓았다.

'분명 수진이는 살아 있어!'

차를 몰고 가며 정아는 스스로에게 다짐하듯 되뇌였다. 수진의 목소리가 계속 귀에서 윙윙거렸다. 예전에 용달 오빠가 자기를 찾았던 것처럼 이번에는 엄마 아빠가 찾을 차례라고. 그러니 너무 늦지 않게 와달라고.

3장

"수진이~, 엄청 예뻐요."

9개월 전, 수진 방에서 같이 놀던 용달이가 그렇게 말했다. 과일 접시를 치우러 들어간 정아는 그 말을 듣고 환하게 웃을 수는 없었다.

"나도 오빠 좋아."

그러면서 수진은 용달의 팔에 얼굴을 비볐다.

"지금 뭐 하는 거야?"

정아는 재빨리 둘을 갈라놓았다.

"이제 집에 가야 하지 않을까? 엄마가 기다리고 계실 것 같은데."

"괜찮아요. 좀 더 놀아도 돼요."

정아는 저 선홍빛 잇몸이 마음에 안 들었다.

"안 돼. 오늘 많이 놀았어. 이제 가야 해. 저녁 먹을 시간이잖아."

왜 이렇게 말귀를 못 알아듣는 건지~. 바보라서 그런가! 답답하기만 했다. 옆에서 수진이가 찡얼거렸다.

"오빠랑 같이 먹으면 안 돼? 이따가 레고 같이하기로 했는데."

"안 돼! 씻고 영어 공부해야지. 오빠가 영어 가르쳐 줄 수는 없잖아."

그러자 용달은 *헤헤* 웃으면서 그건 맞는 말이라고 고개를 끄덕였다. 용달이 떠나자 수진은 발을 *쿵쿵* 찧으며 정아에게 다가갔다.

"엄마, 너무해. 치~."

"너 이제 내년 되면 초등학교 들어가잖아. 그런데 계속 이렇게 놀면 되겠어?"

정아가 버럭 소리 지르자 수진은 자기 방에 들어가서 문을 *쾅!* 잠갔다.

"저게…… 저게……."

정아는 허리춤에 손을 올렸다.

그날 밤, 퇴근한 상혁이 늦은 저녁을 먹으면서 조심스레 말을 꺼냈다.

"오늘 용달이 쫓아냈다며."

그 사이에 수진이가 남편한테 고자질한 게 분명했다.

"쫓아내긴 누가 쫓아냈다고 그래? 갈 때 돼서 간 거지. 나 작업도 해야 하고."

"자기 용달이 별로 안 좋아하잖아. 안 그래?"

정아는 더 이상 할 말이 없었다. 천천히 아내 표정을 살피던 상혁은 젓가락을 내려놓았다.

"용달이 착하잖아. 우리 딸 구해준 은인이기도 하고~."

하지만 정아는 고개를 저었다.

"언제까지 은인, 은인 할 거야? 내년에 초등학교 들어가면 어떻게 될지 진짜 몰라서 그래? 다들 바보랑 어울려 다닌다고 손가락질할 거라고. 왕따가 되면 좋아? 좋냐고?"

"무슨 그런 억지를 부려? 오버하지 마."

"암튼 이제 용달이랑 같이 놀지 말라고 할 거야!"

상혁은 황당하다는 표정으로 정아를 쳐다봤다.

"도대체 왜 그러는데? 지적 장애라서 그런 거야? 남들과 조금 다르다고? 자기 그런 사람 아니잖아."

"자기가 날 몰라서 그래."

정아가 홱 돌아 작업실로 들어가자, 상혁은 답답한지 냉장고에서 맥주를 꺼내 *꿀꺽꿀꺽* 마셨다. 정아는 캔버스 앞에 섰지만 차마 붓을 들지 못했다. 어쩔 수 없었다. 수진과 용달은 함께해서는 안 된다. 아무리 생각해도 그게 좋을 것 같았다. 아니 그래야만 한다.

정아가 초등학교 3학년 때였다. 같은 반에 왕따 한 명이 있었다. '상희'라는 이름의 여자애는 또래에 비해서 덩치가 조금 컸고 말이 어눌했다. 그래서였을까? 또래들은 하나같이 상희를 놀려댔다. 옷에 일부러 껌을 묻히기도 했고 사소한 걸 꼬투리 잡아 툭툭 때리곤 했다.

한 달에 한 번씩 짝꿍을 바꿨는데 그럴 때마다 반 친구들은 상희랑 같이 앉기 싫어서 미리 서로 짝을 지었다. 마지막으로 남게 된 친구는 선생님에게 울면서 "나 재랑 앉기 싫어요~."라고 떼썼지만 어쩔 수 없었다. 선생님은 강제로 앉으라 했고 친구는 엉덩이 반만 걸친 채 최대한 거리를 두며 자리에 앉았다. 그때 상희는 볼이 붉게 상기돼 있었다. 자기는 잘못한 게 하나 없는데도 마치 자신의 존재가 미안하다는 듯 그 애는 고개를 숙였다.

정아는 대놓고 상희를 싫어하지는 않았다. 딴 친구들처

럼 놀리거나 괴롭히지도 않았다. 그렇다고 상냥했던 것도 아니었다. 오며 가며 인사는 했지만 학기 내내 두세 마디 섞은 게 전부였다. 가끔 '도와주고 싶다!' 마음먹다가도 막상 그 순간이 되면 거북이처럼 고개를 움츠리고 말았다. 교회에 간 정아는 십자가 앞에 두 손을 모으고 마음속 이야기를 털어놓았다.

"주님! 그 애를 볼 때마다 마음이 너무 아파요. 어떻게 하면 좋을까요?"

그 이야기를 들은 목사는 정아에게 이렇게 말했다.

"예수님은 피 튀기는 고문을 당하면서도 원수들을 편들며 하나님께 청원했어. '아버지, 저 사람들을 용서하여 주십시오! 저 사람들은 자기네가 무슨 일을 하는지를 알지 못합니다.'라고."

그러면서 목사는 사람이 친구를 위하여 자기 목숨을 내놓는 것보다 더 큰 사랑은 없다고 했다. 친구가 돌을 맞을 때 옆에서 같이 앉아주는 것이 예수님의 진정한 가르침이라고도 했다. 그 말을 듣고 정아는 용기가 생겼다. 두심도 그래야 한다고 정아에게 힘을 실어주었다.

며칠 후 다시 자리 배치가 시작되었다. 이번에 상희는 아이들에게 잘 보이고 싶다는 생각에 화려한 레이스가 달린 공주풍 옷을 입고 왔다. 하지만 역시 그 누구도 상희 옆에 앉으려고 하지 않았다.

"호박이 줄을 긋는다고 수박 되냐?"

"냄새는 어디 안 가? 못생긴 냄새!"

아이들의 끊임없는 비난과 인신공격을 들은 상희를 결국 눈물을 터뜨렸다. *으앙~ 으앙~!* 세련되지 못한, 다소 투박한 울음이었다. 예수님 이야기가 떠올라서일까? 자리에서 벌떡 일어난 정아는 상희에게 다가갔다.

"내가 너 짝꿍 할게."

아이들은 벙찐 표정으로 둘을 바라봤다. 상관없었다. 상희 역시 놀란 표정으로 올려다봤고 정아는 괜찮다는 듯 그 애의 손에 자기 손을 포갰다.

그때부터 두 사람은 둘도 없는 단짝이 되었다. 일부러 정아는 상희와 모든 것을 함께했다. 등교부터 하교할 때까지 그리고 체육 시간에도 둘은 나란히 운동장 스탠드에 앉아 있었다. 그러다 보니 친구들은 둘을 '바늘과 실' 같은 한 세트로 여겼다. 여전히 상희는 친구들에게 따돌림당했고 이번에는 정아 역시 마찬가지였다. 하지만 개의치 않았다. 돌을 맞더라도 같이 맞을 준비가 되어 있었다. 진정한 기독교인이라면 예수님의 가르침을 실천해야 한다 생각했으니까.

하지만……. 여름 방학이 끝나자마자 상희는 전학 가버렸다. 혼자 남은 정아는 너무나도 큰 충격을 받았다. 제일 친한 친구가 한마디 말도 없이 떠나가 버렸으니. 아이들은 홀로 남은 정아를 비웃으며 괴롭혔다. 머리에 껌을 묻혔고 쉬는 시간마다 정아 얼굴을 과녁 삼아 고무 화살을 맞혔다. 화를 내 보기도, 선생님께 말도 해봤지만 소용없었다. 마치 팽팽하게 당긴 활시위가 제자리를 찾아가는 것처럼 며칠 후면 모든 게 다시 원점으로 돌아왔으니까. 그렇게 2년 반이라는 시간을 정아는 오롯이 혼자 견뎌내야 했다.

'내가 왜 왕따여야 하는데…….'

정아는 상희에게 다가갔던 그 순간을 두고두고 후회했다. 그날 그런 선택을 하지 않았다면 자기 인생은 완전 다른 방향으로 흘러갔을 테니까. 그때부터 정아는 외로움을 달래기 위해 그림을 그렸다. 가족을 포함한 그 누구와도 말을 섞지 않았다. 교회에도 나가지 않았고 예수도 믿지 않았다.

정아는 천천히 붓을 다시 들었다. 전시회가 얼마 남지 않았으니 서둘러야 했다. 파란색 배경에 보라색 나무를 그렸다. 혼자 있으면 외로울까 봐 나무 하나를 더 추가했다. 두려웠다. 용달이와 같이 다니다가 수진이에게 자신과 같은 일이 벌어질까 봐. 정아는 입술을 꽉 깨물었다.

'우리 딸에게는 절대 그런 일이 벌어지게 하지 않을 거야!'

✦

"저희도 탐사선을 보내야 합니다."

미국이 유인탐사선을 보낸다는 보고를 받은 대통령은 아직도 확신이 안 선 듯 우물쭈물거렸다. 운택은 한 발 앞으로 다가갔다.

"지금이라도 늦지 않았습니다. 기존 탐사선을 개조해서 구조용 탐사선으로 바꾸면……."

"다른 나라들은요?"

"러시아랑 일본, 프랑스, 중국 등 12개 나라에서는 의회에서 긴급 예산을 편성해 서둘러 추진하고 있습니다."

하지만 역시 대통령은 내키지 않는 표정이었다.

"그러면 우리도 추이를 지켜보고 움직입시다. 오늘 미국 상황 좀 보고."

"그러면 늦습니다. 지금 움직여야……."

"총리는 정치를 너무 몰라."

대통령은 운택의 말허리를 잘랐다.

"탐사선을 보내서 살아 돌아온 아이가 없으면 누가 책임지라고요?"

"아직은 모릅니다. 구조할 가능성이 없진 않습니다. 어제 폴란드 자코파네에서 에비에이션했던 아이가 돌아오지 않았습니까?"

"그게 진짜인지 가짜인지 아직 확실치 않다면서요. 이런 상황에서 국민들에게 불확실한 정보를 주는 것은 오히려 카오스만 부추길 뿐입니다. 이제 에비에이션하는 아이들이 점점 줄어들잖아요. 우리는 남아 있는 아이들만 잘 지키면 됩니다."

대통령의 말을 들은 운택은 잠시 생각을 고른 후 신중하지만 강한 어조로 입을 열었다.

"만약 문제가 생기면⋯⋯ 각하는 끝까지 반대했는데 총리가 밀어붙여서 결국 탐사선을 보내게 됐다! 이렇게 언론에 흘리겠습니다. 모든 것을 제가 다 책임지겠습니다."

그러자 대통령은 세모눈으로 운택을 바라보았다. 뭔가 믿는 뒷배가 있나 살피는 눈치였다.

"도대체 그렇게까지 하는 이유는 뭔가요? 총리직까지 내걸고."

"혹시나 모를 아이들을 살려야 하지 않겠습니까?"

"그렇게 휴머니스트인지 17년 만에 처음 알았습니다."

대통령은 한쪽 입술을 슬며시 올리며 말했다. 하지만 이번에는 그가 평소에 알던 나약한 운택이 아니었다. 그는 큰 결심이라도 한 듯 다가와 대통령의 얼굴에 그림자를 드리웠다.

"지지율 떨어지는 거 걱정 안 되십니까? 지금 밖을 보십시오! 대통령 물러나라고 전국이 들썩이고 있습니다. 언제까지 귀를 닫고 눈을 감으실 생각이십니까?"

그러자 대통령은 손바닥으로 책상을 *쾅!* 내리쳤다.

"내 걱정은 내가 알아서 할 테니 총리는 총리직이나 신경 쓰세요!"

"국민들이 원하는 건 현실이 아니라…… 희망입니다. 그게 설령 거짓이라도."

"나가세요! 나가라고요."

대통령이 문을 가리키자 운택은 허리를 굽히고 밖으로 나갔다. 대통령은 자리에 털썩 주저앉았다. 여러모로 심각한 상황이었다. 운택의 말대로 최근 조사에서 그의 지지율이 17퍼센트까지 떨어졌다. 역대 최악의 지지율이었다. 떨리는 손으로 주머니에서 담배를 찾는 그의 눈빛에선 뿌연 흙탕물이 일었다.

청와대 관저를 나서는 운택의 옆으로 송 비서가 다가왔다.

"기초 공사는 마무리했습니다. 이제 이틀 안에 인테리어 공사 들어가면 되는데……."

"왜? 무슨 문제 있어?"

"지금은 괜찮지만 계속 이렇게 가다간 곧 자금이 부족해질 것 같습니다."

송 비서는 조심스럽게 말했다.

"걱정하지 마. 조만간 다 해결될 거야. 일단 디자이너들 입단속 잘 시키고."

송 비서가 고개를 끄덕이며 차 문을 열었다. 그때 운택의 핸드폰이 울렸다. 비서에게 가방을 맡기고 그는 전화를 받았다. 손자 윤재였다.

"할아버지 전화하셨어요? 늦게 확인했어요."

"응. 별일 없지? 윤아는? 너 혼자 있다고? 엄마 아빠는?"

"아빠는 취재하러 나갔어요. 엄마는 마트에 갔고요."

윤재는 창밖을 살피며 말했다.

"할아버지 계속 달이 커진다면서요. 무서워요. 이러다가 저랑 윤아도 저 멀리 날아가면 어쩌죠?"

"걱정 마. 그럴 일 없을 거야. 설령 그런 일이 있더라도 할아버지가 널 꼭 잡아줄게. 윤재야!!"

운택은 따뜻한 목소리로 손자를 안심시켰다.

"네……. 할아버지 노래 하나 불러주시면 안 돼요? 자야 하는데 잠이 잘 안 와요."

그러자 운택은 목을 가다듬고 자장가를 불렀다.

엄마가 섬 그늘에 굴 따러 가면
아기가 혼자 남아 집을 보다가
바다가 불러주는 자장노래에
팔 베고 스르르르 잠이 듭니다.

미국 네바다 우주센터, 유인탐사선 '크루 피닉스'는 모든 준비를 마쳤다. 우주비행사 선장은 인터뷰를 통해 가능한 많은 아이들을 데려오겠다며 각오를 다졌다. 커민스 교수와 미국 대통령은 그들을 향해서 성조기를 흔들며 배웅했고, 센터에 운집한 수많은 사람들의 응원을 받으며 5명의 우주비행사는 크루 피닉스에 탑승했다.

그 모습을 에피모 회원들은 서울 시청 강당에 모여 다 함께 TV로 시청했다. 이미 회원 수는 3,000명을 돌파한 상태였다. 주원은 음료수를 나눠주며 열심히 회원들을 챙겼다. 그녀가 다른 쪽으로 향하자 한 회원이 옆 회원에게 속닥였다.

"참, 저 여자는 아들과 사이가 각별했나 봐."

그녀는 현우 사진이 박힌 티셔츠를 입은 주원을 가리켰다.

"남편은 왜 안 오는 걸까?"

"글쎄……."

"미혼모라잖아."

"그래서 저렇게 야시시하게 입은 거야?"

주원의 짧은 치마를 보면서 많은 회원들은 고개를 절레절레 저었다. 주변 회원들이 그렇게 말하는 걸 정아는 짐짓 모르는 척했다. 한 성깔 하는 주원 귀에 들어가면 시끄러워질 게 불 보듯 뻔했으니까. 괜히 분란을 일으키고 싶지 않았다.

"엄마는 맞을까? 남자 꼬시러 온 거 아니고?"

한 회원이 그렇게 말하자 듣다 못한 총무는 *쉿!* 하며 그들에게 조용하라고 했다. 한쪽 구석에 홀로 앉은 상혁은 그러거나 말거나 온전히 화면에 집중했다.

크루 피닉스 호는 7시간 동안 지구 대기권을 돌면서 에비에이션한 아이들을 찾을 계획이었다. 방송에서 나온 전문가는 자료 화면을 가리키며 구조 방법에 대해 설명했다. 탐사선에 에비에이션한 아이들의 DB(데이터베이스)를 입력해 놓았으니 거기에 맞는 생체 신호를 우선적으로 찾을 거라고 했다. 게다가 지구는 계속 자전하기 때문에 운이 좋으면 한국에서 에비에이션한 아이들도 찾을 가능성이 있다고 그는 덧붙였다. 그 이야기를 듣고 회원들은 서로 손을 맞잡았다.

그리고 화면에 위성 사진이 나왔다. 콩알처럼 작게 보였지만, 초록빛 사이로 언뜻언뜻 보이는 아이들은 마치 엄마 자궁에 웅크려 잠자고 있는 태아처럼 느껴졌다.

"저게 우리 아이들일 수도 있겠네요."

총무가 말했다.

"저기에 수진이가 있을까?"

"그러게. 아마 있지 않을까?"

상혁이 그렇게 말하자 정아는 숨을 크게 들이마시면서 가슴에 손을 얹었다. 주원도 마찬가지였다. 손수건으로 눈물을 찍으며 "우리 현우야~." 나지막이 아들 이름을 불렀다. 그때 승연이 헐레벌떡 강당으로 뛰어왔다. 전직 프로그래머인 그녀는 회원들에게 새로운 정보를 제일 먼저 알렸다.

"이번에 제가 NASA 자료 해킹해봤는데요. 거기서 아이들 1/3 정도가 달로 향하고 있다는 보고서를 발견했어요."

"그럼 나머지 2/3는요?"

한 회원이 물었다.

"나머지 2/3는 지구 대기권을 돌고 있대요."

그 말에 회원들은 술렁거렸다. 정아도, 상혁도 서로를 바라보았다. 승연이 말을 이었다.

"그런데 놀라운 게 뭔지 아세요? 제임스 웹 망원경을 통해 확인한 결과 아이들의 손발이 조금씩 움직이고 있대요. 마치 잠잘 때 몸부림치듯 말이에요."

"정말로요?"

주변에 있던 회원들의 눈빛이 순식간에 밝아졌다.

"그 말은…… 살아 있다는 건가요?"

정아는 떨리는 목소리로 되물었다.

"네. 어쩌면 살아 있을 수도 있지 않을까요?"

그 말에 얼어붙었던 정아의 심장이 다시 *쿵쾅쿵쾅* 뛰기 시작했다.

"세상의 섭리라는 게 그렇게 단순하지 않잖아요. 분명 무슨 이유가 있어서 아이들은 올라갔을 거예요."

승연이 그렇게 말하자 많은 회원들은 고개를 끄덕였다. 그때 총무가 소리쳤다.

"자~, 이제 곧 발사합니다. 집중합시다!!"

TV에 크루 피닉스가 점화되는 장면이 나왔다.

10, 9, 8……

카운트다운과 함께 탐사선이 우주를 향해 닻을 올렸다. 강당에 모인 모든 회원들은 깍지를 끼며 짧게 기도를 드렸다.

새로운 제보자를 만나러 가는 길, 해준은 차량용 DMB로 크루 피닉스 호의 발사 장면을 봤다.

'과연 저게 진짜 가능할까?'

미국이 전 세계인을 상대로 하는 사기극처럼 느껴졌다. 우주로 올라가면 사람은 100퍼센트 죽는다! 설령 운이 좋아 살아남는다 하더라도 지구 대기권으로 떨어질 때 수천 도에 달하는 마찰열 때문에 타 죽는다! 과학을 조금이라도 아는 사람이라면 누구나 아는 상식이었다. 하지만 세계적 석학인 커민스 교수까지 저기서 저러고 있다니 그저 어이없을 뿐이었다.

"다들 미쳤구먼. 미쳤어!"

해준은 고개를 절레절레 저었다. 그때 뉴스 속보가 나왔다. 오늘 자로 행안부장관이 물러나고 국무총리 차운택이 새로운 재난청장으로 임명됐다는 뉴스였다. 세계 최초로 달이 커지는 것을 예측한 전문가라고 앵커는 덧붙였다. 화면에 운택이 나오자, 해준은 서둘러 DMB 볼륨을 높였다.

"절 믿어주신 대통령님께 감사드립니다. 앞으로 저는 제 전공을 살려서 피해를 최소화할 수 있도록, 그리고 에비에이션한 아이들을 구조할 수 있도록 최선을 다해보겠습니다."

운택의 힘 있는 목소리가 스피커를 통해서 흘러나왔다.

"앞으로 우리나라도 탐사선을 보낼 예정입니까?"

기자가 묻자 운택은 여유 가득한 표정으로 화면을 바라보며 말했다.

"방금 미국에서 탐사선을 보내지 않았습니까? 그럼 우리도 그렇게 해야 하지 않을까요?"

그 모습을 보며 해준은 썩소를 지을 수밖에 없었다.

천안에 도착한 해준은 제보자로부터 4개월 전 있었던 사고에 대해 들었다. 40대 중년의 남자인 제보자는 영상 하나를 보여주면서 말했다.

"여기는 지리산에 있는 캠핑장이에요. 계란 프라이 하려고 작은 팬 하나를 꺼냈는데……. 갑자기 이게 저 혼자 달그락거리더니 저절로 위로 올라가는 거예요. 진짜 깜짝 놀랐어요."

그의 말대로였다. 모르는 사람이 보면 마술이라고 생각할 것 같았다.

"유튜브에 올리니 다들 제가 영상을 조작했다고 하대요. 댓글로 합성한 티 난다면서 난리치고. 전문가들에게 보여줘도 마찬가지였어요. 하나같이 다 말도 안 된다고."

해준은 자기 앞에 놓인 찌그러진 프라이팬을 바라봤다.

"이거 무게가 어떻게 될까요?"

"글쎄요. 무쇠니까 거의 3*kg* 가까이 되지 않을까요?"

해준은 이리저리 프라이팬을 살펴보았다. 인덕션용으로 만들어진 제품이었다. 그렇다면 마그네틱, 즉 자성이 있다는 건데……. 해발 고도가 높아서 자성이 더 세진 걸까? 그는 가느다란 손가락으로 까칠까칠한 수염을 쓰다듬었다.

아폴로 달 탐사선의 놀라운 발견 중 하나는 달 지각에서 국부적으로 강한 자기장을 발한다는 사실이었다. 달 암석은 전반적으로 철 성분 함량이 낮아서 매우 약한 자성을 띄는데, 특별한 조건만 맞으면 자기장은 기하급수적으로 올라갔다. 아폴로 탐사를 통해 달에서 가져온 약 40억 년 전 월석은 자기장 세기가 지구의 자기장의 두 배인 100마이크로테슬라(μT)였다.

"왜 이런 현상이 나타난 거죠?"

제보자가 물었다.

"글쎄요. 저도 모르겠어요. 자성 때문인 것 같기도."

해준은 신중하게 답했다. 심증은 가지만 확신할 수는 없었다.

"어? 저번에 왔던 사람도 비슷한 말 했는데."

그러자 해준은 다급히 물었다.

"누가 찾아왔나요?"

"유튜브에 올린 다음 날, 아니 다다음 날인가? 조회수도 별로 안 돼서 실망하고 있는데 갑자기 정장 입은 사람이 찾아왔어요."

해준이 명함 받은 거 있냐고 묻자 남자는 고개를 저었다. 대학 연구실에서 왔다 했는데 그러기에는 너무 포말한 정장을 입고 있어서 조금 이상했다고 그는 덧붙였다.

"혹시 그때 자료나 영상 같은 게 있을까요?"

"음……. 아! 맞다. 블랙박스에 찍힌 게 있을 거예요. 저희가 차에서 만났거든요."

잠시 후 차량용 블랙박스를 확인한 해준의 눈이 커졌다. 4개월 전 방문한 사람은 다름 아닌…… 운택의 심복, 송 비서였으니까. 이제 퍼즐이 맞아 들어가는구나! 해준은 속으로 유레카를 불렀다.

그는 곧바로 세종시로 향했다. 어렸을 때 그가 살던 곳이었다. 집 근처에는 오래 방치된 폐기용 공사 자재가 잔뜩 쌓여 있었고 그 사이로 온갖 잡초들이 무성하게 자라났다. 비릿하면서도 시큼한 냄새를 따라 안으로 들어가보니 마당에는 본드와 담배 부스러기가 한데 뒤섞여 있었다. 비행 청소년들이 아지트로 삼았던 게 분명했다. 추억이 깃든 장소가 이렇게 되다니. 돌아보던 해준의 마음 한구석이 알알이 아려왔다.

그때였다. 깨진 유리 너머로 누군가의 시선이 느껴졌다. 고개를 획 돌리니 회색 모자를 쓴 누군가가 담벼락 너머로 순식간에 사라졌다. 재빨리 달려가보니 이미 사라지고 없었다. 누구일까? 송 비서? 아니면 아버지가 붙인 사람? 며칠 전부터 해준은 누군가가 자기를 미행하고 있다는 느낌을 받았다. 운전을 할 때도 검은색 차량이 계속 따라왔다. 일부러 급커브를 돈 후에야 가까스로 따돌릴 수 있었다.

주위를 조심스레 살피며 해준은 다시 옛집으로 들어갔다. 현관문이 굳게 잠겨 있어서 안으로 들어갈 수 없었다. 창문을 깨서 들어갈까 했지만 왈왈~ 어디선가 들리는 개 짖는 소리에 그는 벽돌을 내려놓았다. 괜히 동네 시끄럽게 만들 필요는 없었다. 어릴 때 기억을 살려서 해준은 실외기에 올라가 2층에 있는 환풍구 너머로 손을 들이밀었다. 중간에 미끄러지는 바람에 외벽에 허리가 긁혀 통증이 느껴졌다. 몇 번의 도전 끝에 결국 그는 환풍구를 뜯어낼 수 있었다. 이곳은 외삼촌을 피해 도망칠 때 이용하던 비밀 통로였다. 씁쓸했던 기억이 이제 이렇게 요긴하게 쓰이다니…….

해준은 저절로 쓴웃음이 나왔다. 안으로 들어가자마자 서재로 가서 예전에 운택이 만들어놓은 자료를 찾았다.

'분명 아버지가 자성에 대한 논문을 썼었는데…….'

그의 기억 속에 운택은 늘 설계도를 그리고 있었다. 건축 설계도 같기도 아니면 정교한 기계 장치처럼 보이기도 했다. 바로 이 방에서 모든 계획이 시작됐으니 자료를 찾아서 연관성만 밝힌다면 그동안 아버지가 저지른 구린 짓들을 세상에 드러낼 수 있었다. 하지만 책상과 책장, 수많은 서랍을 아무리 뒤져도 그가 찾는 것은 없었다.

'이상하다. 분명 여기 있었는데…….'

그 사이에 누가 가져갔는지 천체와 관련된 대부분의 자료는 사라진 상태였다. 잡다한 참고서적만 어지러이 널브러져 있을 뿐이었다. 답답한 마음에 해준은 쭈그리고 앉아 길게 한숨을 내쉬었다. 그때 그의 시선 너머로 책상 밑에 숨겨진 비밀 서랍장이 보였다. 조심스레 다가가 버튼을 누르니 서랍이 열리면서 문서 하나가 바닥으로 떨어졌다.

'이게 뭐지?'

자세히 들여다보니 날개 두 개가 서로 겹쳐 있는 문양 아래 ***'이카루스의 날개, 솔라리스'***라는 굵은 글씨가 프린트되어 있었다. 더 자세히 보고 싶었지만 이미 원문은 뜯겨나간 상태였다. 아마 자료를 정리하다가 빠트리고 간 모양이었다. 허무했다. 해준은 머리를 감싸 쥔 채로 가죽 소파에 앉았다. 어디서부터 어떻게 다시 시작해야 할지 막막하기만 했다. 그러다 테이블 위에 먼지로 뽀얗게 뒤덮인 사진 하나가 눈에 들어왔다. 엄마와 아버지 그리고 어린 해준이 함께 찍은 사진이었다. 그걸 바라보는 그의 눈빛에 수많은 감정이 동시에 스쳐 지나갔다.

"해준아! 아버지가 잠시 어디 가야 할 것 같아."

17년 전, 운택은 침대에 누운 어린 해준의 머리칼을 쓰다듬으며 그렇게 말했다.

"아버지. 어디 가시는데요?"

"그게, 좀 멀리……."

"우주 연구하러 가시는 거예요?"

하지만 운택은 아무 말도 할 수 없었다. 그는 해준의 볼을 어루만지면서 앞으로 3년은 더 걸릴 것 같다고 그동안 엄마 잘 모실 수 있냐고 해준에게 물었다. 뭔가 기분이 이상했지만 해준은 천천히 고개를 끄덕였다.

"꼭 돌아올게. 이게 다 우리를 위해서야. 알겠지?"

어린 해준은 눈물이 날 것 같았지만 꾹 참았다. 운택은 두껍지만 따뜻한 손으로 아들의 작은 등을 토닥이며 노래를 불렀다.

엄마가 섬 그늘에 굴 따러 가면
아기가 혼자 남아 집을 보다가
바다가 불러주는 자장노래에
팔 베고 스르르르 잠이 듭니다.

운택은 현 대통령을 따라서 정치인이 되었다. 비례대표가 끝나자마자 곧바로 대전시장 보궐선거에 입후보했다. 해박한 지식과 듬직한 인상으로 지역 시민들에게 폭넓게 사랑을 받았기에 당선은 거의 확실시되었다. 하지만 선거 이틀 전 스캔들이 터져버렸다. 여자 문제였다. 운택의 동거녀, 즉 해준의 모친은 유성 룸살롱의 마담 출신이었다. 둘은 사랑해서 같이 살았고 해준을 낳았지만, 그때 당시 운택은 본부인과의 이혼이 마무리된 상태가 아니었기에 불륜 의혹이 불거졌다. 괴로워하고 있는 그에게 당시 여당의 원내대표였던 현 대통령은 이렇게 말했다.

"앞으로 큰일 하셔야지요."

그러면서 앞으로 더 높은 곳으로 올라가기 위해서는 뒷

일은 깨끗하게 잊어야 한다고. 자기가 소리 소문 없이 정리 잘해놓을 테니 자기만 믿고 따라오라고 했다. 운택은 가족을 버릴 수 없다며 고개를 저었지만 대통령은 다시 한 번 세상에 비웃음당할 거냐고. 힘이 없으면 아무리 똑똑해도 소용없다며 그를 자극했다.

"사마천이 그랬어요. 사람들은 자기보다 10배 잘나면 그를 헐뜯고, 100배가 되면 두려워하며, 1,000배가 되면 고용당하고, 10,000배가 되면 그의 노예가 된다고. 이렇게 우매한 세상에 당신이 믿는 진리가 무엇인지 대중들에게 한번 보여줘야 하지 않겠어요?"

계속되는 대통령의 설득에 결국 운택은 고개를 끄덕였다. 그리고 그날 밤, 그는 해준 곁을 떠났다. 최대한 높은 곳, 자기 의견이 먹히는 곳까지 올라가리라 독하게 마음먹으며. 그로부터 3년 후, 해준모 지은이 암에 걸려 죽을 때에도 그는 장례식장에 나타나지 않았다. 고등학생이 된 해준은 운택에게 전화를 걸었다.

"아버지! 이제 돌아오시면 안 돼요?"

"아직은 때가 아니다!"

그리고 그날 이후 그는 아들의 전화조차 받지 않았다. 해준이 기자가 되기로 마음먹은 건 바로 그때부터였다. 평생의 목표는 단 하나였다. 아버지에게 복수하는 것! 자신이 아프고 괴로웠던 만큼 그를 처참하게 무너뜨리겠노라고.

"아버지 더 높이 올라가세요. 그래야 더 오래오래 떨어질 수 있잖아요."

해준은 손에 든 가족사진을 보면서 그렇게 읊조렸다. 그리고 그의 뒷모습을 창문 너머 누군가가 몰래 지켜보고 있었다.

✦

미국 탐사선 크루 피닉스가 폭발하였다. 올라간 지 3시간 정도 지났을까? 관제센터와 갑자기 교신이 끊기더니 레이더에 흔적도 없이 사라졌다. 마지막으로 남긴 메시지는 ***'아이를 발견했습니다. 지금 데리러 갑니다.'***였다. 아이들이 살아 있냐 아니냐를 놓고 의견이 분분했다. 몇몇 전문가들은 생체 신호가 나타났으니 구조하러 간 거라 했고, 다른 전문가는 '젤리'라 불리는 초록빛 오로라의 강력한 자기장 때문에 정확한 생존 신호를 파악하기 어렵다고 했다.

"무리해서 빨리 보내니까 이런 일이 생긴 거 아닙니까?"

NASA는 갑자기 강해진 달의 기조력 때문에 이상 현상이 생겨 폭발한 거라고 공식 발표했지만, 대다수 전문가들은 지나치게 서둘러 탐사선을 개조하다가 이런 비극이 생긴 것 아니냐며 의심의 눈초리를 보냈다. 폭발 소식은 한국의 에피모 회원들에게도 전해졌다. 단톡방에는 긴 침묵만이 그 자리를 대신했다. 집에서 TV를 보던 정아와 상혁은 머리를 감싸 쥐었다. 방금 본 것을 좀처럼 믿을 수가 없었다.

"앞으로 탐사선 보내도 소용없는 거 아니야?"

상혁은 한숨을 내쉬었다.

"아냐, 단순 기술 오류라고 하잖아."

정아는 그렇게 말했다.

그때 단톡방에 총무가 글을 올렸다.

'희망을 가지고 조금만 더 지켜봅시다!'

하지만 3,000명이 넘는 회원 중에 댓글 다는 이는 아무도 없었다.

다음 날, 국회 브리핑룸에서 운택은 긴급 기자회견을 열었다. 수많은 에피모 회원들도 회의장에 들어섰다.

"오늘 무슨 이야기를 할까?"

"아마 탐사선은 어렵다고 하겠지?"

회원들은 어두운 표정으로 한숨 섞인 이야기를 나눴다.

그때 코발트블루 정장을 입은 운택이 기자회견장에 도착했다. 머리도 옷도 스타일리스트가 꽤나 심혈을 기울인 모양새였다. 그는 단상에 서자마자 예의 바르게 인사한 뒤 모니터에 영상을 띄웠다. 크루 피닉스가 폭발 전 마지막으로 보낸 영상이었다.

"그동안 NASA와 한국항공우주연구원은 인공위성 시스템을 복구하여 에비에이션한 아이들의 경로를 분석해냈습니다. 아이들은 달로 향하는 아이, 그리고 지구의 대기권을 떠도는 아이 이렇게 두 궤적으로 분류됩니다."

에피모 회원들은 승연을 바라봤다. 그녀가 해킹한 자료가 사실이었으니까. 승연은 주위 시선을 받으며 뿌듯한 듯 고개를 살짝 끄덕였다. 이때 한 기자가 운택에게 물었다.

"왜 루트가 나뉘는 건가요?"

아직 정확한 원인은 밝혀지지 않았지만 NASA에서는 아이들의 무게에 따라서 경로가 결정된다고 하고, ESA(유럽우주국)에서는 에비에이션 시기에 따라 궤도가 바뀐다고 주장하고 있다고 운택은 말했다.

"총리님 의견은요?"

총무가 묻자 운택은 조심스레 입을 뗐다.

"저는 후자에 조금 더 가까운 것 같습니다. 한밤중일 때 에비에이션을 하면 기조력이 강해 달로 향하고, 새벽이나 초저녁에는 상대적으로 기조력이 약해 지구 대기권에 머물 가능성이 높다고 보고 있습니다.”

그 말을 들은 정아와 상혁은 수진의 루트를 생각해봤다. 밤 11시경 올라갔으니 아마 달로 향했을 가능성이 높았다. 무게도 마찬가지였다. 23㎏정도 되었기에 대기권보다는 더 높이 올라갔을 거라 생각했다. 그때 한 외신 기자가 손을 들었다.

“아이들의 상태는 어떨까요? 아직 살아 있다고 생각하시나요?”

“분명 우주에서 인간의 생존은 쉽지 않은 게 현실이지만……. 저희가 ‘젤리’라고 명명한 오로라 같은 빛이 아이들을 감싸고 있기에 좀 더 확인이 필요할 것 같습니다. 우리가 우주에 대해 아는 건 채 5퍼센트도 안 되니까요.”

“아이들의 손발이 움직인다는 이야기도 있던데요.”

그동안 독일 위성은 지구 상공 210㎞ 저궤도를 돌며 에비에이션한 아이들을 분석해냈다. 생존 유무는 알 수 없었으나 아이들을 둘러싼 젤리를 분석해낸 결과 영하 7℃라는 것이 밝혀졌다. 보통 냉동 인간의 온도를 영하 3℃로 세팅하는데 그것보다 조금 더 낮은 온도였다.

"네, 저도 그 자료를 봤습니다. 가수면 상태인지 아닌지 좀 더 살펴봐야 할 것 같습니다."

운택의 말이 끝나자 상혁이 외치듯 그에게 물었다.

"총리님! 정부의 대표가 아닌 학자로서 개인적인 의견을 듣고 싶습니다. 달이 커질 거라고 최초로 예상하신 분이잖아요. 아이들이 살아 돌아올 수 있을까요?"

"저는……."

운택이 잠시 뜸을 들이자, 수많은 기자들과 회원들은 숨을 죽이고 지켜보았다.

"저는 아이들이 분명 살아 돌아올 수 있다고 생각합니다."

순간 브리핑룸이 술렁였다. 기자들의 노트북 타이핑 소리가 빠르고 경쾌하게 울려 퍼졌고, 운택의 얼굴 위로 수천 장의 플래시가 터졌다. 그걸 바라보고 있는 총무도, 승연의 눈에도 한 줄기 희망이 솟아났다.

'우주 최고 전문가가 그렇게 말했다!'

정아는 부푼 가슴을 안은 채 남편을 바라봤다. 고개를 끄덕이는 상혁의 심장에도 조금씩 미열이 일었다. 그때였다. 기자들 사이로 누군가가 벌떡 일어났다.

"확실합니까? 죽지 않은 게 확실한가요?"

갑자기 장내는 한순간에 찬물을 끼얹듯 조용해졌다. 안

경 너머로 상대를 살피던 운택은 두 눈을 의심하지 않을 수 없었다. 그는 다름 아닌, 아들 해준이었으니까.

"과학자가 그렇게 공수표를 날려도 되는 건가요? 어떤 근거로 그렇게 말씀하시는 겁니까? 팩트를 제시해주세요!"

해준이 그렇게 말하자 다시 한 번 브리핑룸이 술렁였다. 정아는 맞은편에 있는 해준을 바라보았다.

'저 기자 뭐야?'

기분이 나빴다. 여기 아이 잃어버린 부모가 얼마나 많은데 저딴 식으로 말하는 거야? 상혁도 마찬가지였다. 미간을 찌푸리며 해준을 노려봤다. 주원만 호기심 가득한 눈빛으로 바라볼 뿐이었다.

"아까 말씀드렸듯이 과학은 닫힌 학문이 아닙니다. 세상에는 과학으로는 설명 안 되는 게 많죠. 달이 갑자기 커진 것도, 아이들이 올라간 것도."

애써 침착하려 했지만 운택의 목소리는 미세하게 떨렸다.

"혹시 19년 전에 쓰신 논문에 대해 아직도 확신을 갖고 계신 겁니까? 그때 인용 논란과 표절 시비가 붙은 걸로 알고 있는데."

해준이 냉소적으로 말했다. 그러자 운택은 소리를 높였다.

"결국 누구 말이 맞았나요? 그때 제 말만 들었다면……

이렇게 수많은 아이들이 하늘로 올라가는 일도 없었고, 이렇게 온 세계가 카오스 상태가 되지 않았을 것 아닙니까? 아직도 제 의견이 틀렸다고 생각하십니까?"

운택이 그렇게 말하자 해준은 더 이상 말을 잇지 못했다. 브리핑룸에 있는 사람들은 운택과 해준을 번갈아 바라보았다.

"그렇다면 탐사선은 추진할 계획이신가요?"

지켜보던 총무가 조심스레 물었다.

"어제 발생한 일에 대한 분석이 아직 끝나지도 않았습니다. 그 후에 이야기해도 늦지 않을 것 같습니다."

운택의 말에 관계자 대부분은 공감했다. 현재 우주 과학 최고의 기술을 가지고 있는 미국도 탐사선이 폭발하여 수많은 우주비행사들이 죽은 마당에 괜히 서둘렀다가 역효과만 날 게 분명했다. 하지만 에피모 회원들은 초조해졌다. 빨리 아이들을 찾아야하는데……. 더 이상 지체할 시간이 없는데……. 총무도 난감한 듯 손바닥으로 머리칼을 쓸어 올렸다.

"더 궁금한 게 없으시면 저는 이만 물러가겠습니다. 무엇보다 국민 여러분들의 피해를 최소화하기 위해 정부는 최선을 다하겠습니다."

그렇게 말하며 운택이 자리를 뜨자 해준도 가방을 챙겨 서둘러 그를 따라갔다. 둘의 모습을 지켜보던 주원은 정아의 어깨를 툭툭 쳤다.

"언니! 아까 그 잘생긴 기자 누구 닮지 않았어요?"

"누구? 잘 모르겠는데……."

정아의 말에 주원은 고개를 갸웃했다.

"그렇게 말주변 좋은 사람인지 처음 알았네요."

운택이 차를 타려고 할 때 뒤에서 해준이 다가왔다. 옆에서 우산을 들어주던 송 비서는 재빨리 자리를 피했다. 아스팔트에 고인 물웅덩이에 억수같이 비가 쏟아졌다. 운택은 주변 사람들의 시선을 살폈다.

"차에 타서 이야기하자!"

기사가 밖으로 나가자 운택은 검게 선팅된 차창을 끝까지 올렸다.

"윤재랑 윤아는 괜찮은 거지?"

"네, 잘 있어요. 덕분에."

"밤에는 절대 나가지 말게 해라. 그리고 조만간 내가 선물 하나 보낼 테니……."

"솔라리스는 뭐죠? 아버지!"

해준이 말을 끊자 운택의 눈이 커졌다.

"그걸 어떻게……."

"검색해보니 2031년 NASA에서 만든 인공 중력 장치 같던데……. 도대체 무슨 일을 꾸미시는 건가요?"

"알고 싶은 게 도대체 뭐니?"

"진실이요."

해준은 초조한 운택의 모습을 즐기며 말을 이었다.

"아버지는 아이들이 올라가게 될 줄 아셨잖아요. 안 그래요?"

하지만 운택은 고개를 저었다.

"내가 신도 아닌데 어떻게 알겠니? 나는 그저 달이 언젠가는 소멸할 거라 예상했을 뿐이다."

"거짓말하지 마세요. 당신이 알면서도 애써 모른 척했기에 저 죄 없는 수많은 아이들이 하늘로 올라간 거라고요. 죄책감 같은 거 안 드세요?"

해준의 목소리가 높아졌다.

"무슨 말 하는지 모르겠구나. 무슨 근거로 이렇게 함부로 말하는 거냐?"

"아버지가 말씀하셨잖아요. 세상에는 과학으로 설명할 수 없는 게 많다고."

그러자 운택은 아들을 바라보았다. 해준도 그의 눈빛을 피하지 않았다. 둘의 시선은 팽팽해진 실처럼 짙은 수평선을 그었다. 먼저 침묵을 깬 건 운택이었다.

"나는 일정이 있어서 먼저 가봐야겠다."

그러면서 운택은 해준 쪽 문을 열었다. 해준은 한쪽 입술을 올린 채 문을 쾅 닫고 밖으로 나갔다. 쏟아지는 비가 머리와 어깨에 부딪혀 후두두둑 떨어졌다.

"저 알고 있어요! 그만 따라다니세요."

"무슨 말씀이신지……."

송 비서는 어깨를 으쓱하더니 우산을 접고 세단에 탔다. 그는 차창 밖에 서 있는 해준을 보며 은밀한 목소리로 운택에게 속삭였다.

"총리님, 혹시 모르니까 사람 하나 붙일까요?"

"아니, 괜찮아."

"저러다가 사고라도 치면 총리님이……."

"괜찮다고 했잖아!!"

운택은 목에 핏대를 세웠다.

"다시 나한테 돌아올 거야. 그럴 수밖에 없어."

운택이 뿌옇게 흐릿해진 아들을 바라보며 말했다.

이윽고 차는 출발했고 홀로 남은 해준은 멀어져가는 세단을 바라보았다. 천천히 숨을 고르는데 안에 있던 무언가가 뜨겁게 치밀어 올랐다. 어깨에 쏟아지는 비의 무게를 느끼며 그는 한참을 그대로 서 있었다. 그리고 그리 멀리 떨어지지 않은 곳에 숨어 있던 주원은 그를 지켜보며 묘한 미소를 띠었다.

좀 전의 기자회견장 분위기 때문일까? 다시 서울시 강당으로 돌아온 에피모 회원들의 얼굴에는 작은 희망이 움트고 있었다. 한 회원이 말했다.

"저는 우리 딸 다시 돌아오면 좋아하는 카레 마음껏 해줄 거예요."

"우리 아들은 아이스크림이요. '엄마는 외계인' 제일 좋아했는데 진짜 우주로 가버렸네요."

작은 웃음이 회원들 사이에 번졌다.

"수진 엄마는요? 수진이 돌아오면 뭐 해줄 거예요?"

뭘 먼저 말할까 고민하다가 정아는 이렇게 말했다.

"우리 수진이는 사탕을 좋아했어요. 마카롱같이 달달한 것도요. 돌아오면 제가 직접 만들어 주려고요. 너무 달아서 또 비싸서 많이 못 먹게 했는데 맘껏 먹게 해주고 싶고요."

다른 회원들은 고개 끄덕이며 희미하게 미소 지었다. 그때 주원이 아이스 아메리카노 여러 잔을 들고 강당으로 들어왔다.

"무슨 이야기를 그렇게 재밌게 해요?"

"아이들 돌아오면 뭘 먹일지……. 아! 현우는 어떤 걸 제일 좋아했어?"

승연이 묻자 주원은 쉽게 답하지 못했다. 이렇다 할 표정 없이 회원들에게 커피만 나눠줄 뿐이었다. 그래도 시선이 집중되자 멋쩍은 표정으로 그녀는 입을 열었다.

"뭐 아이들은 다 똑같죠. 떡볶이 같은 거……. 우리 현우는 떡볶이에 환장했거든요. 하루는 알바 끝나고 집에 오는데 떡볶이가 식탁에 그대로 있는 거예요. '왜 먼저 안 먹었어?' 물어보니 '혼자 먹는 것도 맛있는데 엄마랑 같이 먹어야 더 맛있지!' 하는 거예요. 그러면서 2시간 넘게 기다린 거 있죠? 어찌나 대견하고 또 감동했던지 품에 안고 볼을 막 비볐지요. 다 불어터진 떡을 입에 넣었는데, 거참……. 그렇게 맛있을 수가 없었어요. 그런 현우가…… 그렇게 착한 우리 아들이 너무너무 그립네요."

그 이야기를 듣는 회원들 모두 눈시울이 붉어졌다. 훌쩍훌쩍 눈물 흘리는 여자 회원도 막막한 시선으로 위를 올려다보는 남자 회원도 있었다. 승연은 확신에 찬 목소리로 말했다.

"분명 아이들은 꼭 돌아올 거예요. 저는 그렇게 믿어요."

정아도 고개를 끄덕였다. 수진이는 잠시 여행 중인 거야! 어렸을 때부터 달과 별 보는 걸 좋아했으니. 실컷 이것저것 구경하다가 지루해질 즈음이면 다시 지구로 돌아올 거야! 그래서 진짜 좋았다고, 하지만 다시는 가기 싫다고 투정 부리며 내 품에 안길 거야! 정아는 차오르는 눈물을 손등으로 훔치면서 입을 열었다.

"그럼 이제 우리 아이들 데려올 일만 남았네요."

그때 총무가 강당으로 들어오자 회원들은 다들 그의 곁으로 몰려들었다. 그는 다시 한 번 운택을 만나고 오는 길이었다.

"뭐래요? 탐사선 보내준답니까?"

하지만 총무는 한숨과 함께 고개를 가로저었다.

"당장은 계획이 없다고 합니다. 러시아, 영국, 일본, 중국 등 다른 나라도 탐사선 계획을 급하게 취소했고요. 달의 인력이 앞으로 어떻게 될지 모르는 상태라 다들 조심스러워하는 눈치입니다."

그 이야기를 들은 회원들은 모두 탄식을 내뱉었다.

"대신 좋은 소식이 있습니다. 이걸 한번 봐주세요."

총무가 강당 뒤편 슬라이드에 스마트 빔을 쏘자 작은 규모의 우주선 사진이 나왔다. 스페이스 X에서 만든 민간 우주선 ‘스타십 23’이었다. 상혁은 수진이랑 한강 가기 전에 봤던 옥외광고를 떠올렸다.

“어제 캐나다 협회 총무한테 들었는데요. 거기는 우주 미아를 찾기 위해 이런 민간 항공 우주선을 보낼 계획이라고 합니다. 기존 탐사선에 비하면 훨씬 작지만 그만큼 기민하기에 기동성이 좋고 루트 변경도 언제든지 가능하답니다. 하지만 발사하려면 비용이 발생하고, 또 비행시간이 상대적으로 짧다는 단점도 있습니다.”

“저거는 괜찮을까요? 탐사선도 폭발한 마당에.”

한 남자 회원이 그렇게 물었다.

“네, 아직 위험하지요. 하지만 그렇다고 마냥 탐사선만 기다릴 수는 없지 않습니까? 아이들이 일분일초 촌각을 다투는 상황에.”

총무의 말에 많은 회원들이 고개를 끄덕였다. 하지만 상혁은 문득 의문이 들었다.

“근데 비행시간이 그렇게 짧으면 달 근처로는 못가는 거잖아요.”

정아 역시 비슷한 생각이었다. 아까 기자회견장에서 운택이 말한 대로 무게와 시간대를 분석했을 때 수진은 달 근처로 가고 있는 게 거의 확실해 보였으니까.

"기존 탐사선도 폭발했는데 저 조그만 우주선으로 어떻게 달까지 가요? 말이 되는 소리를 해야지!"

뒤에서 누군가가 그렇게 말했다. 다소 날카로운 말투였다.

상혁은 한마디 대꾸하고 싶었지만 정아가 잡았다. 괜히 시끄럽게 만들고 싶지 않았다. 하지만 기분이 좋지 않았는지 그는 뒤를 쏘아보고는 밖으로 나갔다. 정아가 걱정스러운 눈빛으로 남편의 뒷모습을 좇고 있을 때 주원이 다가왔다.

"언니! 괜찮아요?"

정아는 아무렇지도 않은 듯 애써 미소를 지었다. 총무가 어수선해진 분위기를 추스르며 회원들에게 말했다.

"일단 제가 정부와 계속 협상할 테니까, 부총무 승연 씨는 민간 우주선 업체와 발사 시기 및 비용을 조율해주세요. 그리고 앞으로 여기 계신 모든 분들 한 사람도 빠짐없이 시위에 참석해주셨으면 좋겠어요. 정부를 압박하고 우리 입장을 시민들에게 잘 전달할 수 있게."

"네~, 좋습니다."

"좋은 생각이에요."

회원들 대부분이 그의 의견에 전적으로 동의했다. 정아도 고개를 끄덕였다. 뭔가 떨떠름했지만 자기도 힘을 실어줘야 한다고 생각했다.

'에비에이션 피해 부모 모임'은 매일같이 국회와 청와대 앞에 나가서 시위를 했다. 총무가 구호를 외치면 하얀 클로버를 가슴에 찬 회원들이 주먹을 불끈 쥐며 재창했다.

"제발 우리 아이를 살려 달라!"

정아도 피켓을 들며 '탐사선을 보내주세요!'라고 목이 터져라 외쳤다. 체력이 약한 정아는 중간에 앉아서 쉴 때가 많았지만 그래도 끝까지 시위대를 따라갔다. 주원은 회비로 산 부채를 회원들에게 나눠주었고, 승연은 북을 치며 회원들이 지치지 않게 북돋았다. 지나가는 시민들도 열심히 호응했다. 기자들도, 유튜버들도 앞다투어 시위 소식을 전했지만 정작 재난청장 운택과 청와대에서는 공식 입장을 내놓지 않았다. 신중하게 관망하는 듯한 분위기였다.

오후 늦게 정아가 집에 돌아오니 상혁은 주방에서 요리를 하고 있었다.

"수진이는?"

정아가 묻자 상혁은 씁쓸하게 고개를 가로저었다. 한쪽 구석에는 돌리다 남은 전단지가 형편없이 놓여 있었다. 정아는 한숨을 쉬며 다시 전단지를 가지런하게 모았다.

그동안 상혁은 다시 회사에 나갔다. 청원 휴가를 다 썼기에 어쩔 수 없었다. 국자로 소고기 뭇국을 휘휘 저으면서 상혁은 생각했다. 차라리 이게 더 나을지도 모른다고. 상혁은 처음부터 에피모가 마음에 안 들었다. 순수한 모임이 아닌 이익집단인 것 같았고, 아무리 절박하다지만 미국 탐사선이 터진 지 며칠 지났다고 아이들을 볼모로 정부에 무리한 요구를 하는 건 상식적으로 이해할 수 없었다.

하지만 일을 할 때도 그는 좀처럼 집중할 수 없었다. 멍하게 모니터만 바라보다가 점심시간이 되면 혼자 밖으로 나가 행인들에게 전단지를 돌렸다. 날씨가 더워서 그런가! 손에 들린 수백 장의 전단지가 찐득찐득한 껌처럼 느껴졌다. 가끔은 떼어내고 싶을 정도였다. 오늘도 그랬다. 신촌 사거리 한가운데 선 상혁은 전단지를 그대로 든 채 그저 멍하게 하늘을 올려다봤다. 딸 수진의 얼굴이 너무나도 그리웠다. 불과 일주일 전만 해도 함께였는데 이제는 이렇게 일회용 전단지 안에 갇혀 있다니. 나눠준 전단지가 쓰레기통에 처박히고 길거리에 나뒹굴 때마다 상혁의 마음은 갈가리 찢어졌다.

'얼마나 애지중지 키운 딸인데…….'

바닥에 눈물이 뚝뚝 떨어졌다. 지나가는 사람들이 다 쳐다봤지만, 그는 한 번 터진 울음을 멈출 수 없었다.

"오늘 또 한 끼도 안 먹었지? 이거 먹어봐. 자기 좋아하는 소고기 뭇국 했어."

하지만 정아는 아직도 입맛이 없었다. 그저 쓰러지듯 소파에 주저앉을 뿐이었다. 그때 제라늄 화분 옆에 놓인 브로슈어 하나가 눈에 띄었다. 살펴보니 기계 장치로 보이는 그림 위로 'Solaris(솔라리스)'라는 영문이 프린트되어 있었다.

"이게 뭐야?"

"아~, 그거. 오늘 우연히 구글에서 일하는 선배 만났는데 주더라고. 원래는 우주선에서 쓰는 기술인데 집에 설치하면 인공 중력을 만들 수 있대. 저것만 있으면 밤에도 편하게 잠잘 수 있다네. 어때? 우리 요즘 잠도 제대로 못 잤잖아."

"얼만데?"

정아가 브로슈어 앞뒤를 살피면서 물었다.

"3억 조금 넘어."

"아니, 우리가 그 돈이 어딨어?"

"그럼 계속 밤새 시달리라고? 앞으로 달 인력이 더 세진다잖아."

안 되겠다 싶은 정아는 남편에게 오전에 있었던 일을 말했다. 민간 우주선 계약이 가능할 것 같다고. '버진 갤럭틱'

과 '스페이스 X' 중에서 고를 예정인데 그러려면 자금이 필요하다고. 듣고 있던 상혁의 얼굴이 조금씩 굳어졌다.

"결국 진짜 하는구나! 얼마인데?"

"위험수당까지 포함해서 회당 최소 180억이래. 회원이 3,000명 넘으니까 1인당……."

"그게 진짜 가능할까?"

"자기는 우리 딸 안 보고 싶어? NASA 보고서에 의하면 아이들이 살아 있을 가능성이 있다잖아. 총리도 그렇게 말했고."

하지만 상혁은 좀처럼 답이 없었다. 그저 고개를 들어 천장등만 바라볼 뿐이었다.

"정말 괜찮을까? 솔라리스를 해야 우리가……."

"집을 팔든 몸을 팔든 어떻게든 데려와야 하지 않겠어? 우리 딸이잖아. 수진이 우리 딸 맞잖아. 제발 죽었으니까 포기하란 말은 하지 마! 부탁이야."

정아가 두 손을 포개며 애원하듯 말했다. 그런 아내를 지켜보던 상혁은 길게 한숨을 내쉬었다. 고민하듯 주위를 서성이다가 인덕션 쪽으로 다가가서 불을 줄였다. 보글보글 끓던 죽의 거품이 한순간 맥없이 터져버렸다.

상혁은 혹시 사기가 아닐까 의심했다. 총무라는 자도 뭔가 수상했고 부총무 승연도 마찬가지였다. 어떻게 생긴 모임인지 또 어떻게 운영되는지 아는 사람은 아무도 없었다. 게다가 총무는 자기 아들에 대해 한 번도 이야기한 적이 없었다. 부인도 있는 건지 없는 건지 그동안 얼굴 한번 구경할 수 없었고, 본인의 입으로는 중소기업 대표라는데 검색해 봐도 나오는 게 없었다. 민간 우주선 유치한다고 회원들에게 돈 걷은 다음 곧바로 외국으로 튀는 건 아닌지 걱정됐다. 그래도 차마 아내에게 그렇게 말할 수는 없었다. '에피모'는 그녀가 잡고 있는 유일한 동아줄이었으니까. 그것마저 끊는다면 저 깊은 바닥으로 추락할 게 분명했다. 그때 딩동~ 현관 벨 소리가 들렸다.

"누구지?"

"누구세요?"

하지만 대답이 없었다. 화면에도 보이지 않았다. 혹시나 하는 마음에 둘은 서둘러 밖으로 달려나갔다. 하지만 문 앞에 있는 사람은…… 두심이었다. 실망을 감추면서 상혁이 옆으로 비켜섰지만, 그녀는 들어오지 않았다.

"이 서방~, 옷 갈아입고 빨리 나와. 우리 같이 갈 데가 있어."

"이제 곧 밤인데 갑자기 어디?"

정아가 물었다.

"어디긴 어디야! 교회지?"

"아……, 어머님. 저희 교회 안 다니는데……. 전에도 말씀드리지 않았나요?"

그러자 두심은 답답하다는 듯 혀를 끌끌 찼다.

"만약 너네가 믿음이 좋았다면 수진이가 과연 그렇게 됐을까?"

"아니……, 엄마! 우리가 믿음이 부족해서 그랬다는 거야?"

정아의 목소리가 높아졌다.

"우리 교회 신자들 자녀 한번 봐라~. 단 한 명도 에비에 이션한 사람이 없어요, 어?"

"그래서! 그래서 어쩌자는 거야? 이미 올라갔는데……. 교회 가서 기도하면 수진이가 돌아오기라도 해?"

"하늘에 있는 수진이를 위해서도 우리가 기도해야지. 더 이상 아프지 않도록 더 이상 힘들지 않도록. 우리가 잘못했으니까 신께 무릎 꿇고 참회해야지."

그 말을 듣자 정아는 순간 가슴속에 뜨거운 무언가가 치밀어 올랐다.

"구원받아 뭐 하게? 여기가 이미 지옥인데."

흥분해서 앞으로 나가려고 할 때 분위기를 읽은 상혁이 재빨리 둘 사이에 끼어들었다.

"죄송해요, 어머님! 저희가 아직 그럴 정신이 없어서요. 조금만 더 시간을 주세요. 저희가 잘해볼게요. 네?"

그러면서 허리를 조아리자 두심은 고개를 절레절레 저으며 뒤돌아섰다.

"회개해야 해, 회개~. 아직도 저렇게 정신 못 차리면 어떡해? 휴……."

투덜거리는 두심의 뒷모습을 보면서 상혁은 천천히 현관문을 닫았다. 바닥에 미끄러지듯 주저앉은 정아의 얼굴은 붉게 상기되어 있었다.

●

4장

오목한 구슬 모양의 초전도 자석이 빠른 속도로 회전하면서 작은 수조 안을 돌았다. 러시아 과학자 '치올코프스키'가 처음 만든 초전도 자석은 수많은 과학자의 실험과 연구 끝에 2031년 표준 중력의 3배까지 만들어낼 수 있었다. 자석이 쇠를 끌어당기듯, 강력한 전자석을 이용해 우리 몸을 이루는 원자들을 끌어당기는 원리였다. 곧이어 초전도 자석을 안정적으로 가동시킬 냉각장치가 사이드에 부착되었고, 컨베이어 벨트를 통해 수많은 부품들이 차례대로 조립되었다. 최종적으로 케이스까지 씌워진 노트북 크기의 제품에는 레이저로 'Solaris(솔라리스)'라는 영문이 각인되었다. 그걸 지켜보던 송 비서는 고개를 끄덕이며 공장장에게 고객 리스트를 넘겼다.

"3,000대 모두 완성됐습니다. 배송 시작할까요?"

"그래. 그렇게 해, 송 비서!"

수화기 너머로 익숙한 목소리가 말했다.

곧이어 솔라리스가 25톤 트럭에 실려 전국 곳곳으로 배달되었다. 달이 뜨자 해일과 폭풍이 도시를 강타했지만 특수 개조된 트럭은 아무 이상 없이 도로를 질주했다. 룸미러 아래로 묵주에 연결된 십자가만이 선바이저 위로 솟구쳐 오를 뿐이었다.

핸드폰을 내려놓은 운택은 TV를 틀어 4시간 전에 올라간 캐나다 민간 우주선이 어떻게 되었는지 지켜봤다. 달의 위상이 하현이라 그런가! 다행히 이번에는 폭파되지 않고 무사히 돌아올 수 있었다. 하지만 살아 돌아온 아이는 없었다. 생체 신호 또한 잡히지 않았다. 언론은 무사히 돌아온 것만으로도 절반의 성공이라고, 앞으로 더 많은 민간 우주선이 우주로 갈 가능성이 열렸다고 진단했다. 그걸 본 운택은 비릿한 미소로 리모컨을 들어 볼륨을 줄였다.

그 사이에 돈 많은 사람들 집에는 솔라리스가 설치되었

다. 바닥을 뚫어 장치를 깔고 그 위에 냉각판을 부착했다. 테스트해본 결과 아이들은 공중으로 뜨지 않았다. 인력이 강해질수록 중력의 강도 또한 마음껏 조정할 수 있는 시스템이었기에 그들은 밤에도 편하게 숙면을 취할 수 있었다. 문제는 여유가 없는 대다수의 서민들이었다. 한 대당 3억 이상인 솔라리스는 너무 비쌌고 또 어렵게 자금을 마련한다 하더라도 설치하려면 오랜 시간 기다려야 했다. 대기 줄은 이미 20만을 훌쩍 넘은 상태였다. 어쩔 수 없이 서민들은 철가루가 들어간 무거운 카펫을 깔고 그 안에 누워야만 했다. 상혁도 그중 한 사람이었다. 하루하루 지쳐가던 그는 아침을 먹으면서 솔라리스를 주문하자고 한 번 더 아내를 설득했다.

"우리 모아놓은 돈 있잖아. 이러다 정말 죽겠어."

"앞으로 민간 우주선 몇 번 보낼지 몰라! 그러면 돈 모자를 수도 있다니까."

"그러면 그동안 우리는 어떡하라고? 이렇게 계속 뜬 눈으로 보내야 하는 거야?"

"어떻게 아빠가 돼서 그런 말을 해? 수진이는 지금 위에서 얼마나 고통받고 있는데. 조금 힘든 건 감내해내야지!"

"진짜 또 그 얘기야!"

상혁은 굴뚝 같은 한숨을 내쉬더니 현관문을 *쾅!* 닫고 밖으로 나갔다. 이제 점점 벅차기 시작했다. 딸 사진 박힌 전단지를 나눠주는 것도, 하루하루 쇠약해지는 아내를 돌보는 것도. 하루하루 옅어진 산소 속에서 금붕어처럼 뻐끔뻐끔 숨 쉬는 기분이었다. 정아도 마찬가지였다. 남편의 마음이 점점 멀어지고 있다는 생각이 들었다. 그가 자기를 바라보며 내뿜는 한숨이 돌개바람처럼 느껴졌다. 7개월 전 그때 그랬던 것처럼…….

"수진 엄마! 혹시 수진이 그 이야기 알고 있어?"

전시회 준비를 마치고 집으로 가는 길, 아파트 엘리베이터에서 만난 옆집 아줌마가 정아의 팔을 잡고 물었다.

"무슨 이야기요?"

"아니, 거참 남사스러워서……."

말할까 말까 고민하는 모습에 정아는 입이 바짝바짝 타들어 갔다.

"말씀해주세요. 왜요? 수진이한테 무슨 일 있어요?"

"아니 확실한 건 아닌데……. 용달이랑 수진이가…… 요즘 또 같이 붙어 다니잖아."

"그래요?"

정아는 놀랐다. 그렇게 딸에게 용달이랑 같이 놀지 말라고 주의를 줬건만…….

하지만 이야기는 거기서 끝나지 않았다. 요즘 아파트 주민들 사이에 흉흉한 소문이 떠도는데, 용달이가 아무도 없는 데서 수진에게 몹쓸 짓을 하는 것 같다는 이야기였다.

"뭐랄까? 자꾸 엉덩이와 가슴 같은 데 만지는 것 같아. 본 사람이 한두 명이 아니라니까."

"네?"

정아는 심장이 *쿵!* 내려앉았다.

"원래 사춘기 애들이 호기심이 많고 그러잖아. 게다가 용달이는……."

설마 설마 했지만 동시에 그럴 수도 있겠구나 싶었다. 예전에 용달이가 수진을 꼭 껴안던 장면이 정아의 머릿속을 가득 메웠다.

집에 와보니 외근을 마치고 돌아온 상혁이 제라늄 화분에 물을 주고 있었다. 서둘러 작은방을 살폈지만 수진은 없었다. 침대에 유치원 가방만 덩그러니 놓여 있을 뿐이었다.

"수진이는?"

"어? 수진이 친구랑 논다고 나가던데."

정아는 방금 전에 옆집 아줌마에게 들은 이야기를 남편

에게 했다. 그러자 상혁은 그럴 리 없다며 애써 부정했다.

"용달이 걔 그런 애 아니야! 괜한 오해 하지 마!"

안 되겠다 싶은 정아는 곧바로 동네 놀이터로 향했다. 걱정이 됐는지 상혁도 따라왔다. 하지만 놀이터에서 수진의 흔적은 찾을 수 없었다. 용달이도 마찬가지였다. 정아는 아파트 단톡방에도 혹시 수진이를 본 사람이 있는지 물었다. 하지만 다들 모른다고 했다. 그렇게 한참을 이곳저곳 둘러보고 있는데 카톡 하나가 왔다.

'수진 엄마! 여기로 빨리 와봐.'

주소에 찍힌 대로 외진 상가 사이 좁은 골목으로 달려가 보니 계단 너머로 익숙한 실루엣이 보였다. 용달이와 수진이었다. 수진의 핑크 스웨터는 형편없이 헝클어져 있었고 뒤돌아본 용달은 놀란 눈빛으로 카메라를 천천히 내려놓았다. 그의 어깨에 붙은 분홍색 실밥 한 올이 그의 거친 호흡을 따라 파르르 떨렸다. 그 모습을 본 정아는 심장이 벌렁벌렁 뛰었다. 까맣게 물들어가는 의식을 억지로 부여잡고 그녀는 천천히 다가갔다.

"너희들…… 여기서 뭐 하고 있어?"

"아……, 엄마! 그게 말이야…… 오빠가 사진 찍고 싶다고 해서."

당황했는지 수진은 말도 제대로 못했다.

"도대체 뭐 하고 있었냐고, 여기서!"

정아가 손을 내밀며 그동안 찍은 사진을 보여 달라고 하자, 용달은 고개를 절레절레 흔들었다. 카메라를 뺏어보려고 해도 용달은 힘을 주어 내주지 않았다. 얼마나 힘이 센지 몸싸움하던 정아는 이내 뒤로 나뒹굴어 떨어졌다.

"자기야!!"

상혁이 다가가 부축하자마자 그녀는 다시 한 번 일어나서 용달에게 달려들었다. 그때 단톡방 글을 본 용달모도 헐레벌떡 뛰어왔다. 언제 왔는지 동네 주민들도 하나둘씩 몰려들었다.

"왜 사진을 안 보여주는 거야? 도대체 뭘 찍었길래!"

"아…… 아무것도 아니에요. 그냥, 그냥……."

누가 봐도 오해할 만 상황에 정아는 용달의 뺨을 때렸다.

"엄마!!!"

옆에서 수진이가 소리를 질렀고, 그 모습을 본 용달모는 눈이 동그래졌다.

"아니~, 네가 뭔데 우리 아들 때려? 왜? 왜!!"

그러면서 그녀는 정아를 밀쳤다. 잠시 몸부림이 오갔고 이내 둘은 거친 호흡으로 서로를 노려봤다. 그 사이에 상혁이 용달에게 다가갔다.

"용달아! 혹시 뭐 찍었는지 아저씨가 봐도 될까? 잠깐만 보고 돌려줄게."

상혁이 최대한 침착하게 이야기했지만, 용달은 이를 드러내며 연신 고개를 저었다. 한 발짝 더 가까이 다가가면 물어뜯을 기세였다.

"용달아! 보여드려. 그래야 네가 잘못 안 했다는 걸 알 거 아니야?"

용달모까지 거들었지만 용달은 두려운 눈빛으로 카메라를 끌어안았다.

"절대 안 돼! 이건 내 보물이야. 보물! 그 누구도 볼 수 없어."

고막을 찢을 듯한, 비명에 가까운 울부짖음이었다. 그 모습을 보고 놀란 주민들이 웅성거리기 시작했다. 용달모는 차마 아들에게 다가갈 수조차 없었다.

"그동안의 정을 봐서 경찰에 신고는 안 할게요."

그러면서 상혁은 수진을 데리고 자리를 떴다. 정아는 뒤돌아보며 용달에게 말했다.

"너 앞으로 우리 수진이 곁에 얼씬도 하지 마! 알겠어?"

그러자 울먹거리던 용달은 결국 울음을 터뜨렸다. 용달

모는 다가가 아들을 품에 안았고 지켜보던 주민들은 손가락질하며 뿔뿔이 흩어졌다. 집에 오는 길에 상혁은 정아에게 말했다.

"진짜…… 우리가 생각하는 게 맞겠지?"

하지만 아무 대답 없는 아내를 보며 그는 깊은 한숨만 내쉬었다. 수진은 도대체 왜 그러냐고 소리쳤지만, 정아는 "바보랑 놀다가 너도 바보 되고 싶어!" 하며 목소리를 높였다. 이번에는 상혁도 말리지 않았다.

그 후로 용달과 수진은 같이 다닐 수 없었다. 그리고 동네 사람들 모두 용달에 대한 시선이 달라졌다. 용달이 혼자 동네를 오갈 때 예전처럼 상가 주민들은 반갑게 맞이하지 않았다. 미용실, 동네 문구점에는 들어오지도 못하게 했다. 그렇게 용달의 카메라는 피사체를 잃어버렸다.

✦

부자들이 앞다투어 솔라리스를 설치하기 시작하자 해준은 배후가 운택이라고 확신했다. 마치 예상이라도 한듯 모든 게 척척 들어맞았으니. 코로나가 처음 발생하고 백신이 나올 때까지 적어도 3~4달 넘게 걸린 것에 비해서, '솔라리스'라는 인공 중력 장치는 에비에이션이 일어나기도 전에 수입되었고 또 승인되었다. 모든 것은 일사천리였다. 위에서 특권을 가진 누군가의 입김 없이는 절대 불가능한 일이었다. 이렇듯 모든 정황적 증거가 단 한 사람을 가리키고 있었지만 해준은 신중하게 움직였다. 숨통을 끊어놓을, 확실한 증거 한 방이 필요했다. 솔라리스 문양 하나로는 부족했다.

오랫동안 궁리하던 해준은 '집단 소송'이 좋겠다는 결론을 내렸다. 에비에이션의 첫 시작이 7월 5일이 아니라 그 전이었다면, 또 그 사실을 미리 알고 있으면서 애써 은폐하려 했다면……. 수많은 피해자들과 같이 소송을 제기해서 대한민국 정부, 그리고 총리 운택을 재판장에 세울 수 있다고 그는 생각했다. 그 첫 번째 단계로 해준은 며칠 전 기자회견장에서 만났던 '에비에이션 피해 부모 모임'을 떠올렸다.

그는 곧바로 서울시 강당으로 향했다. 총무와 만나서 취지를 설명하니 그는 흔쾌히 제안을 수락했다. 총무 입장에서는 어떻게든 자신들의 입장을 외부에 널리 알리는 게 중요하다고 생각했으니까. 하지만 해준을 만난 회원들은 불편한 시선으로 그와의 인터뷰를 한사코 거절했다. 고민하던 해준의 시야에 한쪽 구석에 홀로 앉아 있는 상혁이 들어왔다. DMB로 야구 하이라이트를 보던 상혁은 자신에게 다가오는 해준을 힐끗 보더니 다시 화면에 집중했다.

"올해는 우승할 수 있었는데……. 아쉬우시겠어요?"

만년 꼴찌였던 롯데는 이번 시즌 정규 리그에서 1위를 달리고 있었다. 그래서 43년 만에 우승할 거라 팬들이 학수고대하던 찰나, 에비에이션으로 인해 리그가 중단되고 말았다. 상혁의 실망감은 이루 말할 수 없었다. 물론 딸을 잃은 슬픔에 비할 수는 없지만…….

"여기는 어쩐 일입니까? 애가 하늘로 올라갔나요?"

상혁이 퉁명스레 물었다.

"아니요. 혹시 에비이에션 전에 전조 증상이 있었는지 확인 좀 하고 싶어서요."

그러자 상혁은 해준을 물끄러미 바라보았다. 도대체 무슨 생각으로 여기까지 왔는지 계산하는 눈빛이었다. 해준은 솔직히 말하는 수밖에 없었다.

"정부한테 소송 걸려고요. 알면서도 못 막은 것에 대한 책임을 물으려고."

"그걸 정부가 어떻게 알았겠어요? 신도 아니고."

"만약 알았다면요. 누군가 몇 년 전부터 눈치채고 있었다면요. 이를테면 솔라리스 같은."

"솔라리스요?"

"네, 솔라리스. 한국 법인 등기가 언제 만들어진 줄 아시나요? 3월 1일, 애들이 하늘로 올라가기 무려 4달 전이라고요. 이게 과연 우연일까요?"

그러자 상혁은 핸드폰을 주머니에 집어넣고 흥미롭다는 듯 그의 말에 귀를 기울였다.

"만약 정부가 미리 국민들에게 경고했다면, 수많은 아이들이 하늘로 올라가는 비극은 없었을 거예요. 하지만 그들은 알면서도 왜 모른 척했을까요?"

상혁은 곰곰이 생각하다가 정아에게 전화를 걸었다. 잠시 후 주원과 함께 강당으로 들어온 정아는 남편 옆에서 녹음기까지 켜놓은 해준을 의심 가득한 시선으로 쳐다보았다. 며칠 전 기자회견장에서 봤던 뻔뻔스러운 그의 얼굴이 떠올랐다.

"어디서 오셨다고요?"

해준은 일어나 정아와 주원에게 명함 하나씩을 건넸다. 주원은 천천히 명함을 살폈다.

"〈월간 유니버스〉 정해준 기자입니다. 아까 남편분께 들었는데요. 혹시 에비에이션 당일 수진이가 자석이나 그 비슷한 물건을 가지고 있었나요?"

"토끼 인형 하나 들고 있었는데, 그 안에 자석이 있는지는 모르겠어요. 근데 그게 무슨 상관이 있나요?"

정아가 시큰둥하게 답했다. 해준이 다음 질문을 이어나가려고 할 때, 강당에 있던 누군가가 큰 소리로 외쳤다.

"다들 조용히 좀 해봐요. TV에 총리 나와요. 긴급 기자회견이래요."

그러자 회원들은 벽 한쪽에 설치된 대형 LED 모니터로 몰려들었다. 스트라이프 블랙 수트를 입은 운택은 단상 앞에 서서 마이크 위치를 조정했다.

"기조력은 29.1kg까지 상승하였고 밤새 전국적으로 16명의 아이들이 하늘 위로 올라갔습니다. 이에 정부는 국민 여러분께 사과의 말씀 먼저 전하고 싶습니다."

비통한 표정으로 그가 고개를 숙이자 사방에서 플래시 세례가 이어졌다.

'아버지, 연기 참 잘하시네요.'

해준은 그런 운택을 보며 냉소적으로 웃었다.

"저희 정부는 오늘부로 전국에 있는 14세 미만 모든 아이들에게 전자팔찌 부착 서비스를 무상 제공하겠습니다."

부모의 핸드폰과 연동해서 아이들의 위치를 실시간으로 파악할 수 있고, 만에 하나 에비에이션했을 경우 동선을 파악해 구조를 쉽게 하고자 하는 취지라고 그는 덧붙였다.

"앞으로 에비에이션한 아이들이 단 한 명도 나오지 않게 하는 게 저희 목표입니다."

운택의 말이 끝나자 TV 앞에 몰려든 많은 시민들은 박수를 쳤다.

"진작 그렇게 하지!!"

그렇게 볼멘소리로 외치는 이도 있었다. 그때 기자 한 명이 운택에게 질문을 던졌다.

"최근에 소수의 부자들 중심으로 솔라리스가 설치되고 있습니다. 부의 불균형, 차별이라는 말이 나오는데 이에 대해 어떻게 생각하십니까?"

질문을 받은 운택은 물로 목을 축이더니 그 어느 때보다 진중한 눈빛으로 입을 떼었다.

"저희 정부는 공익성 측면에서 솔라리스를 전 세계 최초로 승인했습니다. 지금은 어쩔 수 없이 고가로 거래되고 있으나 연말까지 공장 설비 확충 및 기술 개발을 통해 가격을 절반 정도로 낮출 수 있도록, 정부 차원에서 관리 감독하겠습니다."

"그럼 하늘로 올라간 아이들은 어떻게 하실 건가요?"

"다른 나라처럼 민간 우주선 이륙을 승인하실 건가요?"

다른 기자들의 질문이 잇따랐다.

"네, 저는 그래야 한다고 생각합니다. 찾아야지요. 소중한 우리의 아이들이니까요. 최대한 대통령을 설득해 추진해 보도록 하겠습니다."

운택의 말에 많은 에피모 회원들은 환호성을 질렀다. "역시 천재 과학자는 다르긴 다르네!"라고 감탄하는 이도 있었다. 서로 얼싸안는 회원들의 모습을 보면서 해준은 자신도 모르게 헛웃음이 나왔다. '아버지는 이들을 이용하고 있어!' 불쌍한 이들에게 헛된 희망을 심어주면서 자신의 정치 야욕을 교묘히 숨기고 있었다.

"기자님은 안 기쁘시나 봐요?"

"글쎄요. 왜 기뻐해야 하죠?"

그렇게 말하는 해준을 정아는 불편한 시선으로 바라봤다. 그때 주원이 해준 옆으로 가까이 다가왔다.

"아까 얼핏 들어보니 정부와 소송 생각하신다고요? 아~, 저는 김주원이라고 해요."

구불거리는 갈색 머리카락을 귀 뒤로 넘기며 주원은 말을 이었다.

"저 시간 많은데……. 괜찮으시면 저랑 인터뷰하실래요?"

해준은 그런 그녀와 그녀 가슴에 박힌 현우 사진을 동시에 바라보았다.

위위위윙!!

시끄러운 드릴 소리가 해준 집에 진동했다. 모든 창문을 닫아 불빛 하나 새어나오지 않는 거실 바닥에 헤드라이트를 낀 인부들은 사각형의 구멍을 파고 그 안에 솔라리스를 집어넣었다. 옆에서 그 모습을 수애는 상기된 표정으로 지켜보았다. 이틀 전이었다. 해준이 취재차 밖에 나간 사이에 운택에게 전화가 왔다.

"공짜로 주신다고요? 정말로요?"

사적으로는 한 번도 뵌 적 없는 시아버지였지만, 게다가 남편이 지독히도 싫어하는 사람이지만……. 솔라리스를 공짜로 설치해주겠다는 제안은 쉽게 거부할 수 없었다. 그동안 윤재와 윤아, 두 아이들이 밤마다 얼마나 고생했는지 누구보다 잘 알고 있었으니까. 솔직히 이제는 수애 자신도 편하게 잠들고 싶었다. 나중에 남편이 들어오면 뭐라 변명해야 할지 막막했지만 아이들을 앞세워 말만 잘하면 어떻게든 넘어갈 수 있지 않을까 싶었다. 솔라리스 설치가 끝나는 시간에 맞춰서 운택은 직접 해준의 집에 방문했다.

"할아버지!!"

윤재는 오랜만에 보는 할아버지를 꼭 껴안았다. 윤아를 만나는 건 운택도 처음이었다. 자기 아들을 똑 닮은 손녀를 보면서 그는 마음이 뜨거워졌다.

"네가 윤아구나?"

딸의 머리를 쓰다듬는 시아버지의 모습을 보면서 수애도 이번 기회에 온 가족이 화목하게 지내면 얼마나 좋을까 상상해보았다. '대한민국 총리 며느리'라는 타이틀도 제법 탐나는 자리였다.

"그동안 감사했어요, 아버님."

"뭘……. 내가 해준이한테 그동안 못해준 걸 이제야 갚는 건데."

운택은 그러면서 수애가 건넨 오렌지 주스를 시원하게 들이켰다.

"윤재야, 앞으로 잠이 안 올 때 이 버튼 눌러. 알겠지?"

운택이 시키는 대로 윤재가 리모컨 버튼을 누르자 강력한 자기장으로도 인공 중력이 만들어졌다. 순간 두 다리가 무거워졌다. 제대로 걸을 수조차 없었다. 마치 바닥에 접착제라도 발라놓은 느낌이었다.

"평상시에는 절대 이 버튼 누르지 말고 꼭 밤에만 작동시켜야 해! 알겠지?"

"네! 그럴게요."

그때 답답했는지 아니면 자기 몸이 제대로 움직이지 않아서 짜증 났는지 윤아가 울기 시작했다. 서둘러 윤재가 리셋 버튼을 누르자 다시 원래 중력으로 돌아왔다.

"할아버지. 정말 고마워요."

"그럼 볼에 뽀뽀 한 번 해줘."

그러자 윤재는 운택의 볼에 다가가 살짝 입을 갖다 대었다. 처음이라 둘 다 어색했지만 그래도 서로의 온기는 충분히 느낄 수 있었다.

"앞으로 밤에 푹 자라! 알겠지? 또 무슨 일 있으면 언제든지 전화하고."

"네, 아버님."

수애는 리모콘을 받아들고 공손히 답했다.

그때 *띠띠띠띠~* 현관문 열리는 소리가 들리더니 해준이 들어왔다. 그는 거실에 있는 운택을 발견하고 깜짝 놀랐다.

"아버지……. 아버지가 여기 왜 있어요?"

운택이 말이 없자 해준은 다시 한 번 물었다.

"제 말 안 들려요? 당신이 왜 우리 집에 있냐고!"

보다 못한 수애가 두 사람 사이에 나섰다.

"아버님께서…… 솔라리스 설치해주셨어."

"솔라리스?"

"그게……, 아이들이라도 편히 잠을 자야하지 않겠니?"

운택이 처음으로 아들과 시선을 마주치며 말했다. 하지만 해준은 아무 말이 없었다. 그저 뜨거운 시선으로 운택을 노려볼 뿐이었다. 눈치를 보던 수애는 얼른 아이들을 데리고 안방으로 들어갔다.

"할아버지……."

윤재가 닫히는 문 뒤로 마지막 말을 내뱉었다.

해준은 허리춤에 손을 올리고 고개를 뒤로 젖혔다. 애써 분노를 참으려는 듯 그는 천천히 숨을 가다듬었다.

"근데 아버지! 정말 이해 안 되는 게 있어요. 이렇게나 다정한 분이 저한테는 왜 그러셨어요? 전 매일 밤마다 우는 엄마를 끌어안고 달래며…… 앙상하게 말라가는 두 팔다리 매만지면서 죽지 말라고, 제발 죽지 말라고 그렇게 애원했는데……."

"미안하다."

운택이 한숨을 내쉬듯 말했다.

"엄마가…… 당신에게 버림받은 엄마가…… 제 눈앞에서 죽었어요. 그런데 17년 만에 돌아와 놓고 한다는 말이

고작 그거예요?"

해준의 목소리는 점점 높아졌다.

"제가 이 까짓것 가지고 오면 '네~, 아버지 용서할게요!' 이럴 줄 아셨어요?"

"그래도…… 솔라리스는 해라! 애들은 아무 죄 없잖니."

"참나……. 누가 당신 손자 손녀예요? 한 번만 더 그딴 이야기 꺼내면 진짜 가만히 안 있을 거예요."

운택의 코앞까지 다가간 해준의 목에는 굵은 혈관이 터질 듯이 불거져 있었다. 그런 해준을 말없이 바라보던 운택은 입술을 꽉 문 채 밖으로 나갔다.

"지켜봐요! 내가 앞으로 어떻게 하는지……."

"너는 아무것도 몰라."

운택의 마지막 말이 문 닫히는 소리와 함께 사라졌다.

그가 떠나자마자 해준은 창고에서 망치를 가지고 왔다. 여태껏 그를 지탱하던 보이지 않는 실은 이미 끊어진 지 오래였다.

"어디야!! 어디 설치한 거야!!"

해준이 소리 질렀다. 수애가 그걸 보고 깜짝 놀라 앞을 막아섰지만 흉포하리만큼 광분한 남편을 말릴 수는 없었다. 이곳저곳 뒤져가며 솔라리스의 위치를 찾은 해준은 망치로 바닥을 내리쳤다. *쾅쾅쾅!!!* 빌라 전체가 울려 퍼졌다.

"아빠!! 아빠!!"

문틈으로 윤재가 소리쳤지만 해준의 귀에는 들리지 않았다. 이윽고 솔라리스는 이내 산산조각 났고 그걸 본 수애는 바닥에 주저앉았다.

"너는 내가 그동안 어떻게 살았는지 알아? 아냐고?"

해준의 외침은 말이라기보다는 포효에 가까웠다.

✦

폴란드 자코파네에서 발견된 여자아이, '캐롤 클리히'는 5살이라는 짧은 나이에 생을 마감했다. 의료진이 최선을 다해봤지만 온몸에 심각한 화상을 입은 아이는 결국 오래 버텨내지 못했다. 뉴스를 본 전 세계 사람들은 아이를 위한 추모의 시간을 가졌다. 또 다른 안 좋은 뉴스도 있었다. 이제 낮에도 달이 보이기 시작했다. 이틀 전부터 오후 4시 반이 되면 하얀 달이 서서히 모습을 드러냈다. 이러다가 한낮에도 달이 뜨는 거 아니야? 사람들의 공포는 점점 커져갔다. 커민스 교수는 자신의 방송에 출연해 이렇게 전했다.

"낮에도 달이 보이는 현상은 달의 영향력이 태양보다 더 강해지고 있다는 증거입니다. 데이터 분석 결과 향후 석 달 안에 북위 42도와 남위 42도 사이에 살고 있는 모든 사람들은 낮에도 초음속 강풍을 경험하게 될 가능성이 높습니다.”

“그러면…… 우리는 어떻게 되는 겁니까?”

기자 한 명이 떨리는 목소리로 질문했다.

“이대로라면 1년 안에 지구상의 모든 인류는 자연재해로 죽거나 달로 빨려 들어가게 됩니다. 빨리 대책을 강구해야 합니다.”

마이크에 실린 커민스 교수의 말은 사람들에게 엄청난 충격과 공포를 안겨주었다.

그동안 각국 대표단은 화상으로 수차례 대책 회의를 진행하였다. 기조력이 더 강해지기 전에 거대한 시설을 만들어 사람들을 모아놓아야 한다는 의견, 핵으로 달을 쪼개야 한다는 의견, 달에 솔라리스를 부착하자는 의견 등등 수많은 의견이 오갔다. 이번 기회에 차라리 달로 테라포밍하자는 급진적인 주장도 있었다. 하지만 밤새 회의를 해도 뾰족한 수는 나오지 않았다. 다들 마음만 점점 조급해질 뿐이었다.

그 와중에 미국과 일본, 프랑스, 브라질, 러시아의 민간 우주선이 하늘 위로 올라갔다. 3~4시간 우주를 떠돌며 에비에 이션한 아이들을 찾았지만 살아 돌아온 아이는 없었다. 그중에 브라질 아이의 사연은 정말 안타까웠다. 정밀검진 결과 하루 아니 몇 시간만 더 빨리 구조했다면 살릴 수 있었다고 의료진은 밝혔다. 그 소식을 들은 에피모 회원들은 지체할 시간이 없다며 대한민국 정부에 분노의 목소리를 높였다.

"왜 우리는 안 되는 건데!! 다른 나라는 다 허가하는데."

"총리 말대로 해라! 총리가 시키는 대로 왜 안 하냐?"

여기에 테슬라, 보잉, 버진 갤럭틱 등 수많은 민간 우주선 업체들이 프로모션을 진행하면서 가격 전체도 많이 내려간 상태였다. 기존에 우주여행 티켓을 구입한 사람들은 백번이고 양보할 테니 아이들부터 먼저 찾으라며 자신들의 티켓을 기부하기도 했다. 이에 대통령의 고민은 더 깊어졌다.

"대통령은 하야하라!!"

"탄핵해야 한다."

청와대 밖에서 들리는 시위 소리를 들으며 운택과 대통령은 서로를 마주 보았다.

"각하! 이제는 결정을 내리셔야 합니다."

하지만 대통령은 좀처럼 입을 열지 않았다. 정치 9단인 그는 누구보다 빨리 운택의 야망을 읽었다. 언론을 통해 자신과 대립각을 세우면서 국민들의 지지를 등에 업으려는 전략이었다. 눈앞의 이 남자가 아니꼽게 느껴졌다. 그동안 호랑이 새끼를 키웠구나! 후회되기도 했다.

"우리 솔직히 이야기해 봅시다. 상식적으로 이게 가능하지 않다는 거 누구보다 잘 아시잖아요. 정치적 리스크가 크다는 거 알면서 도대체 왜 이러시는 겁니까?"

"만약 한 명이라도 데려올 수 있다면요? 그러면 우리의 승산은 더 높아집니다."

"마치 어디서 데려올 것처럼 말씀하시네요."

대통령이 그렇게 말하자 운택은 여유롭게 맞받아쳤다.

"적어도 시도는 해봐야지요? 이제 9개월도 안 남으시지 않았습니까?"

이제야 운택은 본색을 드러냈다. 그동안 순박한 척을 한 걸까? 아니면 원래부터 이런 사람이었나? 대통령은 뚫어져라 살폈지만 좀처럼 그의 속마음은 보이지 않았다.

"당신을 처음 누가 뽑아줬나요? 폐인이 된 사람을 누가 구제해줬나요?"

"그 점은 감사하게 생각합니다만……. 지나간 일은 지나간 대로 흘려보내도 되지 않을까요?"

그 순간 대통령은 운택을 임명한 자신의 선택을 후회했다. 그가 재난청장을 맡은 후 차기 대선 후보로 운택의 선호도는 급상승했다. 한 달 전만 해도 후보로 언급조차 안 되던 사람이었다.

“제가 대통령이 되면 각하께서는 평안한 5년을 보내실 수 있을 것 같습니다.”

“그 전에 우리가 살아남을 수 있을까요?”

“저는 이렇게 생각합니다. 우리 인류는 언제나 그랬듯 반드시 해결책을 찾아낼 거라고.”

그렇게 말하는 운택의 눈빛은 형형하게 빛났다.

수만 명이 넘는 시위에 굴복한 건지 아니면 운택에게 설득된 건지 결국 대통령은 민간 우주선 보내는 것을 최종 승인했다. 게다가 전체비용의 절반은 정부에서 부담하기로 했다. 출발 날짜는 조율 끝에 5일 후로 결정되었다. 때마침 해와 달이 서로 직각이 되면서 기조력이 상쇄되는 음력 15일이기에 우주선 발사에 완벽한 타이밍이었다. 그 소식을 들은 에피모 회원들은 다 함께 자리에서 일어나 환호성을 질렀다.

“우리가 해냈어요!! 해냈다고요!!”

충무는 두 주먹을 불끈 쥐며 포효했고 승연은 남편과 감격의 포옹을 했다.

‘수진아! 조금만 더 기다려. 알겠지?’

정아 역시 부풀어 오르는 자신의 가슴에 손을 얹었다.

"솔라리스는 어떠니?"

운택은 손자 윤재에게 전화를 걸어 물었다. 얼굴 보면서 이야기하고 싶었지만 주변의 상황 때문인지 윤재는 영상 통화는 할 수 없다고 했다. 질문에 답이 없자 운택은 재차 물었다.

"어때? 요즘 밤에 잠 잘 자니?"

"네……. 그럼요. 잘 자고 있어요. 솔라리스 완전 좋던데요."

윤재는 차마 아빠가 기계를 부쉈다고 말할 수 없었다. 그러나 사정을 알 리 없는 운택은 윤재의 말을 듣고 가슴을 쓸어내렸다. 자기가 돌아간 후 해준이 어떻게 했을지 좀처럼 예상할 수 없었으니까. 결국 아들이 현명한 선택을 했다고 그는 생각했다.

"이제 아무 생각 말고 편하게 자! 알겠지?"

"네~, 할아버지 감사해요."

"너는 차씨 가문을 이어야 한다. 그러니까 공부 열심히 하고. 할아버지가 조만간 좋은 곳에 데리고 갈 테니까……."

하지만 운택의 말을 듣는 윤재의 이마에는 땀이 송골송골 맺혀 있었다. 이틀 전부터 윤재는 두통에 시달렸다. 처음 본 아빠의 화내는 모습도, 망치로 솔라리스를 부수는 모습도 9살 아이가 감당하기에는 너무나도 충격적인 장면이었다. 동생이 못 보게 또 못 듣게 윤아의 눈과 귀를 가리면서 윤재는 입술을 깨물며 눈물을 삼켰다.

"윤재야!! 듣고 있니?"

"네……, 할아버지!!"

그때 방문이 활짝 열리자 서둘러 윤재는 핸드폰을 침대에 던졌다. 들켰나 싶어서 뒤돌아보니 윤아였다. 휴……. 윤재는 가슴을 쓸어내렸다.

"오빠! 뭐 해?"

"아냐 아무것도……."

루피 인형을 든 윤아는 "엄마가 오늘은 안방에서 같이 자도 된대!"라고 신이 나서 말했다. 고개를 끄덕이며 윤재는 짧게 한숨을 내쉬었다. 창밖을 보니 오후 4시가 조금 넘었는데도 하얀 달이 서서히 모습을 드러내고 있었다. 이제 곧 밤이 된다. 늘 그렇듯 몸을 묶어놓고 철가루로 된 이불을 덮고 자야 한다. 손등으로 이마의 땀을 닦아내며 윤재는 침대 아래로 핸드폰을 숨겼다.

집에 돌아온 정아는 카드 청구서를 보고 깜짝 놀랐다. 상혁이 몰래 솔라리스를 신청해놓은 것이었다. 앞으로 42개월 동안 매달 350만 원을 내야 했다. 1억 5천만 원의 보증금은 별도였다.

'이 인간이 내 허락도 없이……!'

화가 난 정아는 고객센터에 전화해 솔라리스 신청을 취소했다. 그러자 곧바로 회사에 있던 상혁에게 전화가 왔다.

"혹시 자기가 취소했어?"

"어, 내가 했어. 왜 상의도 없이 자기 마음대로야?"

"아니, 맨날 안 된다고 하니까 그렇지. 우리 제대로 잠 못 잔 지 10일도 넘었잖아. 이제 우리도 좀 살아야 하지 않겠어?"

"내가 아니고 자기겠지. 나는 얼마든지 버틸 수 있어."

"또 병원에 실려 가려고 그래?"

하지만 정아는 완강했다. 앞으로 어떻게 될지 모르는데 그렇게 큰돈 함부로 쓰냐고 최대한 감정을 억누르며 말했다. 이성적인 사람이니까 침착하게 설득하면 될 거라 믿었다. 하지만 남편의 생각은 달랐다.

"몰라. 난 다시 신청할 거야. 사람이 사람답게 살아야지. 나는 회사도 나가잖아."

상혁은 회사에서도 찬밥 신세였다. 이러다가 곧 잘리겠구나 싶을 정도였다. 이렇게 경제가 어려운 와중에 다른 일

자리 구하는 건 하늘의 별따기인데……. 앞으로 지구가 어떻게 될지 모르겠지만 어찌 되었든 누군가는 현실을 살아야 했다.

“조금만 더 견뎌보자. 곧 민간 우주선 보내잖아. 수진이 돌아오면 그때…….”

하지만 말이 채 끝나기도 전에 통화는 끊어졌다. “여, 여보세요!” 정아는 좀처럼 믿을 수 없었다. 연애 기간을 포함해서 지금까지 단 한 번도 이런 적 없던 사람이기에 더더욱 어이가 없었다. 고민이 깊어졌다. 계속 막무가내로 나오면 어떡하지? 그때 핸드폰이 다시 울렸다. 남편인가 싶어서 재빨리 받았지만…… 주원이었다.

“언니! 빨리 지금 뉴스 틀어봐요.”

흥분한 목소리로 그녀가 말했다.

“왜요?”

“아니. 묻지 말고 빨리 TV 틀어요.”

왜 그러지? 정아는 거실로 달려가 TV를 켰다. 그리고 브라운관에서 나오는 화면을 보고 입이 턱 벌어졌다. 모든 방송에서 한 아이에 대한 뉴스를 동시다발적으로 내보내고 있었다. 중국에서 출발한 한 민간 우주선이 춘천 출신 ‘구한울’이라는 10살 남아를 찾아낸 것이었다. 아이는 4일 전 춘

천에서 에비에이션 했는데 현지 시각 오늘 오전 8시에 필리핀 해 열권에서 발견되었다. 놀랍게도 아이는 살아 있었다. 기관지가 손상되고 몸 곳곳에 화상을 입었지만 그래도 생명에는 지장이 없다고 했다. 지금까지 생존 신호를 발견한 사례는 몇 번 있었지만 이렇게 '자가 호흡' 할 수 있는 아이는 처음이었다. 이런 현상을 전문가들은 성서의 한 구절을 인용해서 '레저렉션(Resurrection)'이라고 명명했다.

"저게 진짜야?"

운택이 묻자 송 비서는 고개를 끄덕였다.

"네, 저희쪽 정보원에 의하면 사실이라고 합니다."

운택은 믿을 수 없었다. '이게 어떻게 가능하지? 상식적으로 말이 안 되잖아.' 섭씨 1,500℃까지 치솟는 마찰열과 수억 개의 데브리스(우주 파편) 속에 살아남는 것은 말 그대로 기적과도 같은 일이니까. 혹시 대통령 쪽에서 가짜로 준비한 거는 아니겠지? 아니면 반격의 카드로 야당에서 준비한 건가? 그의 마음속에 의심이 모락모락 자라났다.

"한 번 더 조사해봐. 그리고 아이 부모 계좌도 추적해보고."

송 비서가 인사를 하고 나가자 그는 다시 TV에 집중했다.

— 중국 당국은 아이가 고비사막에 있는 주취안 우주센터로 돌아와 안정을 취하고 있는 상태라고 밝혔습니다.

서울시 강당에 모여 뉴스를 시청하는 에피모 회원들은 열띤 표정으로 서로의 손을 잡았다.

"그럼 우리 아이들도 가능성 있는 거잖아."

"너무 선부르게 판단하지 마요."

그렇게 말하는 승연의 입가에도 미소가 절로 새어나왔다. 설마 오보나 조작은 아니겠지? 조바심이 나기도 했다. 한 회원이 총무에게 다가갔다.

"스타십 조금만 더 앞당기면 안 되나요? 한시가 급한데."

"테스트를 진행하고 있네요. 이제 5일만 기다리세요."

총무는 그렇게 그녀를 달랬다.

몇 시간 후, 한 방송사에서 아이를 단독 인터뷰했다는 속보가 떴다. '진짜? 목소리가 나온다면 진짜 멀쩡하다는 거잖아.' 정아는 정말 꿈만 같았다. 상혁에게 전화를 했지만 바쁜 건지 아니면 다른 일이 있는 건지 그는 도통 전화를 받지 않았다. 이 와중에 도대체 어디서 무얼 하는 건지? 아직도 솔라리스 때문에 삐쳐 있는 건가? 하지만 그게 중요한 게 아니었다. 시청 강당의 대형 모니터로 아이의 육성 인터뷰가 나오고 있었으니까.

"어디론가 계속 올라갔어요. 처음에는 너무 춥고 또 너무 무서웠는데 어느 순간 되니 정신이 몽롱해지면서 계속 잠만 잤던 것 같아요. 그러다가 갑자기 온몸이 따뜻해지고 뭐랄까? 그래~ 엄청 포근했어요. 마치 따뜻한 이불에 들어간 것처럼 말이에요."

한울의 목소리는 다소 지치고 갈라졌지만 그래도 믿을 수 없을 정도로 또렷했다.

"혹시 거기서 다른 아이들도 보았니?"

현지 특파원이 물었다.

"네, 많은 친구를 만났어요. 서로 말을 할 수는 없었지만 그래도 신기하게 무슨 말 하는지 다 알아들을 수 있었어요."

그 말을 들으니 정아는 수진 생각이 간절해졌다. 옷깃으로 눈가를 훔치며 그녀는 희미하게 미소를 지었다. 전문가들은 '젤리'로 인한 가수면 혹은 환각 상태가 되었기에 생존이 가능한 것 같다며, 다만 어떻게 강한 자외선과 무산소 상태에서 그토록 오래 버티었는지는 미스터리라며 조금 더 자세한 연구가 필요할 것 같다고 덧붙였다.

정아 옆에서 인터뷰를 보는 해준은 좀처럼 믿을 수가 없었다. 어떻게 저렇게 또박또박 말할 수 있지? 누가 봐도 아이는 4일 동안 우주를 떠돌다 온 아이 같지 않았다. 원래 저렇게 똑똑한 거야? 아니면 누가 쓴 대본을 읽는 거야? '몽롱'이라니……. 10살 아이가 하기에는 믿을 수 없을 정도로 수준 높은 어휘였다. 해준은 운택이 혹시 자작극을 연출한 게 아닌가 싶었다. 지지율 높이려면 이보다 더 좋은 방법은 없으니까. 하지만 이렇게 티 나는 조작을 한다고? 아니라는 게 밝혀지면 곧바로 역공의 빌미가 될 텐데……. 해준은 다시 화면 속 아이를 천천히 응시했다.

'과연 저 아이의 정체는 무엇일까?'

그날 저녁, 상혁과 정아는 오랜만에 제대로 된 식사를 했다. 김이 모락모락 나는 밥은 따뜻하고 또 달았다. 정아는 상혁에게 말했다.

"내 말 맞잖아. 안 그래?"

"그래, 내가 잘못 생각했어. 미안해."

상혁은 정아의 손등을 부드럽게 쓰다듬었다.

"왜 아까 전화 안 받았어?"

"너무 놀라서 전화 온 것도 몰랐어."

사실 상혁은 회사 숙직실에서 자느라 못 받았지만 그렇

다고 할 수는 없었다.

“한울이가 곧 한국에 온대. 우리 한울이 보러 가자!”

“그래.”

정아는 고개를 끄덕였다.

“어쩜 그렇게 표현도 잘 할까? 따뜻한 이불 같다니…….”

“맞아. 우리 딸도 잘 덮고 있을 거야.”

오랜만에 먹는 밥이라 소화는 잘 안 됐지만, 그래도 둘은 서로의 얼굴을 보며 환하게 웃었다. 말이 없어도 좋았다. 그동안의 고생이 조금이라도 보상받는 느낌이었으니까.

다음 날 운택과 총무가 모인 합동조사단에서는 스페이스X에서 만든 민간 우주선, 스타십 23을 시찰했다. 앞으로 달과 지구 사이의 임무 궤도를 오가며 에비에이션한 아이들을 구출할 계획이었다. 전문가들의 의견을 반영해서 궁극적으로는 달 상공 300km를 공전하는 BLT 궤도에 진입하는 것을 목표로 삼았다.

“처음부터 너무 멀리 가는 게 아닐까요?”

운택은 조금 걱정스러운 목소리로 물었다.

"수십 번 체크했대요. 그렇죠?"

승연은 시선을 스페이스 X 총감독에게 돌렸다.

"네! 저희가 이번에 특별히 자체 개발한 옥타곤 엔진을 사용하면 달의 인력을 미리 계산해서 거기에 맞는 루트를 계산할 수 있으니까요. 기존 탐사선에서는 찾을 수 없는 기술입니다."

총감독이 자신감 있는 말투로 말했다.

"근데 루트를 그렇게 금방 바꿀 수 있나요?"

총무가 물었다.

"네, 쉽게 말하자면 내비게이션을 통한 자동차 자율주행이라고 생각하시면 됩니다. 막히지 않는 길을 실시간으로 분석해서 운행하는 것처럼 이 스타십도 기조력을 계산해 실시간으로 방향을 선회할 수 있습니다. 물론 탐사 시작점을 어디로 설정하느냐는 큰 차이가 나겠지만요."

"그래도…… 앞으로 어떻게 될지 모르니까 지구 주변을 먼저 도는 게 낫지 않을까요?"

운택이 다시 한 번 묻자 총무가 난감한 표정을 지었다.

"그게……. 에피모 회원들을 대상으로 투표를 했는데 75프로 이상이 기술력이 받쳐주는 한 가급적 멀리 보내자고 해서요."

"먼저 우주로 보낸 아이들부터 찾아야지요. 안 그래요?"

승연이 옆에서 강한 어조로 말했다.

그동안 우주비행사와 관제사 등 총 80명의 인원이 참여한 가운데 78시간에 걸친 연습을 하며 임무 수행을 준비해왔다. 방식은 크루 피닉스 때와 거의 흡사했다. 아이들의 DB(데이터베이스)를 우주선에 입력하면 거기에 맞는 아이들을 영구 음영지역 카메라, 자기장 측정기, 광시야 편광 카메라, 고해상도 카메라 등으로 타깃 추적하는 방식이었다. 향후 2~3일에 한 번꼴로 발사할 예정이며 미션 비행시간은 각 회당 4시간이었다.

"한 번에 아이들을 최대 몇 명까지 데려올 수 있나요?"

승연이 물었다.

"네. 최대 3명까지 가능합니다."

"아니 그건 저희도 알고 있는데요. 진짜 맥시멈으로요."

"그게…… 3명입니다. 민간 우주선은 탐사선이 아니에요. 탐사선은 한 번에 40~50명을 데려올 수 있지만, 저희는 그렇게 크지가 않잖아요."

"그럼 비행시간이라도 좀 더 늘리면 안 될까요?"

옆에서 승연이 애원하듯 물었다.

"그러다가 폭발하면 큰일 나요. 처음부터 무리하면 안 될 것 같습니다."

운택이 대신 답했다.

이제 출발이 4일 앞으로 다가왔다. 시찰을 마친 셋은 각자의 염원을 빌며 뿔뿔이 흩어졌다. 총무는 비행 루트를 한 번 더 점검하러 건물 안으로 다시 들어갔고 승연은 회원 아이들의 DB(데이터베이스)를 취합하기 위해 서울시 강당으로 향했다.

"제발 한 명만 나와라!"

주차장으로 향하며 운택은 그렇게 속삭였다. 그러면 차기 대선은 따놓은 당상이니까. 가장 두려운 것은 크루 피닉스처럼 민간 우주선이 우주에서 폭발하는 것이었다. 그러기에 무엇보다 안전이 최우선이었지만 발사 연기를 제안했다가는 에피모 회원들의 지지를 잃을 수도 있었다. 지금은 완벽보다는 구원이 첫 번째 목표였다. 차에 타자마자 운택은 송 비서에게 물었다.

"그쪽 상황은 어떻게 되고 있어?"

"계획대로 추진하고 있습니다. 로봇팔 개조가 거의 마무리 되었습니다."

"옥타곤 엔진은?"

"네. 차질 없이 진행 중입니다."

송 비서의 대답을 들은 운택은 흡족한 듯 고개를 끄덕였다.

"그리고 총리님! 솔라리스 가격은 어떻게 할까요?"

"20퍼센트 다운시켜."

"네! 내일 오전 8시부로 그렇게 시행하겠습니다."

이윽고 차가 출발하자 그 모습을 멀리서 보고 있던 해준이 모습을 드러냈다.

'시찰까지 했다면 조작은 아닐 텐데……. 그럼 구한울은 어떻게 된 거지? 진짜 4일 동안 우주에서 살아 있었다고?'

하지만 해준은 이내 고개를 절레절레 저었다.

'그럴 리가 없어. 분명 뭔가 속임수가 있을 거야!'

자신이 놓친 것이 있는지 확인하기 위해 그는 송도우주센터 안으로 들어갔다. 그동안 취재하면서 수십 차례 오간 곳이지만 분위기는 예전과 사뭇 달랐다. 스태프들은 그 어느 때보다 분주하게 움직이고 있었고 홀로그램이 띄워진 기기 위로 수없이 많은 계산식이 나열되어 있었다. 해준은 스타십 23 기체 앞으로 다가섰다. 습관적으로 사진을 찍고 메모하며 살펴보는데 뒤에서 기술 감독관이 알은체하며 그에게 다가왔다.

"정 기자님! 오랜만이네요."

"네! 잘 지내셨죠? 이것도 자동항법시스템인가요?"

"네, 맞아요. 변동 값만 입력하면 이륙 직전이든 비행 중이든 언제든지 자동항법시스템으로 전환되어 유연하게 움직일 수 있지요."

그때 철제 계단으로 내려오는 총무를 발견한 해준은 번쩍 손을 들었다. 시선이 마주친 총무는 불편한 기색으로 고개를 숙였지만 해준은 서둘러 그에게 다가갔다.

"총무님! 전에 제가 말씀드린 거 한번 생각해보셨나요?"

3일 전에 해준은 총무에게 에피모 회원들과 다 같이 운택에게 집단 소송을 걸자고 했다. 솔라리스는 실질적으로 운택이 소유하고 있는 유령 회사라고, 조세 회피처인 영국령 버진 아일랜드에 페이퍼 컴퍼니를 설립해놓고 솔라리스를 판 수익금으로 엄청난 부를 독식하고 있다고, 그런 인간에게 대한민국의 미래를 맡길 수 없지 않냐고 그는 힘주어 강조했다.

"증거 갖고 오셨나요?"

"지금 거의 다 찾았어요. 법인 차명 계좌만 추적하면 됩니다."

이야기를 들은 총무의 표정은 심각해졌다.

"그래도…… 지금 상황에서 총리님을 고소할 수는 없어요. 우리를 위해 애쓰고 계시잖아요. 그분 아니었으면 이렇게 스타십도 띄울 수 없고……."

"그게 다 쇼예요. 내년 대선을 노리기 위해서 회원들의 감성을 이용하는 거라고요."

"아직 확실한 증거도 없다면서요. 그리고 솔직한 심정으로는 총리가 나쁜 놈이든 쓰레기든 상관없어요. 지금 우리에게는 우리 이야기를 들어줄 사람이 필요해요."

"증거를 갖고 오면 제 말 믿어주시는 겁니까?"

걸음을 멈춘 총무는 그에게 싸늘한 시선을 던졌다.

"궁금하네요. 왜 그렇게 총리에게 집착하시는 건지!"

"그게……."

해준은 좀처럼 말을 이을 수 없었다. 자신이 운택의 아들이라고 말하고 싶었다. 그 인간 때문에 평생 고통 속에 살았다고도 솔직하게 털어놓고 싶었다. 하지만 그럴 수 없었다. 누가 입을 막은 것도 아닌데 차마 그 말을 내뱉을 수 없었다.

답답하다는 듯 총무는 짧은 한숨과 함께 그의 곁을 스쳐 지나갔고, 홀로 남은 해준은 착잡한 표정으로 머리를 쓸어 올렸다.

'앞으로 어떻게 하면 좋을까? 대형 언론사에 제보할까? 아니면 아버지에게 직접 사퇴하라고 협박 편지를 보낼까?'

고심하고 있을 때 아내 수애에게 전화가 왔다.

"왜?"

"지금 어디야? 윤재 몸이 이상해. 오늘 하루 종일 토하고 그러네!"

해준은 창밖을 내다봤다. 때 이른 어둠이 점점 짙어지고 있었다. 지금은 병원에 데려갈 수 없으니 약이라도 있으면 빨리 먹이라고 했다.

"취재 좀 그만하고 집에 오면 안 돼? 나 혼자 감당하기 버거워."

3일 가까이 집에 들어오지 않은 남편에 대한 원망 가득한 목소리를 듣자 해준은 마음이 약해졌다.

"알았어. 조금만 기다려, 금방 갈게."

그때 수화기 너머로 아들의 목소리가 들렸다.

"아빠!! 괜찮아요. 오지 마세요. 이 밤에 위험하잖아요."

윤재는 저번에 처참하게 부서졌던 아빠 차를 떠올렸다. 그 사이 해준은 차 수리를 맡겼지만 정비 업체에서 수리비가 엄청 나올 것 같다며 차라리 폐차시키는 게 더 낫겠다고 하자, 하릴없이 그는 망가진 차를 그대로 타고 다녔다. 이 와중에 사고 나면 정말 아빠가 큰일 날 수도 있다고 윤재는 생각했다.

"아빠! 저 걱정하지 말고, 취재 잘하고 오세요. 그동안 엄마랑 윤아는 제가 잘 챙길게요."

일부러 씩씩한 목소리를 지어내며 윤재가 말했다. 해준은 그 목소리를 들으면서 씁쓸한 미소를 지었다. 아들의 따뜻한 마음이 느껴졌다. 또 미안하기도 했다. 세상 그 누구보다 듬직한 아들이었다.

아침이 되자 정아 부부와 주원은 한울이 입국한다는 소식을 듣고 인천 공항으로 달려갔다. 취재진에 둘러싸인 채 얼마나 기다렸을까? 입국 게이트가 열리자 한울은 한울모가 미는 휠체어를 타고 밖으로 나왔다. 10살 나이치고는 체구가 작았지만 아이는 생각보다 훨씬 괜찮아 보였다. 군데군데 피부만 벌겋게 익었을 뿐 별다른 외상은 없었다. 다만 아직도 정신적 충격이 있는지 아니면 수많은 취재진의 관심에 당황했는지 좀 멍해 보일 뿐이었다.

"어떻게 저럴 수가 있지?"

"정말 자기 말대로 기적이란 게 있나 봐."

상혁은 입을 다물지 못했다. 수진이도 저렇게 돌아올 수 있다면 얼마나 좋을까? 그럴 수만 있다면 좋아하는 마카롱 마음껏 만들어줄 텐데……. 정아는 깍지를 낀 채 한울을 바라보았다. 그때였다. 기자들 사이에서 기회를 엿보던 상혁은 수진의 전단지를 아이에게 내밀었다.

"한울아! 혹시 이렇게 생긴 아이 본 적 있니?"

하지만 제대로 못 들었는지 아이는 별다른 반응을 보이지 않았다. 안 되겠다 싶은 상혁은 경비원이 방심한 사이에 폴리스 라인 밖으로 나가서 다시 한 번 사진을 코앞에 내밀었다.

"위에서 친구들 봤다면서. 미안한데 한 번만 봐줘. 이마 요기에 이렇게 작은 V자 반점이 있어. 키가 작고 앞니 두 개가 이렇게 빠져 있어."

잠시 살펴보던 한울은 이내 고개를 절레절레 흔들었다. 마치 셀로판지라도 낀 것 같은 불투명한 눈빛이었다.

"지금 뭐 하시는 거예요?"

뒤늦게 온 경찰들과 의료진들이 상혁을 거칠게 막아섰다. 그 틈을 타 정아와 주원도 가까이 다가오자 한울모는 소리쳤다.

"이러지 마세요!"

"하나만 확인할 게 있어서요. 잠시면 돼요."

"한울아!! 우리 현우 못 봤니?"

정아와 주원은 끈질기게 매달려봤지만 소용없었다. 결국 공항 경찰들에 의해 셋은 밖으로 밀려났다. 취재진과 공항에 모인 사람들은 이기적인 행동이라며 아픈 아이 앞에서 뭐 하는 거냐며 그들을 비난했다.

"에피모 회원이죠?"

"맞아요! 하얀 클로버 브로치 보니까 그러네."

다들 한두 마디씩 쓴소리를 내뱉고 있을 때 어디선가 나타난 보디가드들이 인파를 헤치고 몸으로 길을 뚫었다. 그리고 그 사이로 코발트블루 정장을 입은 운택이 등장했다. 이제 유명인사가 되어서 그런지 공항에 모인 사람들 모두 핸드폰을 들고 정신없이 그를 찍어댔다. 운택은 손을 흔들면서 취재진들에게 인사하더니 이내 정아와 상혁 쪽으로 다가갔다.

"언제 아이를 잃어버리셨죠?"

"이제 12일 되었어요."

운택은 부드럽게 정아의 어깨를 토닥였다.

"그동안 얼마나 고생 많으셨을까……."

그러면서 그는 기자들에게 시선을 던졌다.

"여러분! 이분들에게 야유 보내지 마세요. 아이를 잃은 부모의 심정이 어떤지 여러분은 생각해보셨습니까?"

그의 말이 끝나기가 무섭게 사방에서 플래시가 터졌다. 운택은 이번에는 한울 쪽으로 발걸음을 옮겼다.

"네가 한울이구나? 몸은 어떠니?"

"괜찮……아요."

아이는 떠듬떠듬 말을 전했다.

"다행이네."

운택은 신기한 듯 한울과 눈높이를 맞추고 아이의 몸 이곳저곳을 살펴보았다. 옆에 있는 의료진에게 물어보니 왼쪽 다리에 3도 화상을 입었지만 다른 부위는 몇 주안에 회복될 거라고 말했다.

"진짜 그게 가능한가요?"

운택은 놀라울 따름이었다. 그는 뒤돌아서서 공항에 있는 사람들에게 이렇게 외쳤다.

"여러분!! 이게 기적입니다. 이게 바로 기적의 흔적입니다!!"

그러자 다시 한 번 사람들의 박수소리가 공항 라운지를 가득 메웠다. 정아도 최선을 다해 박수를 쳤다. 운택은 손바닥을 들어 사람들을 조용하게 만든 다음 마이크를 집었다.

"제가 여러분께 드릴 말씀이 하나 있습니다. 3일 후에 출발하기로 했던 민간 우주선 계획은 사정상 취소하기로 했습니다."

순간 그를 지켜보던 사람들은 조용해졌다.

"저게 갑자기 무슨 소리예요?"

주원이 감정 섞인 목소리로 물었고 상혁은 미간을 찌푸렸다. 지금 이 상황을 믿을 수 없었는지 정아는 큰 눈을 연신 끔뻑였다. 아연실색한 청중의 표정을 살피던 운택은 환한 미소로 말을 이었다.

"대신 3일 후에 우리는 민간 우주선이 아닌 유인 탐사선을 보낼 겁니다. 더 많은 아이를 찾으러, 이렇게 한울이처럼 더 많은 아이들이 집에 돌아올 수 있도록!!"

운택이 한울의 어깨에 손을 얹으며 힘주어 말했다.

"와~, 탐사선?"

"대박!!"

공항에 있던 사람들 모두 환호성을 질렀고, 정아와 상혁은 믿을 수 없다는 듯 서로를 바라보다가 뜨겁게 끌어안았다. 주원도 아낌없이 박수를 쳤다. 탐사선은 민간 우주선보다 13배나 많은 아이들을 데리고 올 수 있으니까.

이 이벤트는 운택이 오랫동안 준비한 깜짝 이벤트였다. 에피모 총무와 민간 우주선을 같이 시찰한 것도 그 계획의 일부였다. 일주일 전, 대통령을 만난 자리에서 그는 다시 탐사선 계획을 부활시켜야 한다고 말했다. 그러다 "미국처럼 실패하면 어떡합니까?"라는 대통령의 우려에 그는 그럴 일 없다며, 혹여나 그럴 경우에는 자기가 옷을 벗겠다고 했다. 운택은 여기에 자신의 정치생명을 건 것이었다.

운택은 한울과 같이 사진을 찍었고, 사람들은 '차운택!!' '차운택!!' 소리를 지르며 그의 이름을 열광적으로 외쳤다. 그의 깜짝 이벤트는 사람들의 마음을 제대로 저격하였다.

그 모습을 청와대 관저에서 실시간으로 지켜보던 대통령은 씁쓸한 미소를 지었다.

'이제 프로 정치인이 다 되었구나!'

더 이상 자신이 알던 예전의 운택이 아니었다. 패를 내놓는 법도 또 언제 패를 내놓을지도 귀신처럼 알았다. 공부 머리만 있는 줄 알았는데 언제 이렇게까지……. 이러다가 정말 운택에게 뒤통수 맞는 건 아닌가! 그는 초조해졌다.

차량용 DMB로 지켜보던 해준도 마찬가지였다. '에비에이션 전에 솔라리스를 준비해놓더니 또 언제 탐사선까지 계획했을까?' 그는 자신이 상대하는 사람이 어떤 사람인지 다시 한 번 생각해보았다.

송도로 가는 길, 오후 3시인데도 지표 부근에서 강한 바람이 불었고 차가운 바다 표면 위에는 담요 같은 안개가 자욱이 형성되어 있었다. 이제 몇 시간 후면 구름 같은 물보라가 내륙을 덮칠 것이고, 쓰나미 같은 바닷물이 소용돌이치면서 거대한 담벼락처럼 몰려들 것이다. 그 전에 서둘러야 했다.

그동안 해준은 블로그를 통해 솔라리스에 대한 제보를 받았다. 대부분 말도 안 되는 것이었지만 그 와중에 그의 눈길을 사로잡는 제보가 하나 있었다. 본인이 솔라리스 부지 설계도 및 공장에 대한 사업증명서를 갖고 있다는 내용이었다. 무슨 연유인지 모르겠지만 제보자는 대통령과 총리에 대한 불신으로 가득 차 있었다. 그는 덧붙였다. 지금 그들은 평창에 300헥타르 규모의 시설을 짓고 있는데 그 이유를 사람들이 알면 깜짝 놀랄 거라고. 그 글을 읽으면서 해준은 적잖은 충격을 받았다.

'저 말이 진짜일까?' '과연 제보자는 누굴까?'

머릿속에 수많은 생각들이 동시다발적으로 생겨났다. 만약 제보가 사실이라면 그렇게나 명예를 중시하던 아버지가 왜 이렇게 돈 벌려고 혈안이 된 건지 그로서는 도무지 이해할 수 없었다. 그때 텔레그램 메시지가 떴다. 제보자였다.

— 오고 계시나요?

— 네. 30분 후면 도착할 것 같습니다.

제발 제보자 말이 맞기를 기도하며 그는 속도를 높였다. 그때 맞은편에서는 상혁과 정아가 탄 차량이 해준의 차를 지나갔다. 둘은 공항에서 한울을 보고 집으로 돌아가는 길이었다. 핸들을 잡은 상혁이 차창 밖으로 솔라리스 광고판을 바라봤다. 힐끗 옆을 살피니 정아 역시 같은 곳을 보고 있었다. 그는 조심스레 입을 떼었다.

"자기야, 이제 스타십 말고 탐사선 보내니까……."

"그래~, 자기 말대로 조만간 저거 설치하자!"

그렇게 말하는 아내를 보며 상혁은 멋쩍은 미소를 지었다. 밖에서 불어오는 바람을 느끼며 잠시 생각에 잠기던 정아는 고개를 살짝 기울였다.

"근데 아까 한울이 말투 조금 이상하지 않았어? 뭔가 어눌하던데……."

"그러게. 며칠 전 인터뷰할 때는 굉장히 똑똑해 보였는데, 충격받아서 그런가?"

정아는 얼음이 녹아 플라스틱 컵에 맺힌 물방울을 바라보며 아까 봤던 한울의 모습을 다시 한 번 떠올렸다. 그때 라디오 뉴스에서 진행자 멘트가 나왔다.

— 오늘 인력은 31.9kg, 월출 시간은 16시 03분입니다. 다들

밤새 안녕하시길 기도드립니다.

정아의 눈치를 살피던 상혁은 손을 뻗어 라디오 볼륨을 줄였다.

"이제 3일 남았네. 그때까지 잘 버텨야 할 텐데."

"그럴 거야. 우리 딸은 분명 그럴 거야."

상혁은 정아의 손등을 부드럽게 어루만졌다. 하지만 정아는 아까 만났던 한울의 초점 없는 얼굴이 계속 마음에 걸렸다. 마치 몇 달 전 자신을 바라보던 용달의 눈빛 같아서…….

해준은 약속 장소인 술집에 도착했다. 업소용 솔라리스를 설치해서인지 손님들은 창밖이 어두워져도 별걱정 없이 술을 마시고 있었다. 이제 사람들은 조심성이 많이 사라진 상태였다. 그동안 많이 지치기도 했고, 6개월 안에 죽을 수도 있는데 괜히 몸 사리며 살 필요 있나! 생각하는 사람들이 점점 늘어났다. 술집은 정말 오랜만이었다. 예전에는 취재를 핑계 삼아 일주일에 3~4일 마실 정도로 술을 즐겼지만 달이 커진 후로 술 한번 마실 생각 못했다. 진열장에 탐스럽게 놓인 술병들을 보고 있으니 살짝 마음이 동했지만 그래도 그는 고개를 저었다. 집중해야 했다. 어쩌면 오늘이 평생 기다렸던 그날일지도 모르니까.

'근데 왜 여기서 만나자고 한 걸까?'

논 알코올 맥주 한 잔을 주문하고 바에 앉아서 초조하게 기다렸지만 제보자는 20분이 넘도록 오지 않았다. 혹시 잘못 온 건가 싶어 다시 한 번 주소를 확인해봤지만 틀리지 않았다. 이상한 기분에 텔레그램을 확인해보니 제보자는 이미 탈퇴한 상태였다.

'역시 가짜 제보였나?'

실망한 채 나가려고 할 때 바텐더가 다가오더니 "혹시 정해준 씨?"라고 그의 이름을 불렀다. 고개를 끄덕이자 그는 누군가가 남기고 갔다며 서류 봉투 하나를 건넸다. 혹시나 싶어 인상착의를 물어보니 바텐더는 기억은 잘 안 나지만 그저 평범한 회사원 같다고 했다. 해준은 봉투를 살짝 뜯어보고는 재빨리 화장실로 향했다. 혹시 누가 또 미행하고 있을지도 모르니까. 화장실 문을 잠그고 서류를 열어보니 '솔라리스' 법인의 차명 계좌 복사본이 들어 있었다. 내역을 찬찬히 살피던 그의 표정이 삽시간에 굳어졌다. 서류 하단에 적힌 이름은 너무나도 익숙한 이름이었으니까. *정지은!* 바로 그의 어머니 이름이었다. 생년월일까지 그대로였다.

보는 순간 해준은 심장이 끓어올랐다. 그녀는 죽어서도 아버지에게 이용당하고 있었다.

'역시 솔라리스를 계획한 사람은 아버지였구나!'

이제 끝이다! 이제 진짜 무너뜨릴 수 있겠다 싶었다. 언론에 공개한다면 분명 탄핵감이니까. 하지만 그는 생각했던 것만큼 행복하지는 않았다. 후련할 줄 알았는데 안타깝다 못해 슬프기까지 했다. 세면대로 간 해준은 천천히 고개를 들어 거울을 보았다. 또 다른 세상에는 아버지를 닮은 한 남자가 붉게 충혈된 눈으로 자신을 바라보고 있었다. 활활 타오르기보다는 오히려 금세 꺼져버리고 싶은 눈빛이었다. 그때 핸드폰이 울렸다. 제보자인가 싶어서 조심스레 받아보니 아내 수애였다.

"왜?"

"자기야……. 자기야……."

"왜 그래? 무슨 일 있어?"

뭔가 불길한 기운이 해준을 감쌌다.

하지만 곧바로 답이 오지 않았다. 흐느끼는 듯한 목소리만 귓가에 울릴 뿐이었다. 해준은 속이 타들어갔다.

"말해봐~, 자기야. 대체 왜 그래?"

"자기야! 윤재가……. 우리 윤재가 사라졌어!"

●

5장

9살 아들 윤재가 사라졌다. 수애가 잠시 한눈판 사이에 열린 베란다 밖으로 사라져버렸다. 해준과 수애는 빌라 주변 곳곳을 살폈다. 집에 혼자 남은 윤아는 계속 울어댔지만 어쩔 수 없었다. 수애는 윤재가 사라진 후 곧바로 경찰서에 신고했지만 아직 단 한 명의 경찰도 오지 않았다. 알고 보니 근처 쇼핑몰에서 터진 테러 사건에 모두 투입된 상태였다. 해준은 시계를 봤다. 8시 10분, 윤재가 사라진 지 1시간이 지났다.

"도대체 눈을 어디 두고 다닌 거야?"

"수건은 빨아야 할 거 아니야. 이렇게 될 줄 몰랐지."

수애는 넋이 나간 얼굴로 그렇게 말했다. 그녀의 초점을 잃은 눈은 정신없이 이곳저곳을 살폈다.

"그럼 문은 왜 열어놓은 거야?"

"내가 안 열어놨어. 자기가 연 거야. 열 많이 나서 답답하다고 했거든."

해준은 어제 윤재와 나눴던 대화가 생각났다. 머리 아파서 토한다고 했는데……. 그때 집으로 곧바로 갈걸. 그랬으면 이런 일 생기지 않았을 텐데. 하지만 아직 늦지 않았다. 누구보다 똑똑한 아이니까 그리 멀리 가지 않았을 거라고, 분명 이 주변 어딘가에 있을 거라고 그는 생각했다. 옆에서 수애는 떨리는 목소리로 말했다.

"얼른 아버님께 전화 드리자! 빨리 우리 윤재 찾아달라고, 응?"

"돈에 미쳐서 권력욕에 미쳐서 애들 사라져도 나 몰라라 한 사람이야. 근데 거기에 전화하라고?"

해준은 목에 핏대를 세웠다,

"남들처럼 전자팔찌만 했다면 이런 일 없었을 거 아니야! 아니 솔라리스만 부수지 않았어도……!"

수애도 목소리를 높였다. 틀린 말은 아니었다. 하지만 지금 이 상황에서는 불필요한 말이었다. 솔직히 해준은 듣고 싶지도 않았다. 그는 울먹이는 아내의 어깨를 잡았다.

"자기는 윤아를 봐. 윤아마저 큰일 나면 안 되니까."

"그렇지만……."

"가! 빨리 가라고."

해준이 목소리를 높이자 수애는 어쩔 수 없이 집 안으로 들어갔다.

달이 뜬 밤인데도 해준은 아들 윤재를 찾기 위해서 백방으로 돌아다녔다. 점점 바람이 거세게 불어오고 전깃줄이 심하게 떨렸다. 하늘을 올려다보니 오로라에 비친 세상은 점점 초록빛으로 물들기 시작했다. 이제 2~3시간만 있으면 기조력이 최대치가 될 거다. 공중에 날아다니는 쓰레기들은 무엇이든 닥치는 대로 산산조각 내버릴 테니까 그 전에 찾아야 했다.

"윤재야!! 윤재야!!"

해준은 간절한 목소리로 아들의 이름을 목놓아 불렀다.

"위험해요!! 안으로 들어가세요!!"

순찰을 돌던 경찰관이 외치는 소리가 들렸지만 그는 애써 무시했다.

하지만 몇 시간을 돌아다녀도 윤재는 보이지 않았다. 점점 초조해졌다. 높은 습도로 뿌옇게 변한 시야 때문에 어디까지 건물이고 어디부터가 땅인지도 알 수 없다. 계속 소리를 질렀던 통에 목소리도 제대로 나오지도 않았다. 급격한 체온 저하로 인해 온몸이 꽁꽁 언 해준은 하얀 숨을 내뱉으며 핸드폰을 들었다. 아버지 운택에게 도움을 청할까 마지막까지 망설였지만 그는 차마 통화 버튼을 누를 수 없었다.

끝내 해준은 아들을 찾을 수 없었다. 혹시 떨어질까 해서 뜬눈으로 아침까지 기다렸으나 윤재는 나타나지 않았다. 우박처럼 바닥에 떨어지는 새들 사체만 보일 뿐이었다. 달무리가 사라지고 주황빛 해가 고개를 내밀자 지친 해준은 어쩔 수 없이 집으로 돌아갔다. 현관문을 여니 거실에 있던 4살 딸이 엉엉 울고 있었다. 깜짝 놀라 다가가보니 발에 줄이 묶인 채 딸은 어딘가로 계속 기어가고 있었다.

"윤아야!!"

"아빠!! 아빠!!"

해준은 서둘러 윤아를 안았다.

"윤아야! 엄마는…… 엄마는 어디 갔어?"

그러자 윤아는 울먹거리며 불빛이 새어나오는 화장실을 계속 가리켰다. 해준이 다가가서 문을 여니 수애는 손목을 그은 채 욕조에 누워 있었다. 선홍빛 피가 온 벽과 바닥에 흥건했다.

"안 돼!! 안 돼!!!"

해준은 절규하며 수애를 끌어안았다.

"이게 무슨 일이야? 자기야!! 자기야!! 정신 차려?"

의식은 없었지만 확인해보니 아내의 심장은 미약하게나마 뛰고 있었다. 해준은 서둘러 수애를 들쳐 업고 병원으로 뛰어갔다.

"처음 우주선을 봤을 때 어떤 느낌이었니?"

〈더 유니버스〉의 호스트 커민스 교수는 화상 인터뷰로 한울에게 질문을 던졌다. 한울모가 뒤에서 지켜보고 있는 가운데 한울은 카메라를 보면서 천천히 입을 열었다.

"외계인…… 아니 UFO인가 싶었어요. 눈을 떠보니까 로봇 팔이 저를 감싸고 있었거든요."

정아와 상혁은 패브릭 소파에 앉아서 방송을 지켜보았다. 단 한순간도 놓치지 않으려는 듯 정아는 턱을 두 손에 괴고 화면에 집중했다. 며칠 전 공항에서 봤을 때와는 달리 다시 한울의 눈빛은 반짝이고 있었다.

"우주로 올라갈 때 이야기를 조금 더 해줄 수 있니?"

커민스 교수의 이야기를 AI가 번역하자 한울은 고개를

끄덕이고는 말을 이었다.

"우리는 계속 이야기를 나눴어요. 어디로 가는지 알 수 없었지만 그래도 불안하지 않았어요. 혼자가 아니었으니까. 전 세계 아이들과 같이 위로 올라갔어요. 서로 사는 곳도 피부색도 언어도 다 달랐지만 우리는 이야기 할 수 있었어요. 입을 열지 않아도 우리는 서로의 생각이 느껴졌어요."

"텔레파시 같은 거였니?"

"네, 그런 것 같아요."

한울이 그렇게 답하자 병원에서 그를 지켜보고 있는 의료진들 모두 신기한 듯 입을 벌렸다.

"그럼 주로 어떤 이야기를 많이 했니?"

"재밌는 이야기도 많이 했고 또 슬픈 생각도 전했어요. 왜 우리는 위로 올라가는 걸까? 그리고 왜 집에서 멀어지는 걸까? 어떤 아이들은 '혹시 엄마 아빠가 우리를 버린 건 아닐까?' '공부 안 했다고, 장난 많이 쳤다고 벌 받는 건 아닐까?'라고 말하기도 했어요. 하지만 저는 달이 우리를 선택한 게 아닐까 싶었어요. 머리 위의 달을 보면 친한 친구처럼 비밀을 말하듯 속삭이고 있었거든요."

커민스 교수는 한울의 말이 과연 사실일까 순간 의심했다. 아직도 환상 속에 있는 건가! 아니면 트라우마의 발현인가! 아이의 행동이나 표정 하나하나가 마치 연극배우의 독백처럼 느껴질 정도였다.

“아이들과 같이 이야기하다가 지치면 잠이 들었어요. 하지만 자는 것만큼 두려운 것 또한 없었어요. 왜냐면 어느 순간부터 친구들이 눈을 뜨지 않았거든요. 빨리 일어나라고 제발 정신 차리라고 그렇게 소리쳤지만…….”

한울은 더 이상 말을 잇지 못했다.

“그런 아이들은 왜 그렇게 되었다고 생각하니? 충분히 숨은 쉴 수 있었다면서.”

커민스 교수가 묻자 한울은 잠시 생각에 잠긴 듯 눈을 감았다.

“꿈을 잃은 아이들이 보통 그랬어요. 혼자라는 생각이 들 때……. 아무리 기다려도 다시는 엄마 아빠를 못 본다고 생각할 때……. 스스로 숨쉬기를 거부했던 것 같아요.”

“그럼 자살이란 말이니?”

“글쎄요……. 저도 잘 모르겠어요. 포기한 것 같기도 하고 아닌 것 같기도 하고…….”

아이의 표정이 점점 어두워졌다.

“처음에는 괜찮다가도 주변에 있던 친구들이 한두 명씩 눈을 뜨지 않으니까 점점 두려워졌어요. 다음엔 제 차례가 될 수도 있겠다 싶었거든요."

"그러면 한울이는 어떤 생각하며 버텼니?"

커민스 교수는 조심스레 질문을 던졌다.

"엄마 아빠를 꼭 만날 거란 생각이요. 그리고 제가 살아 있는 한 엄마 아빠도 절대 희망을 잃지 않을 거라고 생각했거든요."

그 말에 한울모의 눈시울이 촉촉해졌다. 카메라는 손수건으로 재빨리 눈가를 찍는 그녀의 모습을 놓치지 않았다. 정아도 고개를 끄덕이며 멈추지 않고 흐르는 눈물을 닦아냈다. 마치 한울이 자기에게 하는 말 같았다.

'그래, 우리 수진이도 분명 엄마 아빠 기다리고 있을 거야!'

커민스 교수는 감동적이긴 하지만 아이의 이야기를 어디까지 믿어야 하나 헷갈리기 시작했다. 인공위성으로 확인한 아이들은 대부분 눈을 감은 채 우주에서 빙글빙글 돌고 있었으니까.

"처음 에비에이션 했을 때 어떤 상황이었는지 한 번 더 말해줄 수 있니?"

"침대에 누워 있는데 창문이 계속 열리는 거예요. 그래서 닫으러 갔다가."

"그래? 줄 같은 데 고정돼 있지 않았어?"

그러자 아이는 당황한 표정을 지었다.

"아……. 그게…… 말이에요. 그게……."

그러면서 아이는 어딘가로 시선을 돌렸다. 커민스 교수는 이때를 놓치지 않았다.

"혹시 옆에 누가 있는 거 아니지?"

그 순간 한울은 갑자기 머리가 아픈 듯 이마에 손을 갖다 댔다. 서둘러 한울모가 다가왔고 아이는 엄마의 품에 기대어 신음 소리를 냈다.

"괜찮니? 왜 그러니?"

커민스가 화면 가까이 다가와 물었다.

가쁜 숨을 몰아쉬던 한울은 점점 고개가 뒤로 젖히더니 결국 흰 눈자위만 보인 채 발작을 일으켰다. 의료진이 다급하게 다가왔고 병원 관계자는 더 이상 인터뷰는 힘들 것 같다며 두 팔로 X자를 그었다. 정아와 상혁은 충격받은 얼굴로 그 모습을 멍하니 지켜보았다. 방송을 보고 있던 사람들 모두 반신반의했다.

'저 얘기를 믿어도 될까? 혹시 사기극 아니야?'

하지만 에피모 회원들은 그럴 리 없다고 생각했다. 그럴 수밖에 없었다.

'나한테 이런 일이 있을 거라고는 예상조차 못했는데…….'

형광등 하나가 깜빡깜빡 점멸하는 병원의 긴 복도에서 해준은 의자에 앉은 채 두 손으로 머리를 감싸 쥐었다. 옆에서 윤아가 칭얼거렸지만 신경 쓸 여력이 없었다. 도무지 믿을 수 없었다. 하루아침에 아들은 하늘로 올라갔고 아내는 자살을 기도했다. 마치 영화나 드라마 속에 들어온 것처럼 모든 순간순간이 비현실적으로 느껴졌다. 허리에 달린 커다란 추가 빛 하나 볼 수 없는 컴컴한 심연 속으로 자신을 끌고 들어가는 기분이었다. 핸드폰이 울렸다. 〈월간 유니버스〉 편집장이었다.

"정 기자!! 지금 어디야?"

"지금 병원……."

"아니 구한울 인터뷰 취재하라고 했잖아. 이딴 식으로 펑크 내면 어떡해?"

"그러니까, 그게……."

해준은 더 이상 말을 이을 수 없었다. 핸드폰 전원을 끄고 의자에 내려놓았다.

그때 수술실에서 의사가 나오자 그는 벌떡 일어났다.

"어떻게…… 됐나요?"

다행히 의사는 수애의 생명에는 지장이 없다고 했다. 하지만 출혈이 심하고 자상이 깊어 당분간 입원해야 한다고 덧붙였다. 해준은 놀란 가슴을 쓸어내렸다. 불행 중 다행이었다.

오후 1시가 되자 해준은 병실 안으로 들어갈 수 있었다. 초췌한 수애가 맨 얼굴로 남편을 맞았다.

"도대체 왜 그랬어? 도대체 왜!!"

"윤재는……. 우리 윤재는?"

해준은 울먹이며 고개를 저었고 수애는 주먹으로 가슴을 쳤다.

"내가 지켜봤어야 했는데……. 내가 잘 지켰어야 했는데……."

해준은 수애의 그 말이 자신에게 하는 말처럼 들렸다. 구멍 난 심장 아래로 수많은 감정들이 흘러내렸다. 담을 수도 또 주울 수도 없었다.

"희망을 버리지 마! 한울이 케이스 있잖아. 찾을 수 있어. 내가 찾을게, 자기야."

해준은 아내의 손을 잡았지만 수애는 뒤로 돌아누운 채 흐느낄 뿐이었다. 그녀를 바라보며 그는 에피모 총무의 번호를 눌렀다.

✦

서울시 강당 한복판에 서 있는 해준은 천천히 주변을 둘러보았다. 이제 이틀 후면 탐사선 미리내호가 출발할 예정이었기에 다들 들뜬 분위기였다.

"우리 아들 주호야! 금방 보자!!!"

"수정아! 곧 갈게. 조금만 더 기다려."

회원들은 취재 온 기자들에게 아이들을 향한 메시지를 전했다. 벽에는 다양한 현수막이 장식되어 있었다. '에피모 응원합니다!' '아이들의 무사 귀환을 염원합니다!' '세계 최초 탐사선 미리내호! 대한민국의 위상을 드높여주길' 시민단체가 보낸 현수막부터 각종 정당에서 보낸 응원 문구까지 다양했다. 저번에 왔을 때는 저런 게 없었는데……. 해준은 씁쓸한 시선을 던졌다.

"자! 기자님~, 이쪽으로 오시면 됩니다."

총무가 그와 신입 회원 6명을 한쪽으로 불렀다. 다행히 신고식 같은 것은 없었다. 해준이 가족관계서를 제출하고 회비를 내자 승연은 화이트 클로버 배지를 그에게 건넸다.

"그것 봐요. 내 이런 날 올 줄 알았어요."

다소 까칠한 투로 승연이 말했다. 소식을 들은 다른 회원들도 해준에게 모여들었다.

“자성이라는 게 있어야 한다면서요. 어떻게 된 거예요?”

“맞아, 맞아. 당신도 우리처럼 될 수 있다는 생각을 왜 안 했어요?”

수많은 비아냥거림이 뒤를 이었다. 해준은 입술을 깨물었다. 욕이라도 한 사발 내뱉고 싶었지만 솔직히 열패감이 더 컸다. 그 모습을 본 총무는 회원들에게 그러지 말라며 해준의 어깨를 토닥였다.

“이제 곧 탐사선 보내니까 윤재도 금방 찾을 수 있을 거예요.”

해준은 천천히 고개를 끄덕였다. 안내에 따라 윤재 사진을 DB(데이터베이스)에 등록하려는데 정아와 주원이 다가왔다.

“기자님 소식 들었어요.”

안타까운 표정으로 주원은 말했다.

“아드님 참 잘생겼는데…….”

별로 좋지 않은 인연이었지만 그래도 이렇게 또 만나게 되니 정아는 마음이 안쓰러웠다. 아이 잃은 그 마음이 얼마나 괴로울지 그녀는 누구보다 잘 알고 있었다.

“이제 곧 찾을 수 있을 거예요.”

주원이 위로하듯 해준을 가볍게 안았다. 해준은 잠시나

마 그녀의 품속에서 마음의 위안을 얻을 수 있었다.

그날 오후, 운택의 집 앞에는 백 명도 넘는 기자들이 모여들었다. 익명의 편지가 한 보수 일간지를 통해 공개된 상태였다.

"총리님! 솔라리스에 대한 의혹을 알고 계신가요?"

"법인은 타인 명의로 돼 있지만 솔라리스 실소유주가 차운택 총리님 본인이라는데, 이게 사실입니까?"

기자들은 다소 공격적인 어투로 질문을 퍼부었다. 그러자 올 게 왔다는 식으로 운택은 입술을 깨물며 고개를 끄덕였다.

"네, 맞습니다. 제가 솔라리스의 본체입니다."

그 모습을 지켜보던 그의 지지자들은 믿을 수 없다는 듯 입을 틀어막았다. 차기 대통령 선호도 조사에서 73퍼센트를 기록하며 거의 유일하다시피 한 대권 후보로 인정받던 그였기에 국민들의 충격은 클 수밖에 없었다.

"그동안 왜 밝히지 않으신 건가요?"

"대통령도 연루되어 있다는데 사실입니까?"

기자들의 목소리는 점점 높아졌다.

"아닙니다. 이번 일은 철저히 제 계획하에 이뤄진 일입니다."

"그러면 도대체 왜 이런 일을 벌이신 거죠?"

운택은 긴장한 눈빛으로 목을 가다듬었다.

"처음 솔라리스를 도입하려고 했을 때 반대가 많았습니다. 도대체 왜 그런 기계가 필요하냐? 달이 멀쩡한데 인공중력을 왜 도입하려고 하냐? 공장을 지으려고 해도 공무원 신분으로 허가를 받는 게 쉽지 않았습니다. 저는 속이 타들어갔습니다. 이제 곧 에비에이션이 생길 게 분명한데 이러다가 소 잃고 외양간 고치는 게 아닐지……. 이러다 수많은 아이들이 하늘로 올라갈 수도 있는데……. 그래서 급하게 솔라리스를 도입하고자 차명으로 법인을 설립할 수밖에 없었습니다."

그의 지지자들은 그의 말을 듣고 "맞습니다!!" "이해합니다!!" 소리쳤지만 기자들은 끈질기게 운택에게 마이크를 들이밀었다.

"항간에는 국민들 상대로 장사했다는 이야기가 있습니다. 솔라리스 가격이 부가세 포함하면 3억이 넘습니다. 이렇게 막대한 수익금을 어떻게 하실 생각이셨습니까? 버진 아일랜드에 페이퍼 컴퍼니를 설립해놓았다는 소문이 있는데 사실입니까?"

"나중에 변호사를 통해 공식적으로 말씀드리겠습니다."

송 비서와 다른 보좌관들은 거세게 몰아치는 기자들을 손으로 막으려 했지만 운택이 그러지 말라며 고개를 흔들었다. 그는 한 기자가 내민 마이크를 잡더니 단호하게 말했다.

"누군가가 저를 음해하려고 없는 이야기를 지어낸 것 같습니다. 페이퍼 컴퍼니는 온전한 허위 사실이라고 자신 있게 말씀드립니다. 그리고 수익금에 대해서 말씀드리자면……. 이렇게 말씀드리게 되어서 송구합니다만, 현재 대한민국 700만 명의 어린아이들이 이용하고 있는 전자팔찌는 실은 정부 예산이 아닙니다. 솔라리스 수익금으로 이뤄진 것입니다."

그의 말을 들은 기자들 표정이 다소 누그러졌다. 그 분위기를 놓치지 않으려는 듯 운택은 서둘러 말을 이었다.

"그동안 저는 병원과 양로원, 어린이집 및 각종 공공시설에 솔라리스를 무상으로 제공했습니다. 그 재원 역시 솔라리스 수익금을 통해 충당한 것입니다."

"왜 정부 예산을 사용하지 않으셨습니까?"

한 기자가 이렇게 물었다.

"안 그래도 치솟는 물가와 어려운 경제 상황에 서민들이 고통받는 걸 뻔히 알면서 어떻게 세금을 더 걷을 수 있겠습니까?"

사진 기자들은 그렇게 말하는 운택의 순간순간을 놓치지 않았다.

"국민 여러분!! 저를 한 번 더 지지해주신다면 이미 구매하신 분들이 낸 수익금을 통해서 저소득 계층을 지원할 계획입니다. 대한민국 국민이라면 누구나 밤에 편하게 잠들어야 하지 않겠습니까? 다만 모든 것을 투명하지 않게 운용한 잘못은 달게 받겠습니다. 시기가 시기인 만큼 절차보다는 결과가 더 중요하다고 오만하게 판단했던 것 같습니다. 이런 저를 국민 여러분들께서 현명하게 심판해주십시오!"

그렇게 말하자 그의 지지자들은 "차운택!! 차운택!!" 다시 그의 이름을 목놓아 외쳤고, 기자들도 서둘러 노트북에 기사를 채워나가기 시작했다. 타이틀은 '차운택, 환란의 시기에는 어쩔 수 없는 선택이었을까?'였다.

다음 날, 모든 것은 그의 예상대로 흘러갔다. 하루 만에 대선 후보 선호도가 무려 81퍼센트까지 치솟은 것이었다. 다시 기자들은 그의 집 앞으로 모여들었다. 이번에는 레드카펫과 연단까지 구비되어 있었다. 열화와 같은 박수를 받은 운택은 단상 앞에 섰다.

"저를 믿어주신 여러분께 진심으로 감사드립니다. 운 좋게 저는 남들보다 앞을 먼저 볼 수 있는 시야를 가졌습니다. 이 눈으로 두 번 다시 이런 시련을 겪지 않게 더 멀리 보겠습니다. 다가올 미래, 저와 함께해주시길 부탁드립니다. 안개처럼 뿌옇더라도 제가 국민 여러분을 위해 앞을 밝히는 환한 등불이 되겠습니다."

그렇게 말하며 운택은 공식적으로 차기 대통령 출마를 선언했다. 그가 손을 들자 그를 지지하는 팬들의 손이 파도처럼 물결쳤다. 그걸 지켜보는 운택의 마음은 뜨거워졌다. 평생 이 순간만을 위해 살아온 것 같았다. 연단 위로 터지는 폭죽들이 심장에서 뿜어 나오는 핏물처럼 느껴졌다.

'이제 진짜 얼마 남지 않았다!!'

행사가 끝난 후, 흥분이 채 가라앉지 않은 운택은 서둘러 윤재에게 전화했다. '방송 봤니? 할아버지 괜찮았니?' 자기가 이번 위기 상황을 얼마나 잘 헤쳐나갔는지 하나하나 들려주고 싶었다. 윤재라면 박수 치며 좋아할 게 분명했다. 하지만 신호음만 계속 이어질 뿐, 손자 목소리는 들리지 않았다.

'혹시 무슨 일 생긴 건 아니겠지?'

잠시 불안한 생각이 들었지만 그는 이내 고개를 저었다. 아무래도 핸드폰을 뺏긴 건가 싶었다. 며칠 전에 통화했을 때도 들키기 직전이었으니까. 혹시나 싶어 운택은 며느리 수애에게도 전화해봤지만 바쁜지 연결이 안 되었다.

'그때 괜히 아들 집에 간 걸까?'

뒤늦게 후회되었다. 송 비서에게 한번 체크해보라고 하며 운택은 차창 문을 내리고 자신에게 몰려드는 시민들을 향해 손을 흔들었다.

✦

우주선 발사가 하루 앞으로 다가왔다. 총무가 긴급회의를 열자 천 명에 가까운 에피모 회원이 서울시 강당에 모여들었다. 지방에 사는 회원들은 화상으로 대신했다.

"드디어 내일 아이들을 찾으러 갑니다. 좀 전에 탐사선 모의 비행까지 성공적으로 끝냈다는 소식을 들었습니다."

총무가 그렇게 말하자 회원들은 다들 박수를 쳤다.

"제가 여러분들을 급하게 모신 이유는 다른 게 아니라……. 어젯밤에 비행 루트에 대해서 한 번 더 고민해보자는 의견이 있어서요."

그러자 에피모 회원들은 다들 서로를 쳐다봤다. 원래 계획대로라면 탐사선을 최대한 멀리 보내서 먼저 지구를 떠난 아이들을 찾을 예정이었다. 그런데 갑자기 비행 루트를 변경하자니 강당은 순식간에 소란스러워졌다.

"갑자기 그게 무슨 소리예요?"

상혁이 격양된 어조로 물었다.

"도대체 누가 그런 말을 합니까?"

다른 회원도 벌떡 일어나서 삿대질을 했다.

"그러니까 그게……."

총무가 난감한 듯 빨간 뿔테를 만지고 있을 때 한 사람이 손을 번쩍 들었다. 해준이었다.

"제가 바로 그 사람입니다. 처음 탐사 비행은 멀리 가는 것보다는 지구 주변을 먼저 도는 게 더 좋을 것 같습니다."

그 말을 들은 정아와 승연은 깜짝 놀랐다. 해준은 옷매무새를 잠시 만지더니 단상 앞으로 걸어나갔다.

"모든 아이를 구하면 좋겠지만 현실적으로 그럴 수 없잖아요. 그렇다면 적어도 더 많은 아이를 구할 수 있는 방법을 생각해야죠."

그러자 기다렸다는 듯 수백 명의 회원들이 "옳소!" "맞아요!" 하며 동조의 목소리를 더했다. 대부분 최근에 들어온 회원들이었다. 그 모습을 보고 정아와 상혁을 비롯한 다른 회원들은 아연실색할 수밖에 없었다. '언제 저렇게 입을 맞춘 거지?' 보다 못한 승연이 소리를 질렀다.

"조금 더 멀리 간 아이들, 오랫동안 기다린 아이들이 더 위험한 상태잖아요. 이제 숨 쉬려고 해도 산소가 부족하다고요."

"맞아요. 에비에이션된 지 2주나 됐어요. 사정 좀 봐주시면 안 될까요?"

정아도 한 마디 거들었다. 이때 해준이 총무를 대신해 마이크를 잡았다.

"잠시만요. 제 말 좀 들어주세요. 지금까지 민간 우주선 수십 대가 우주를 떠돌며 에비에이션한 아이들을 찾았습니다. 하지만 한울을 제외하고 살아 돌아온 아이는 없었지요. 한울이가 에비에이션 며칠 했죠?"

"4일이요~."

주원이 답했다.

"네! 맞아요. 바로 4일입니다. 아이가 인터뷰에서 밝혔듯, 같이 에비에이션한 아이들 대부분은 그 이상 기다리지 못하고 죽고 말았습니다. 이제 현실적으로 생각해봅시다! 어디로 가야 살아 있는 아이를 찾을 확률이 높을지. 가망성 없는 아이보다 조금이라도 더 가능성 있는 아이들을 먼저 찾는 게 우선 아닙니까?"

해준의 말에 자기 아이들이 달로 향했다고 생각한 회원

들은 우르르 들고일어났다.

“누가 가망이 없대?” “지금 우리 딸 죽었다는 거야?” “너희들은 들어온 지 얼마 안 되었잖아?”

“그래서 먼저 들어온 게 자랑이냐?” “그래. 너희 아이들은 죽었다고.” “인정할 건 인정해야지.”

아이들이 대기권에서 떠돈다고 생각하는 회원들도 상대편 회원들에게 삿대질을 했다. 서로 간의 목소리는 점점 고양되었다. 상혁이 해준을 노려보며 말했다.

“쉽게 말하자면 당신네 애들 먼저 찾자는 거 아니야? 괜히 고상한 척 말을 지어내지 마!!”

“맞아요. 더 위험하고 덜 위험하고가 어디 있나요? 아이들이 에비에이션 했다는 것 자체가 모두에게 비극이지. 적어도 우리끼리는 아이들에 대해 그렇게 말하면 안 되죠!!”

옆에서 정아도 그렇게 목소리를 높였다. 하지만 해준은 여유로운 목소리로 맞받아쳤다.

“만약 BLT 궤도로 탐사선이 갔다가 미국 탐사선 크루 피닉스처럼 폭발하면요. 그러면 모든 구조 계획이 다시 원점으로 돌아갈 텐데 그건 누가 책임진답니까?”

그의 말이 끝나자 다시 회원들은 싸우기 시작했다.

“내가 책임질게. 내가 책임진다고.”

"어떻게 책임질 건데?"

"지금 싸우자는 겁니까!!!!"

"내 새끼 찾으러 가는데, 싸우지 뭐!!!"

다들 자기들 아이를 먼저 살려야 한다는 절박함 때문일까? 토론은 격론을 넘어서 상호 간의 비난으로 번져나갔다.

"이럴 바에는 차라리 민간 우주선 보내요. 우리가 돈을 더 내서라도요."

"그래 그게 낫겠다."

여기저기서 동시다발적으로 목소리를 냈다.

하지만 그럴 수 없다는 건 누구나 아는 사실이었다. 비용도 문제였지만 시간도 곱절 이상 걸릴 게 불 보듯 뻔했다. 그렇게 양측에서 첨예하게 대립하는 가운데 좀처럼 의견이 모아지지 않자 회원들은 총무를 바라보았다.

"총무님! 한 말씀 해주세요. 저희는 총무님 결정을 따르겠습니다."

해준이 마이크를 넘기자 총무는 애매한 표정을 지으며 눈을 굴리더니 천천히 입을 열었다.

"음……. 아무래도 처음 비행이니만큼 너무 멀리 가는 것보다 지구 대기권을 순회하는 게 더 나을 것 같습니다. 정부 측에서도 폭발할까 봐 우려하고 있으니."

그의 말이 끝나자 한쪽에서는 환호성을 질렀고 다른 쪽에서는 야유가 쏟아졌다. 정아는 모든 게 허망했고 또 모든 게 실망스러웠다. 누가 다가와 후~ 불면 가을 낙엽처럼 바스락거리며 흔적도 없이 사라질 것 같았다.

"좋겠어요. 윤재 아버님!!"

승연은 해준을 쏘아보며 말했다.

"네. 이게 모두를 위해서 좋은 결정이라고 생각합니다."

그 뻔뻔스러운 말에 정아는 질색하는 표정을 지으며 눈을 흘겼다. 해준은 그의 뜻에 동조하는 회원들에게 말 거는 척하면서 애써 그녀의 시선을 외면했다.

"암튼 저 기자 처음 볼 때부터 마음에 안 들었어!"

승연이 말했다. 그 사이에 단상으로 올라간 상혁은 총무에게 따지듯 물었다.

"아들 준표가 한밤중에 에비에이션 했다는 거 혹시 거짓말 아니죠?"

"네, 아닙니다. 믿어주세요."

총무는 진중한 표정으로 말했다. 상혁은 의심은 갔지만 그렇다고 계속 밀어붙일 수 없었다.

집으로 가는 길, 정아는 계속 한숨을 내쉬었다. 한시가 급한데……. 아무리 정신력이 강한 아이여도 하루하루 버티기 힘들 텐데……. 그 마음을 읽었는지 운전대를 잡은 상혁이 말했다.

"혹시 모르잖아. 수진이가 지구 주변을 돌고 있을지도."

상혁은 그렇게 말하며 아내를 달랬다. 밖에서 용솟음치는 회오리바람을 바라보며 정아는 고개를 끄덕였다.

'진짜 그랬으면 좋겠다!'

기도하면서 다시 한 번 가슴에 두 손을 포갰다.

그날 오후. 탐사선에 DB(데이터베이스)를 3D 모델링하기 위해 부총무 승연은 회원들에게 아이들의 신상에 대한 자료를 한 번 더 업로드 해달라고 부탁했다. 옷과 앨범, 인형 등 아이를 특정할 수 있는 자료라면 그 무엇이든 상관없다고 했다.

정아는 서랍 제일 아래 칸을 열고 유리병에 보관한 수진의 탯줄, 어렸을 때 입던 아동복, 그리고 디지털 앨범을 하나하나 들여다보았다. 수진이 자기 배 속에 있을 때 녹음했던 오디오를 천천히 귀에 가져다대니 딸의 심장 소리가 느껴졌다. 정아는 눈물이 핑 돌았다. 수진이 바로 옆에 있는 것만 같았다.

"참 어려웠는데……. 그치?"

상혁이 그렇게 말하자 정아는 희미한 미소와 함께 고개를 끄덕였다.

수진은 네 번의 유산 끝에 어렵게 가진 아이였다. 상혁과 정아는 몇 번이고 병원을 들락거렸다. 의사는 '다낭성 난소 증후군'이라고 말했다. 나팔관 양쪽이 유착되었기에 과배란 인공수정 혹은 난포를 키워 임신 확률을 높여야 한다고 했다. 하지만 시술한 지 4주, 6주, 5주, 그리고 또 4주 만에 유산되었고 그때마다 정아는 울었고 또 좌절했다. 의사는 습관성 유산 같다며 솔직히 말하자면 임신이 쉽지 않을 거라고 했다.

"그러지 말고 우리 차라리 입양을 할까?"

상혁은 매번 작업실에 들어가서 몰래 눈물 훔치는 아내 모습을 더는 지켜볼 자신이 없었다. 그깟 아이가 뭐라고……. 남은 인생마저 불행하게 보내기는 싫었다.

"그래도 한 번만 더 해볼래. 아직 희망이 있잖아."

"이미 봤잖아. 희망은 잔인한 거야."

하지만 정아는 고개를 저었다.

"그래도……. 사람들 다 그거 하나 보고 사는 거야."

그 뒤로 둘은 국내 최고 전문의에게 찾아가서 다시 시술을 받았다. 이번에는 3개월이 지나도 태아가 사라지지 않았다. 설마설마했지만 상혁은 의심의 끈을 놓지 않았다.

4개월 차에 검사받으러 가니 모니터를 보던 의사의 표정이 어두워졌다. 태아가 자신의 목에 탯줄을 감고 있다고, 이런 상태에서 출산했다가는 아이뿐만 아니라 산모까지 위험하다며 그는 걱정스러운 목소리로 말했다. 상혁은 아이를 포기하자고 했지만, 정아는 완강했다. 무슨 수를 써서라도 자기 배 속의 아이를 지킬 거라며 그녀는 이를 악물었다.

그리고 6개월 후, 정아의 가냘픈 몸에서 한 생명이 태어났다. 조그마한 여자 아기였다. 하지만…… 아기는 울지 않았다. 수간호사가 거꾸로 들고 엉덩이를 때려봤지만 마찬가지였다. 청진기로 확인한 의사는 고개를 절레절레 저었다. 상혁은 고개를 푹 숙인 채 밖으로 나갔고, 정아는 흐느끼면서 그래도 한 번만 아이를 안아보고 싶다며 애원했다. 품에 안은 채 딸을 살펴보니 남편을 닮아서 오똑한 코에 입술이 앵두 같은 예쁜 아이였다.

"수진아, 수진아! 그동안 고생 많았지? 엄마가 너무 보고 싶었어……."

그러면서 양수에 젖은 머리칼을 쓰다듬자 놀랍게도, 정말 놀랍게도 아이가 조그만 입을 오므리더니 울기 시작했다. *응애~ 응애!!* 그게 수진이 세상을 향해 내뱉은 첫 목소리였다. 그 소리를 듣고 상혁은 안으로 뛰어 들어왔다.

"기적의 아이야! 우리 딸은 기적의 아이라고!"

그는 세상 모든 것을 가진 듯 눈물을 글썽이며 울고 또 웃었다.

"엄마! 엄마! 저기 좀 봐~."

여의도 공원에서 네 살 수진이가 아장아장 걸으면서 C-47 비행기를 가리키는 모습이 홀로그램이 되어 정아 앞에 나타났다. 이렇게 보고 있으니 정말 딸이 살아 움직이는 것만 같았다. 사진을 하나하나 넘기면서 정아는 몇 번이고 촉촉한 목소리로 딸의 이름을 불렀다.

"수진아! 잘 있는 거지? 그때처럼 엄마 품에 안기면 다시 숨을 내쉬는 거다. 알겠지?"

손가락 끝으로 딸의 홀로그램을 매만지며 정아는 그렇게 속삭였다.

해준도 병원에서 윤재에 대한 기록을 찾고 있었다. 그런 모습을 수애는 침대에 누워 안타까운 표정으로 쳐다보았다.

"자기야! 아버님께 윤재 말씀은 드렸어?"

"아니……."

"아직도?"

그 말에 해준은 앨범을 덮었다. 뭔가 설익은 감정이 나왔지만 애써 숨을 고르며 삼켜 넘겼다.

"이제 찾으면 돼. 한울이처럼 우리 윤재도 돌아올 거야. 아버지 도움 따윈 필요 없어."

"그래도……. 알고 계셔야 하지 않을까?"

"자기는 모를 거야. 내가 그 인간 때문에 얼마나 힘들게 살아왔는지."

해준은 입술을 꽉 깨물었다.

엄마가 죽자 해준은 외삼촌과 같이 살았다. 하지만 그의 외삼촌은 태생적으로 선한 사람이 아니었다. 처음에는 잘 챙겨줄 것처럼 굴더니 일주일도 안 돼 본색을 드러냈다. 하루 종일 인터넷으로 사행성 도박만 하면서 밥 한번 제대로 챙겨준 적 없었다. 어린 해준은 매번 주린 배를 컵라면으로 달래야 했다. 보다 못한 해준은 나 혼자 살 테니 나가라고 대들었지만 삼촌은 꿈쩍도 하지 않았다. 되레 주먹으로 마구 때릴 뿐이었다. 어린 해준의 몸은 하루가 멀다 하고 멍으로 물들어갔다.

안 되겠다 싶어 가출한 해준은 어렵게 국회에 찾아가서 아버지 운택을 만났다. 하지만 기대와는 달리 그는 어린 아들을 외면했다. 다시는 찾아오지 말라고……. 건조한 목소리로 말하며 운택은 피멍 든 아들의 얼굴을 단 한 번도 쳐다보지 않았다.

"아버님이 그동안 애들 용돈까지 넉넉히 챙겨주셨어. 자기 월급으로는…… 빠듯하잖아."

수애가 말했다. 진짜? 해준은 전혀 몰랐었다. 화가 났지만 그렇다고 아픈 사람에게 소리 지를 수는 없었다.

"그동안 왜 말 안 했어?"

"그야……. 아버님 얘기할 때마다 자기가 화냈으니까."

해준은 앨범에서 윤재 사진 몇 장을 챙긴 후 자리에서 일어났다. 위험했다. 더 이상 여기에 있다간 뭐 하나라도 부술 것만 같았다. 문을 열고 나가려고 할 때 수애가 말했다.

"자기야! 그동안 얼마나 힘들었는지 감히 짐작조차 할 수 없지만……. 그래도 이제 아버님 용서해도 되지 않을까?"

"용서…… 말은 참 쉽네."

해준은 한쪽 입술을 치켜든 채 어두컴컴한 병실 복도로 향했다.

✦

'과연 수진이를 만날 수 있을까?'

탐사선 발사 당일, 상혁은 두통과 함께 침대에서 일어났다. 매일 보는 창밖 풍경이지만 오늘은 왠지 다르게 느껴졌다. 옆을 보니 아내는 자리에 없었다. 밖으로 나가니 정아는 아침 일찍부터 주방에서 뭔가를 만들고 있었다. 고소한 냄새가 거실에 가득 찼다.

"뭐 해?"

상혁이 다가가서 보니 마카롱이었다. 며칠 전부터 유튜브를 보고 따라 하더니 이제는 어느 정도 그럴듯한 모양새가 나왔다.

"먹어봐! 어때?"

"맛있네. 수진이가 좋아하겠다!"

상혁이 그렇게 말하자 정아는 미소 지으며 마카롱을 보냉백에 넣었다.

차를 타고 송도우주센터로 향하는 길. 정아는 물과 함께 약을 입에 털어 넣었다. 그 모습을 보고 상혁이 물었다.

"잠 거의 못 잤지?"

"괜찮아. 견딜 수 있어."

각오를 다지는 듯 단단한 목소리로 정아가 답했다. 상혁은 정아가 제대로 자는 걸 근 2주 동안 본 적이 없었다. 제대로 안 자니까 점점 몸이 앙상하게 말라 갔고, 음식도 먹는 둥 마는 둥 하니 종일 기력이 없어 보였다.

딸이 과연 살아 있을까? 수진이가 살아있다면 무슨 말을 처음 꺼내게 될까? 상혁은 문득 궁금해졌다. 희망 하나로 지난 며칠을 버텨낼 수 있었다. 하지만…… 수진이가 살아 돌아오지 못하면 안 그래도 허약한 아내가 그대로 무너져 내릴 것만 같아 그는 두려웠다.

송도우주센터 앞에는 수많은 시민들이 모여 있었다. 그들은 응원의 메시지가 담긴 현수막을 들고 있었고, 아침을 제대로 못 먹고 왔을 회원들을 위해 직접 만든 도시락을 나눠주었다. 그때 차창 밖을 바라보던 정아는 *헉!* 외마디 비명을 질렀다.

"왜 그래? 무슨 일 있어?"

아내의 시선을 쫓으며 상혁은 주위를 두리번거렸다.

"용달이! 분명…… 용달이었어."

정아는 펜스에 둘러싸인 사람들 사이로 익숙한 시선을 느꼈다.

"에이 설마……."

"아니야. 저기서…… 날 노려보고 있었어."

덜덜 떠는 아내의 어깨를 어루만지며 상혁이 말했다.

"닮은 사람인가 보지. 그럴 리 없잖아. 용달이는 이미……."

잠시 생각하던 정아는 천천히 호흡하며 안정을 찾아갔다.

"그래, 내가 잘못 봤나 봐."

하지만 그 뒤로 그녀는 창밖으로 시선을 돌리지 않았다.

운택과 대통령은 전용 헬기를 타고 송도우주센터로 향하고 있었다. 안개가 자욱하게 낀 하늘을 올려다보며 대통령이 물었다.

"진짜 폭발 안 하는 거 맞죠?"

잔뜩 걱정된 목소리였다.

"네. 확실합니다. 옥타곤 엔진을 장착했으니까요."

"그럼…… 아이들은 살아 돌아올 수 있을 것 같나요?"

"두고 봐야지요. 어제 포르투갈 아이가 레저렉션 했다는 뉴스가 나왔잖아요."

어젯밤 네덜란드 민간 우주선에서 리스본 출신 '다니엘'이라는 이름의 아이가 구출되었다. 전신 화상을 입었고 온전히 의식이 돌아오지 않았지만 분명 심장은 뛴다고 했다.

"한울이라는 친구는 요즘 어떤가요?"

"네. 점점 좋아지고 있다 합니다."

운택은 그렇게 말하면서도 대통령의 얼굴을 계속 살폈다. 대통령이 구한울의 레저렉션을 조작한 게 아닐까? 아직도 의심을 지울 수 없었다. 하지만 연기라고 하기에는 그의 행동 하나하나가 너무나도 자연스러웠다.

"총리님! 목장 하나 만드시려고요?"

갑작스러운 대통령의 질문에 운택은 눈을 동그랗게 떴다.

"네? 그게 무슨 말씀이신지."

"대관령에 대규모 공사를 하고 있다고 들었어요. 도대체 뭐 하는 걸까요? 우유 짜려는 건 아닐 테고……."

운택은 그 말을 듣고 저절로 코웃음이 나왔다. 도와주겠다 할 때는 언제고, 이렇게 몰래 뒷조사를 하다니. 하긴 퇴임 후에 어떻게 될지 모르니까 보험은 들어놓을 수밖에.

"거 좋은 게 있으면 공유 좀 합시다!"

"네, 조만간 말씀드리겠습니다."

운택은 머릿속으로 그가 어디까지 알고 있을지 가늠해보았고, 대통령은 그런 그를 묘하면서도 끈질긴 눈빛으로 바라보았다.

"죽는 게 두려운 사람은 어떻게든 살려고 한다! 덴마크의 철학자 '키에르케고르'가 한 말이죠. 총리님! 저는 그 말을 믿어요."

"그럼 저를 믿어주세요. 밀지 말고요."

운택의 말에 대통령은 한번 씨익 웃더니 창밖으로 개미떼처럼 모인 사람들을 내려다봤다. 그를 향해 손드는 사람은 없었으나, 그래도 그는 시종일관 미소를 잃지 않았다.

해준이 송도우주센터에 도착해보니 예상과는 다르게 강한 바람이 불고 있었다. 이런 날 출발이 가능할까 싶었지만 아직까지 취소한다는 이야기는 없었다.

— 오늘 오전 8시 기준 바람은 초속 8m에서 12m로 강하게 불면서, 비는 산발적으로 내리고 있으며 4mm의 강수량이 예보됩니다.

중계방송에 나온 전문가들은 향후 바람이 더 세질 가능성이 있어 발사대의 완전한 안전 확보에 어려움을 겪을 수 있다 했지만, 예상대로 진행되는 건지 수많은 진행 요원들은 일사분란하게 움직이고 있었다. 에피모 회원들 3,000명이 운집한 가운데 각종 방송사 기자들은 한순간도 놓치지 않으려는 듯 취재에 열을 올렸다. 미국 탐사선이 폭발한 이후로 처음 출발하는 탐사선이니만큼 전 세계인의 이목도 집중되었다. 외국 중계 차량도 군데군데 눈에 띄었다.

"오늘 제대로 출발할 수 있을까요?"

"그러게. 이러다가 큰일 나는 거 아닌가 모르겠어요."

"차라리 내일로 연기하는 게 낫지 않을까요?"

회원들이 수군수군거렸다.

"오늘은 기조력이 그나마 약한 날이에요. 내일부터는 다시 조금씩 올라갑니다."

총무가 그렇게 말하자 회원들은 난감하다는 표정을 지었다. 그때 로비로 들어온 해준이 회원들에게 인사를 하자 승연은 못마땅한 표정으로 입술을 씹었다. 아직도 어제의 감정이 풀리지 않은 듯했다.

"수진 어머님! 안녕하세요."

해준의 인사를 받은 정아는 어색하게 고개를 숙였다. 불편한 시선이 공중에서 부딪쳤다. 그때 하늘색 시폰 드레스를 입은 주원이 해준 옆으로 다가와 샌드위치와 아이스 아메리카노를 건넸다.

"기자님! 이거 드세요."

해준이 고개를 숙이자 주원은 갑자기 몸을 빙글빙글 돌

았다.

"저 어때요? 오늘 우리 아들 보러 가니까 신경 좀 썼어요."

"예쁘네요."

해준의 말에 그녀는 배시시 웃었다.

그때 사람들의 환호 소리가 들리더니 경호원의 호위를 받으며 대통령과 운택이 나란히 걸어왔다. 주위를 둘러보며 손을 흔드는 운택을 보며 해준은 입술을 깨물었다.

'진짜 다 끝낼 수 있었는데, 왜 하필…….'

결정적인 순간에 기회를 놓치고 말았다. 윤재가 에비에 이션하지 않았다면 운택의 정치 생명은 끝난 것과 다름없었다. 근데 누가 그랬을까? 해준은 문득 궁금했다. 며칠 전 언론사에 운택의 차명 계좌를 제보한 사람은 그가 아니었다. 텔레그램을 보낸 제보자일까? 만약 그랬다면 본인이 직접 밝히면 될 것이지 왜 내게 익명으로 접근했을까? 아무리 생각해봐도 이해 안 되는 게 한두 가지가 아니었다.

대통령이 기조연설을 끝내자 운택이 단상 앞에 섰다. 자기 때보다 수십 배 더 큰 박수가 로비를 가득 메우자 대통령은 헛기침을 하며 애써 불편한 기색을 숨겼다. 운택은 고개를 돌려 에피모 회원들과 기자들을 한번 살핀 후 입을 열었다.

"오늘 어떤 결과가 나올지 모릅니다. 하지만 결과를 떠나서 위에 있는 아이들은 우리를 기다리고 있을 것이고, 우리는 그 기다림에 보답하고자 최선을 다할 것입니다. 국민 여러분께 간곡히 부탁드립니다. 기도해주세요. 각자의 자리에서 각자의 방식으로."

차이코프스키의 '안단테 칸타빌레' 선율이 흐르자 회원들은 모두 두 손을 모으고 기도를 드렸다. 벌써부터 감정에 복받쳐 흐느끼는 회원도 있었다. 잠깐의 기도가 끝난 후 운택은 다시 입을 열었다.

"세상에 기적은 있습니다. 한울이가 우리에게 돌아왔듯이 말입니다."

그때였다. 그의 흐린 시야 너머로 그리 멀리 떨어지지 않은 곳에서 자신을 바라보는 해준의 모습이 들어왔다.

'어? 여기 쟤가 왜 있지? 취재하러 온 건가?'

하지만 찜찜한 기분은 가시지 않았다. 가슴에 화이트 클로버를 단 것이 보였으니까. 시선이 마주치자 해준은 서둘러 자리를 피했다. 순간 운택은 불길한 생각에 더 이상 말을 잇지 못했다. 그러자 대통령을 포함한 다른 VIP들은 불편한 시선으로 운택을 바라봤다. 왜 저러는 거지? 분위기를 읽은 송 비서가 재빨리 해준을 쫓으러 밖으로 달려나갔다.

"음……. 그리고 우리 우주비행사분들 모쪼록 무사 귀환 하시길 부탁드립니다!"

운택은 하고자 했던 말을 반 이상 줄이고 서둘러 연단 아래로 내려왔다. 정아와 상혁, 총무와 승연을 포함한 많은 회원들은 총리의 행동에 다소 의아했지만 그래도 우주비행사들에게 아낌없는 박수를 쳐주었다.

인적이 드문 복도 끝에 다다르자 송 비서는 해준을 잡았다.

"잠시만요. 해준 씨!!"

"당신이지? 계속 나 미행하는 거."

해준의 말에 송 비서는 살짝 미소를 지었다.

"잘 받으셨나요? 제가 보낸 서류, 송도에 있는 바……. 기억 안 나요?"

해준은 순간 충격을 받았다. 자신의 블로그에 글 쓴 사람이 다름 아닌 송 비서였다니. '그럼 일부러 내게 자료 준 거였어? 도대체 왜? 혹시 아버지를 배신하려고? 아니면 이것도 아버지의 계획인가?' 순간 그의 머릿속이 복잡해졌다.

"당신 정체가 뭐야? 도대체 왜 그랬어?"

송 비서의 멱살을 잡고 캐물으려고 할 때, 멀리서 그를 부르는 소리가 들렸다. 운택이었다. 그가 다가오자 송 비서는 재빨리 자리를 피했다.

"너 여기 왜 있니? 또 취재하러 온 거야?"

"네."

해준은 천연덕스럽게 말을 지어냈다.

"저기……. 애들은 다 잘 있지?"

"왜요? 그게 왜 궁금한데요."

운택은 서둘러 아들의 가슴을 살폈지만 화이트 클로버는 찾을 수 없었다. 어떻게 된 거지? 아까 잘못 본 건가? 그는 혼란스러웠다.

"해준아. 혹시…… 윤재 핸드폰 뺏었니?"

덕분에 해준은 그동안 아들과 아버지가 몰래 연락하고 있다는 사실을 처음 알게 되었지만 이내 뻔뻔스레 표정을 고쳤다.

"네……, 뺏었어요. 왜 준 거예요? 누가 허락했다고!!"

해준이 목소리를 높이자 운택은 다행이라는 듯 가슴을 쓸어내렸다. 적어도 아이들에게는 별일 없어 보였으니까.

"해준아! 너희들을 위해 준비한 게 있어. 조만간에 같이 대관령에 가서……."

"됐어요. 지금 장난해요?"

운택은 그런 해준을 가만히 바라보다 이내 시선을 떨구었다.

"이제 내가 대통령이 되면 모든 게 다 달라질 거야. 그러니 날 좀 도와다오. 대통령 취임식 날 너를 내 아들로 그리고 아이들은 내 손자 손녀로 인정할게."

"꿈도 크시네요. 과연 당신이 대통령이 될 수 있을까요?"

해준이 운택을 노려보며 말했다. 다시 한 번 둘 사이에 팽팽한 긴장감이 감돌았다. 그런 둘의 모습을 기둥 뒤에서 주원이 지켜보고 있었다.

"내 말이 맞네."

그녀의 하늘색 시폰 드레스가 바람에 나풀거렸다.

10. 9. 8. 7. 6. 5. 4. 3. 2. 1

엔진이 점화되자 탐사선이 송도우주센터에서 출발했다. 거대한 화염을 뿜어내며 불사조처럼 하늘로 올라가는 미리내 호를 보면서 발사대 근처에 모인 회원들은 두 손 모아 기도했다.

"우리 현우 제발 만나게 해주세요."

주원이 발을 동동 구르며 그렇게 말했다. 옆에서 총무는 무릎까지 꿇었다. 해준도 운택도 서로 다른 자리에서 하늘을 올려다봤다.

"제발 폭발만 하지 마라!"

주문을 외듯 운택은 두 눈을 감고 여러 번 되뇌었다.

— 부스터 분리 완료, 연료 압력 양호, 엔진 정렬 양호, 통신 감도 양호

다행히 모두의 염원대로 발사체는 목표 궤도에 진입했다. 관제 센터 책임자와 스텝 모두 박수를 치며 환호했다. TV로 방송을 보고 있는 시민들도 마찬가지였다. 서로 끌어안은 채 가슴 깊이 응원했다. 이 순간만큼은 모두 한마음 한뜻이었다.

"이제 곧 만날 거야. 수진아! 조금만 더 기다려."

상혁은 소실점이 되어 사라지는 탐사선을 끝까지 바라보며 간절한 마음을 담아 속삭였다. 그 옆에서 마카롱을 꼭 쥔 정아는 지그시 눈을 감았다. 차마 볼 수조차 없었다.

하늘로 올라간 탐사선 미리내 호는 중간권을 지나 열권 위로 올라갔다.

"세상에……. 이렇게나 많이."

우주비행사들은 깜짝 놀랐다. 수백 명 아니 수천 명에 가까운 아이들이 우주에 둥둥 떠 있었으니까. 초록빛 젤리에 갇힌 아이들은 정말 잠을 자듯 지구 위를 빙글빙글 돌고 있었다. 탐사 대장이 버튼을 누르자 DB에 입력된 아이들을 감지하는 보라색 센서가 커다란 동심원을 그리며 작동하기 시작했다. 10분 정도 지났을까? 관제센터에서 연락이 왔다.

"생체 신호 찾았습니까?"

"아직 못 찾았습니다."

탐사선의 인공조명은 깜깜한 우주를 밝혔지만 특수창 너머로 숨 쉬지 않는 아이들만 계속 보일 뿐이었다. 이러다가 한 명도 못 구하는 거 아니야? 우주비행사들과 관제센터는 점점 초조해졌다. 그때였다. *띠띠띠띠~* 모듈이 작동하자 여자 우주비행사가 대장에게 다급하게 신호의 위치를 알렸다. 서둘러 탐사선이 다가가자 멀지 않은 곳에 초록빛 젤리에 둘러싸인 한 여자아이가 보였다. *띠띠띠띠~ 띠띠띠띠~*.

"생체 신호 찾았습니까?

"네, 강유라! DB 2732 강유라. 7세 여아입니다."

탐사 대장이 관제센터에 전하자 상황실에는 아이의 프로필이 담긴 화면이 커다란 화면 위에 덧입혀졌다. 상황실에 있는 관제사들 모두 주먹을 불끈 쥐었다. 맨 뒤에서 상황을 지켜보고 있는 운택도 거친 숨을 몰아쉬며 입술을 깨물었다. 평소에는 좀처럼 흥분하지 않는 그였지만 이번만큼은 달랐다.

"구출 시작할까요?"

여자 우주비행사가 말하자 탐사 대장은 긴장한 눈빛으로 고개를 끄덕였다.

"관제센터에 알린다. 임무 개시하겠다."

"허가한다."

이윽고 아이를 향해 로봇팔은 신중하면서도 기민한 동작으로 움직이기 시작했다.

구출 작전에 들어갔다는 정보를 입수한 에피모 회원들은 항공관제센터로 몰려들었다.

"어떻게 되었나요?"

"아이 이름은 뭔가요?"

"살아 있나요?"

하지만 언론 담당자는 그 어떠한 이야기도 할 수 없었다. 교신 내용은 철저히 비밀로 부쳐졌기 때문이었다.

"아니 왜 이야기를 안 해주는 건가요?"

총무가 물었다.

"지금까지 몇 명 찾았나요? 그것만이라도 말해주면 안

돼요?"

담당자는 난감한 표정을 짓다가 13명의 아이를 찾았다고 말했다. 총무는 시계를 봤다. 3시간 만에 13명이면, 앞으로 적어도 30명은 찾을 수 있겠다는 계산이 섰다.

'그중에 살아 있는 아이는 얼마나 될까? 거기 우리 아들 준표도 있을까?'

단체의 수장이기 전에 그도 한 아이의 아빠였다. 초조한 마음을 달래며 그는 흥분한 회원들을 돌려세웠다.

"이런다고 결과가 달라지지 않잖아요. 그러니 다시 제자리로 돌아가 기도합시다!"

"우리 현우 살아 있겠죠?"

그렇게 말하며 주원은 해준 곁을 계속 맴돌았고, 승연과 정아는 망부석처럼 창가에 기대 구름 낀 하늘을 계속 올려다보았다. 창문 밖으로 빗방울이 한두 방울씩 떨어지기 시작했다.

"부디 무사히 돌아와야 할 텐데……."

정아는 터질 것 같은 심장을 달래며 연신 커피를 들이켰다.

오후 4시가 되자 우주선은 7시간의 비행을 마치고 다시 지상으로 복귀했다. 다행히 미국 탐사선 때처럼 폭발은 없었다. 마음을 졸이던 부모들은 모두 발사대 앞 무균실로 향했고 운택은 5층 상황실에서 아래를 내려다보았다. 잠시 후 탐사선의 에어로크가 열리자 수많은 회원들은 앞다투어 달려나갔다. 정아와 상혁도 마찬가지였다. 하지만 인간 띠를 만든 군인들은 그들을 막아섰다. 곧이어 선체에서 탐사 대장이 걸어 나왔다.

"어떻게 되었습니까?"

"아이들을 찾았나요?"

기자들의 질문에 그는 무겁게 입술을 닫았다. 회원들의 마음은 새까맣게 타들어갔다. 그때였다. 좌측 에어로크가 열리더니 하얀 천에 둘러싸인 침대 하나가 밖으로 나왔다. 그 모습을 본 총무는 더 이상 대장에게 매달리지 않았다. 다른 회원들도 마찬가지였다. 다들 눈만 끔뻑이며 천천히 침대 쪽으로 걸어갔다. 줄지어 침대 38개가 밖으로 나왔다. 마지막으로 나온 우주비행사가 보호복을 벗으며 쓸쓸한 목소리로 말했다.

"아쉽지만 살아 있는 아이는 없었습니다."

그러자 무균실은 순간 싸늘해졌다. 두 손으로 입을 막으며 그 자리에서 주저앉는 회원도 있었다. 해준은 손등의 핏줄이 불거질 만큼 긴장했다가 갑자기 맥이 풀려버렸다.

"저희 아들 있나요?

주원이 울먹이며 물었다.

"확인해보시죠."

관계자가 말했다. 지켜보는 정아는 심장이 터질 것만 같았다. 저기 저 하얀 천 아래 혹시 수진이가 있는 건 아니겠지? 확인도 전에 눈가에 맺힌 눈물이 조금씩 볼을 타고 흘러내렸다. 온몸이 벌벌 떨렸다. 상혁의 부축을 받으며 천천히 LED 전광판 위에 새겨진 명단으로 가까이 다가갔지만……. 다행히 딸 수진의 이름은 보이지 않았다. 모두 다 처음 보는 아이들이었다.

"준열아~ 준열아!!"

"지영아!! 니가 지금 왜 이러고 있니?"

"은혁아!!"

아이를 찾은 부모들은 닭똥 같은 눈물을 흘리며 오열했고 곧 우주발사대는 눈물바다가 되었다. 특히 '강유라'라는 아이의 사연이 제일 안타까웠다. 우주비행사 말로는 발견 직후에는 숨을 쉬고 있었는데 젤리가 걷히는 순간 아이가 숨을 멎었다고 했다. 하지만 유라의 부모는 딸의 죽음을 인정할 수 없었다. 아직 죽지 않았으니 한 번 더 체크해달라고 의료진을 목놓아 불렀다. 그 모습을 보는 정아의 안에서 수많은 감정들이 스쳐 지나갔다. 가슴이 찢어질 듯 아려오면서 동시에 안도의 한숨이 나왔다.

"다행이다, 정말."

상혁은 다른 사람들이 들을까 그녀의 귀에 대고 조용히 속삭였다.

"그러게……."

정아는 거친 숨을 몰아쉬었다. 아직도 채 식지 않은 미열이 그녀의 마음속에서 뜨겁게 요동치고 있었다. 눅눅해진 마카롱이 바닥으로 툭! 떨어졌다.

해준도 마찬가지였다. 윤재가 발견되지 않았다는 이야기를 듣고 가슴을 쓸어내리며 돌아섰다. 차에 타자마자 그는 머리를 감싸 쥐었다. 희망과 절망이 그의 들숨과 날숨 속에 섞여 나왔다. 어느 정도 진정된 후, 그는 아내에게 전화해서 이 사실을 알렸다. 수애는 TV로 보고 있었다며 흐느끼며 말했다.

"뭐 하러 봐. 이제 보지 마."

해준은 너무 늦었으니 오늘은 이 근처에서 자고 가겠다고 했다. 그리고 곁에 있는 장모님을 바꿔달라고 한 뒤, 윤아랑 수애를 잘 돌봐달라고 부탁했다. 이틀 전 제주에서 올라온 장모님은 알겠다며 내일 조심히 올라오라고 했다. 그녀 목소리 역시 촉촉하게 젖어 있었다. 차 시동을 걸고 근처 모텔로 출발하려고 할 때 유리창 너머로 주원의 모습이 보였다. 두 팔로 몸을 감싸며 괴로워하고 있는 그녀의 표정이 너무 안 좋았기에 해준은 밖으로 나갈 수밖에 없었다.

"괜찮으세요?"

"기자님. 우리 아이들 찾을 수 있겠죠?"

"네, 이제 시작인걸요. 이틀 후에는 좋은 소식 있겠죠."

"혹시…… 우리 아들 현우가 오늘 발견한 아이들처럼 되면 어떡하죠?"

"그럴 일 없을 겁니다. 한울이도 그렇고 포르투갈 아이도 돌아왔으니까 희망을……."

그때 주원은 흐느끼면서 다가와 해준 품에 안겼다. 해준은 뭔가 기분이 이상했지만 그래도 그녀 등을 부드럽게 토닥여 주었다. 어느 정도 울었을까? 품 안에 있던 주원이 고개를 들었다.

"근데 기자님! 혹시 총리님과 어떤 관계예요?"

"네?"

깜짝 놀란 해준은 뒤로 물러났다.

"아까 두 분이서 이야기하는 거 봤는데……. 아버지 맞죠?"

이 여자가 어디서부터 어디까지 아는 거지? 해준은 경계의 눈빛을 거둘 수 없었다.

"아니에요. 그런 거……."

"어디 가서 다른 사람들에게 절대 말 안 할게요. 그러니…… 부탁 하나만 해도 될까요?"

"무슨…… 부탁이요?"

해준은 퉁명스레 물었다.

"솔라리스요! 솔라리스 하나만 받을 수 있을까요? 요새 잠을 통 못 자서."

해준은 그런 그녀를 바라보며 과연 눈앞에 있는 사람은 누굴까? 잠시 생각해보았다.

6장

이틀 후, 탐사선 미리내 호는 다시 출발했다. 이번에는 한 명이라도 더 찾기 위해서 오후 5시까지 비행했다. 하지만 이번에도 마찬가지였다. 싸늘하게 식어버린 아이 42명만 돌아왔을 뿐, 역시 생존자는 없었다. 다시 한 번 무균실은 눈물과 애끓는 절규로 가득 찼다. 전광판에 뜬 아이의 이름을 본 부모들은 실신하였고, 정아는 가슴을 쓸어내리며 그 모습을 쓸쓸하게 지켜보았다. 그 와중에 한 남자아이의 얼굴이 무심코 눈에 들어왔다. 굉장히 편안해 보이는 얼굴이었다. 마치 센 강에서 자살한 이름 없는 소녀의 미소처럼 그 아이도 옅은 미소를 짓고 있었다. 적어도 고통 속에서 죽은 것 같지 않았다.

'아이들이 마지막으로 본 모습은 무엇이었을까?'

해준은 문득 궁금해졌다. 부디 많이 아프지 않았으면 좋겠다! 그는 마음 깊이 빌고 또 빌었다. 그때 뒤에서 누군가의 오열 소리가 들렸다.

"아빠가 미안해! 지켜주지 못해서 아빠가…… 너무너무 미안해!"

이번에도 죽은 지 몇 시간 밖에 안 된 아이가 있었다. 지켜보는 이들 모두 안타까워했고, 그들 맨 앞에 있던 총무는 긴 한숨을 내쉬며 이렇게 말했다.

"출발이 하루만 더 빨랐으면, 아니 몇 시간만 더 빨랐어도 살릴 수 있었을 텐데……."

죄책감까지 느껴지는 말투였다. 그 모습을 보면서 해준은 윤재를 못 찾은 것이 어찌 보면 다행이라는 설익은 생각까지 들었다.

지친 상혁이 로비 의자에 쓰러져 잠든 사이, 정아는 화장실에서 눈물을 씻었다. 세면 거울을 바라보는 그녀의 눈빛은 점점 뿌옇게 흐려져 갔다.

'시간이 없다! 아무리 수진이가 의지 강한 아이라지만 점

점 갈수록 더 힘들어질 거다!'

그런 생각이 들어서인지 물기 머금은 그녀의 손은 덜덜 떨렸다. 그래서 그 길로 승연과 함께 휴게실에 있는 총무를 찾았다.

"그동안 대기권을 두 번 돌았으니까 이제는 최대한 멀리 보내봐요!"

둘은 그들의 아이들이 이미 달에 도착했을 거라 생각했다.

— 스웨덴 이스레인지 우주센터가 공개한 최신 위성 사진을 분석해 본 결과 달 주변에서 찍힌 희미한 발광물질은 에비에이션한 아이들로 추정된다.

세계적인 과학 잡지 〈네이처(Nature)〉 최신 호에 실린 기사를 보여주며 승연은 다음에는 탐사선을 달 근처까지 보내야 한다고 강력하게 주장했다. 잠시 고민하던 총무는 해준을 불렀다. 불필요한 오해를 줄이기 위해서는 다 같이 모여 논의하는 게 좋을 것 같다는 판단에서였다. 하지만 이야기를 들은 해준은 절대 안 된다며 단호하게 고개를 저었다.

"두 번밖에 안 갔어요. 아직 살아 돌아온 아이도 없고."

"두 번밖에라니요. 두 번이나 양보해줬으면 한 번 정도는 달 쪽으로도 가야 하는 거 아닌가요?"

정아는 최대한 침착하게 맞받아쳤다. 이 상황에서 이성을 잃으면 지는 거나 다름없다고 생각했다. 안 되겠다 싶은 해준은 솔직히 말할 수밖에 없었다.

"4일 전에 에비에이션한 우리 아들 윤재 먼저 찾아야 해요. 그 다음에 가요."

"당신 아들만 아들이야?"

참다못한 승연이 그에게 삿대질했다. 분위기가 심각해지자 해준 옆에 있던 주원이 조심스레 입을 열었다.

"저기…… 언니들, 그래도 아이 한 명이라도 찾은 다음에 멀리 가는 게 좋지 않을까요?"

그 말을 듣고 승연은 기가 차다는 듯 팔짱을 꼈다.

"저번에 현우가 한밤중에 에비에이션 했다면서요. 그럼 달로 향하는 거 아니에요?"

"그래도……."

순간 눈빛이 살짝 흔들렸지만 이내 다잡고 주원은 이렇게 말했다.

"그건 어디까지나 추측이잖아요. 저는 우리 아들이 지구 주위를 맴돌고 있는 것 같아요. 엄마로서 느낄 수 있어요."

정아도 그 말에는 동의했다. 자기도 분명 수진과 이어진 무언가를 느끼고 있었으니까. 과학으로는 절대 설명할 수 없겠지만…… 엄마를 부르는 딸의 목소리가 계속 귓가에 울려 퍼졌다.

"그래요. 그럼 달에 도착해서는요?"

해준이 시니컬한 목소리로 말을 이었다.

"그거 아세요? 우주에는 아주 강력하고 파괴적인 우주 방사선이 있는데 달에는 그걸 막아줄 보호 자기장이 없어요. 태양의 자외선을 흡수하는 오존층도 없고 지구 같은 대기도 없어요. 그리고 낮에는 100도가 넘고 밤에는 영하 173도까지 떨어져요. 더 쉽게 말해볼까요? 달은 인간이 절대 살 수 없는 환경이라고요."

"그러니까 우리 수진이랑 진영이가 죽었다는 뜻인가요?"

승연의 말에 해준은 답답하다는 듯 손으로 머리칼을 넘겼다.

"아니 몇 번 말해요? 살 가능성이 더 높은 아이들 먼저 살리자고요."

해준이 고압적으로 나오자 승연도 지지 않았다. 그녀는 진심을 다해 소리쳤다.

"우리는 당신네보다 더 오래 이렇게 지옥 같은 삶을 버텼어! 하루 이틀이 아니라 3주 가까이…… 제대로 숨 쉬지도 먹지도 자지도 못했다고. 너무너무 힘들어. 우리 아들이 살아 돌아오건 그렇지 않건……. 이제는 정말 결과를 보고 싶단 말이야!"

말을 마친 승연은 흥분이 가라앉지 않은 듯 바들바들 떨었다. 총무가 그런 승연을 위로해주려 가까이 다가갔지만 그녀는 괜찮다며 고개를 저었다.

"아니, 저도 딱한 거 충분히 알아요. 그동안 얼마나 힘드셨을지도 이해하고요. 하지만 좀 더 현실적으로 보자고요. 어떤 게 확률이 높을지. 그건 적어도 알 수 있잖아요."

"확률 따위는 필요 없어요."

정아는 해준에게 쏘아붙였다.

"지금 이런 분위기에서 한울이처럼 레저렉션 한 아이가 한두 명 더 나와 봐요. 그러면 정부에서 보내는 탐사선의 수가 배 이상 늘어날 거예요. 혹시 또 모르죠. 민간 우주선도 같이 운용할지. 그렇게 한 번에 수십 대가 출발하면, 그러면 수진 어머님이 바라시는 대로 달까지 향하는 탐사선도 분명 있을 거예요. 안 그래요?"

해준은 애원하는 눈빛으로 그렇게 덧붙였다.

"저도 비슷한 의견이에요."

주원도 한마디 거들었다. 승연이 눈을 흘겼지만, 이번에는 주원도 지지 않았다.

"그럼 딱 레저렉션한 아이 나올 때까지예요. 그 이상은 없어요."

정아는 그렇게 말하고 밖으로 나가버렸다.

그 사이 충격적인 뉴스가 들려왔다. 달이 예상보다 더 빠르게 팽창하고 있다는 소식이었다. 3주 전보다 무려 89퍼센트나 증가했다고 학자들은 발표했다. 달이 커짐에 따라서 인력 또한 증가했다. 해일은 더 커졌고 인명 피해는 더 심각해졌다. 그동안 전 세계적으로 1억 명에 달하는 사상자가 발생했다. 또한 노르웨이와 자메이카에서 보낸 민간 우주선은 달 쪽으로 빨려 들어가거나 빠져나오려고 애를 쓰다가 날개가 부러져서 폭발해버렸다. '옥타곤 엔진'도 어쩔 수 없다는 의견과 자동항법의 오류가 있었다는 의견이 서로 팽팽하게 부딪쳤다.

유엔 총회에 참석한 커민스 교수는 이렇게 말했다.

"이 추세대로면 한 달 후에는 41㎏, 6개월 후에는 83㎏ 중량까지 에비에이션 할 겁니다."

이러다 꼼짝없이 죽겠구나! 소식을 들은 전 세계인들은

공포에 휩싸였다. 이제 진짜 지구의 종말이 오고 있음을 피부 깊숙이 느낄 수 있었다. 세계 곳곳에서 대규모 시위가 펼쳐졌다. 더 늦기 전에 하루빨리 조치를 취해달라고, 이러다가 지구상에 살아남는 사람은 아무도 없을 거라고. 시위는 곧 폭동으로 이어졌다. 솔라리스를 뺏어가려고 무장 강도들이 은행과 어린이집, 공공시설, 일반 가정집을 털었고 그 과정에서 수많은 무고한 시민들이 희생되었다. 브라질에서는 정부가 사라지고 마피아 두목이 괴뢰 정부를 세웠다.

"그냥 달에 핵을 쏩시다!"

남아공 장관이 말했다.

"맞아요. 그 방법밖에 없습니다."

태국 대표도 맞장구쳤다. 그때 캐나다 총리가 손을 들었다.

"우리 아이들이 달로 향하고 있지 않습니까? 아이들은 어떡하려고요?"

"걔네들은 이미 다 죽었어요."

"맞아요. 가능성이 없습니다."

많은 나라 대표들이 부정적인 의견을 토로했다.

"전 세계적으로 레저렉션한 아이들이 한두 명씩 꾸준히 나오고 있지 않습니까?"

라트비아 대표가 우려 섞인 목소리로 말했다. 한울을 필두로 지금까지 9명의 아이들이 살아 돌아왔다. 하지만 그중에서 건강 상태가 괜찮은 아이는 한울이 혼자였다. 나머지는 식물인간 또는 뇌사 상태였다.

"지금 그런 애들이 문제입니까?"

"맞아요. 산 사람 먼저 살아야 하는 거 아니겠습니까?"

7시간이 넘는 장고의 토론 끝에 결국 핵을 쏘는 방안이 최종 후보로 결정되었다. 다만 달이 반으로 쪼개지는 것을 막기 위해서, 셰일가스 시추하듯이 달 표면 17군데에 구멍을 뚫고 거기에 중성자로 만든 핵폭탄을 설치하는 방식이 고안되었다. 예전 크기로 돌려놓는 건 불가능하지만 그래도 성공하면 달의 인력을 78퍼센트 이상 줄이는 효과가 있을 거라고 NASA 전문가들은 예상했다.

"단 한 번의 기회입니다. 만약 이게 잘못되면 지구는 더 이상 생명이 살 수 없는 곳이 될 겁니다. 각국 대표님들은 현명한 판단 부탁드립니다."

떨리는 사무총장의 마무리 발언은 그 어느 때보다 묵직하게 다가왔다.

전 세계적으로 갑론을박이 펼쳐졌다. 핵폭탄이 실패하면 종말이 더 빨라질 수도 있다는 생각에 지구촌 곳곳은 카오스 상태로 변했다. 사람들이 모인 자리에는 늘 기대와 걱정이 뒤섞여 격정적인 토론이 펼쳐졌다. 대부분은 '어쩔 수 없다! 이렇게 마냥 기다리다가 우리가 죽겠다!'라고 했지만 '그래도 조금 더 신중하게 접근해야 하지 않겠냐!'는 의견도 적지 않았다. 운명론자들은 이게 지구와 인간의 운명이라면 겸허히 받아들여야 한다고 말했고, 몇몇 정신 나간 종교인들은 신의 노여움을 푼다면서 다시 갓난아이들을 밤하늘로 올려 보내기도 했다.

"우리는 어찌하면 좋을까요?

청와대 집무실에서 대통령은 한숨을 쉬며 이렇게 물었다. 잠시 고민하던 운택은 신중한 목소리로 말했다.

"이제는 현실적으로 선택해야 할 것 같습니다. 우리도 국제 질서에 따라야 하지 않을까요?"

창밖을 내다보던 대통령은 고개를 끄덕였다. 조만간 오두막에서부터 고층 빌딩까지 건물이란 건물은 죄다 송두리째 뽑혀 굴러다닐지도 모른다. 더 늦기 전에 서둘러야 했다.

지금까지 탐사선을 보내 살아 돌아온 아이가 없음에도 불구하고 운택의 지지율은 떨어지지 않았다. 오히려 차갑게 식은 아이들을 끌어안고 눈물 흘리는 사진이 공개되자 시민들은 열광했다. 지적이다 못해 찔러도 피 한 방울 안 나올 것 같았던 평소 이미지와는 사뭇 달랐으니까. 그러다 보니 그의 차기 대선 선호도는 무려 87퍼센트를 기록했다. 대적할 사람이 없었다. 이변이 없는 한 당선은 확정적이었다. 대통령도 이제는 인정할 수밖에 없었다. 앞으로 살길은 이 사람에게 잘 보이는 거라고.

"저기……. 그리고…… 평창 거기에 나도 들어가게 해줘요."

그는 떨리는 목소리로 말했다.

"글쎄요. 자리가 있는지 모르겠네요."

"총리님, 부탁입니다. 앞으로 남은 기간, 제가 제대로 서포팅 해드리겠습니다."

대통령은 자존심을 버리고 운택에게 다가가 손을 부여잡았다.

"이러지 마세요! 각하!"

운택은 대통령을 만류했지만, 자기도 모르게 새어나오는 미소는 어쩔 수 없었다.

그동안 운택은 공약했던 대로 솔라리스로 벌어들인 수익의 일부분을 공공시설에 투자했다. 그리고 방화와 범죄를 막기 위해서 경찰과 소방관 역시 충원했다. 솔라리스 금액 또한 3분의 2 가격인 2억으로 낮췄다. 덕분에 좀 더 많은 시민들이 편안하게 잠자리에 누울 수 있었다. 모든 것은 그의 의도대로 진행되었다. 이제 그의 꿈은 손만 뻗으면 닿을 거리에 있었다.

전 세계 195개국 중에서 189개국이 찬성함에 따라서 핵폭탄 안이 최종 의결되었다.

"앞으로 4주 뒤에 핵탄두 17개를 실은 우주선을 출발시키겠습니다."

유엔 사무총장이 기자회견을 통해 공식 선언했다. 그 뉴스를 들은 '에비에이션 피해 부모 모임'은 초상집 분위기로 변했다.

"우리 아이들 중에 달로 향한 아이들은 이미 달에 도착했을 수도 있잖아요?"

한 회원이 거의 피를 토하듯 말했다.

"맞아요. 아직 어떻게 된 건지 정확히 알지도 모른 상태에서 핵을 쏘는 게 어디 있어요? 분명 우리가 모르는 세상이 있을 수도 있는데."

격양된 목소리로 승연은 말했다.

"아이들이 거기서 잘 지내고 있을 수도 있잖아요? 집에 갈 날만 기다리면서."

정아의 말에 다른 회원들 모두 깊은 한숨을 내쉬었다.

"총리님께 말씀드리면 안 될까요?"

"맞아요. 총리님은 언제나 우리 편이잖아요."

뒤에서 묵묵히 듣고 있던 해준은 어이없다는 듯 고개를 내저었다. 하고 싶은 말이 턱밑까지 차올랐으나 한 마디도 할 수 없는 지금 이 상황이 너무나도 안타까웠다. 그런 그를 옆에서 지켜보며 주원은 묘한 미소를 지었다. 마치 둘만의 비밀이라도 있는 듯한 표정이었다.

"이제 총리님은 제 전화를 받지도 않으세요."

긴 한숨을 내쉬며 총무는 말했다.

"바쁘신 게 아닐까요?"

잠시 뭔가를 생각하던 총무는 자리에서 벌떡 일어났다.

"안 되겠습니다. 한 번 더 우리 입장을 보여줘야 할 것 같습니다."

다음 날부터 탐사선 출발이 없는 날에는 회원들 모두 광화문 앞에 모여 피켓을 들고 행진했다. '달에 핵폭탄을 쏘지 말아 주세요. 우리 아이들이 있어요.' 하지만 이번에는 반대 시위도 만만치 않았다. 지구가 종말을 앞두고 있는데 어떻게 그런 황당한 주장을 할 수 있냐며, 당신들 이기심 때문에 인류가 멸종한다면 누가 책임질 거냐고 맹렬하게 비난했다. 그들은 4주도 너무 길다며 하루라도 빨리 핵탄두를 실은 로켓을 보내야 한다고 주장했다. 확실히 분위기는 예전 같지 않았다. 에피모 회원들이 구호를 외칠 새면 돌이라도 던질 기세였다.

“이제 그만해라!! 너희들에게 낸 세금이 아깝다!”

그러자 신변의 위협을 느낀 회원들은 겁을 먹고 뿔뿔이 흩어졌다. 화이트 클로버를 바닥에 두고 가는 회원도 있었다. 그래도 총무를 포함한 많은 에피모 회원들은 마치 예수가 골고다 언덕을 오르듯 묵묵히 한 걸음 한 걸음 청와대를 향해 걸어 나아갔다.

그날 오후였다. 줄줄 흘러내리는 땀을 닦으며 정아와 상혁이 거리를 걷고 있을 때 한 20대 남성이 흉기를 들고 총무에게 달려들었다.

“조심해요!!!”

먼저 확인한 상혁이 다급한 목소리로 외쳤다. 하지만 늦었다.

헉!! 순식간에 총무는 배를 부여잡고 쓰러졌다. 곧바로 주위에 있는 남자 회원들이 달려들어 범인을 제압하고 총무를 감쌌다. 공포에 빠진 여자 회원들은 서로를 붙잡고 바들

바들 몸을 떨었다. 잠시 후 경찰이 오고 총무는 앰뷸런스에 실려 갔다. 다행히 칼이 갈비뼈 끝에 걸려 목숨을 건질 수 있었지만 정말 아찔한 순간이었다.

다시 서울시 강당으로 돌아온 회원들은 그 어떤 말도 할 수 없었다. 싸늘한 침묵만이 그들을 감쌀 뿐이었다. 안 되겠다 싶었는지 부총무 승연이 단상 위로 올라갔다.

"앞으로 어떻게 하면 좋을까요? 총리님을 직접 만날까요? 아니면 돈을 더 주더라도 민간 우주선 알아볼까요?"

하지만 마땅한 의견은 나오지 않았다. 다들 불편한 시선으로 서로를 바라볼 뿐이었다. 뒷줄에 앉아 있던 주원은 해준을 바라봤지만 그는 손드는 것을 주저했다. 자신이 총리 아들이라는 것을 밝히면 여기서의 입지가 위태로워질 것 같다는 판단에서였다. 어떻게 하면 좋을까? 다들 고민하고 있을 때 사람들 머리 위로 정아의 손이 올라왔다.

"다음 집회 때 한울이가 오면 어떨까요? 한울이가 레저렉션의 상징이잖아요. 우리 모두의 희망이자 징표고요. 한울의 인터뷰가 우리에게 감동을 줬듯 한울이가 한 마디 해준다면 사람들 마음을 되돌릴 수 있지 않을까요?"

이에 많은 사람들이 고개를 끄덕였다.

"좋은 생각이에요."

"근데 요즘 한울이 소식 아세요?"

"그러게 두문불출하던데."

"그럼 괜찮으시다면 한번 알아봐주세요."

정아를 보며 승연은 엄지를 치켜세웠다.

"근데 이미 정부에서 오케이했고 전 세계가 승인한 건데 우리가 너무 무리하는 게 아닐까요?"

며칠 전에 합류한 회원이 그렇게 말하자 나이 지긋한 다른 회원이 곧바로 반박했다.

"그래도 우리 입장에서는 최대한 노력해봐야지. 달로 간 우리 아이들은 그대로 죽으라고?"

"네. 적어도 달에 핵 보내는 걸 늦출 수는 있잖아요. 그 사이에 우리 아이들 먼저 구하면 되고요."

주원의 말에 다들 고개를 끄덕였다.

"제가 꼭 한울이 데리고 올게요. 믿어주세요!"

정아는 그 누구보다 적극적이었다. 수진을 구할 수 있다면 영혼까지 팔 수 있었다.

정아는 홀로 춘천에 있는 병원으로 갔다. 한울모를 만나서 잠깐 한울을 만날 수 있냐고 묻자 그녀는 고개를 저었다. 한울의 상태가 예전 같지 않다는 게 그 이유였다.

"진짜요? 저번 인터뷰 때는 잘 회복 중이라고 했잖아요."

정아의 질문에 한울모는 그저 하늘만 바라보며 길게 한숨을 내쉬었다. 표정을 보니 거짓말 같지는 않았다. 한울모가 돌아서려고 하자 정아는 그녀의 손을 붙잡고 애원했다. 자기도 8살 딸을 잃어버렸다고, 그리고 3,000명 넘는 회원들 모두 한울과 같은 기적을 바라고 있다고. 정아의 눈빛에서 간절함이 느껴져서일까? 잠시 고민하던 한울모는 자기를 따라오라고 했다. 그녀의 뿌연 눈빛이 왠지 마음에 걸렸지만 정아는 서둘러 병원 안으로 따라 들어갔다.

하지만 그들이 도착한 곳은 소아병동도 재활병동도 아닌 정신병동이었다. 미친 듯이 고함을 지르는 환자들이 즐비한 가운데 정신없이 이리저리 오가는 중년 여자, 벽에 사정없이 낙서를 하는 젊은 남자가 보였다. 정아는 뭔가 불길한 기운이 느껴졌다.

'도대체 왜 한울이가 여기 있는 거지?'

복도 끝에 있는 방을 열자 침대에 앉아서 멍하니 창밖을 바라보는 한울의 뒷모습이 보였다. 환자복 너머로 등뼈가 도드라진 게 전에 만났을 때보다 훨씬 야윈 상태였다

"왜…… 그런 거예요?"

"모르겠어요. 저번 인터뷰 이후로 계속 상태가 안 좋아져서."

한울모는 말끝을 흐렸다. 정아는 의사의 허락을 구한 뒤 한울에게 조심스레 다가갔다.

"한울아! 안녕? 혹시 나 기억하니? 전에 공항에서……."

한울은 정아 얼굴을 천천히 바라보더니 이내 고개를 저었다. 그동안 무슨 일이 있었던 걸까? 아이는 뭔가에 홀린 사람처럼 눈빛이 탁해져 있었다. 정아는 애써 침착한 표정으로 아이의 손을 잡았다.

"한울아! 아줌마 딸이 아직 저기 위 하늘에 있어. 그래서 그런데…… 혹시 사람들 앞에 나와서 그때 어땠는지 이야기 해줄 수 있니?"

하지만 한울은 고개를 절레절레 저었다.

"싫어요. 나 다시 올라가기 싫어요."

"아니. 아줌마 말은 그게 아니라……."

"우리는 꿈만 꾸면 모양을 바꿀 수 있었어요. 나비가 되었다가 또 사자가 되었다가. 처음에는 너무 좋았어요."

갑자기 아이의 표정이 확 바뀌었다.

"그런데 그렇게 같이 놀던 친구들이 다 죽어버렸어요. 난

죽기 싫어요. 죽는 게 무섭다고요."

한울은 몸을 동그랗게 웅크린 채로 말하다 눈물을 와락 터뜨렸다. 정아는 조심스레 껴안으려 했지만 한울은 그녀를 확 밀어버렸다. 깜짝 놀란 한울모가 가까이 다가갔지만 정아는 괜찮다며 그녀에게 손을 내밀었다.

"괜찮아. 괜찮아. 그동안 많이 힘들었지? 근데 그거 한울이 탓 아니야. 한울이 잘못도 아니고."

"거짓말!! 어른들은 다 내 말을 믿지 않아. 진실을 말하는데도 아니라고 하고……. 꾸며내지 말라고 하고……. 내가 본 건 뭔데. 내가 겪은 건 다 뭔데."

"한울아……. 아줌마는 한울이 말 믿어."

정아는 자기 손을 한울의 손에 포개봤지만 아이는 이내 손을 뺐다. 더 이상 듣기 싫다 듯 창가로 몸을 돌렸다. 할 수 없이 병실 밖으로 나온 정아는 한울모에게 물었다.

"혹시 외상 후 스트레스인가요?"

"모르겠어요. 어느 순간 과묵해지더니 좀처럼 잠도 못 자고……."

정아는 어떻게 말을 꺼내야 할지 막막했지만 그래도 용기를 냈다.

"힘들다는 거 저도 잘 압니다. 절대적인 안정이 필요하겠죠. 하지만 한울이가 모임에 나와서 한 마디만 해준다면 정말 큰 힘이 될 것 같아요."

"죄송합니다."

"한울이 덕분에 딸을 찾을 수 있다는 희망을 품게 되었어요. 작은 불꽃 하나 저희에게 남겨주세요. 부탁입니다."

"조심히 들어가세요."

한울모는 고개를 숙여 인사하고는 병실 안으로 들어갔다. 이내 닫힌 문 너머로 아이의 신음 소리가 들려왔다. 정아는 터덜터덜 발걸음을 옮기다가 뒤돌아서 병실을 다시 바라봤다.

잠시 후, 정아는 한울의 병실 바닥으로 곱게 접은 그림 하나를 집어넣었다.

'제발 마음이 바뀌기를.'

문 앞에서 짧게 기도한 다음 그녀는 다시 길고 긴 복도를 쓸쓸히 걷기 시작했다.

같은 시각, 국회 앞에서는 총무와 승연의 삭발식이 거행되고 있었다. 승연의 길고 긴 머리칼이 바닥으로 뚝뚝 떨어지자 뒤에서 그녀를 바라보는 승연 남편의 눈에서도 눈물이 뚝뚝 떨어졌다.

"진영 엄마, 진영 엄마……."

하지만 에피모 회원들을 제외하고는 그 누구도 삭발식에 관심이 없었다. 국회의원이나 국회 관계자 한 명 찾아오지 않았다. 시민들도 마찬가지였다. 다들 냉소적인 시선으로 잠시 보다가 지나칠 뿐이었다. 한쪽 구석에서 ***<달에 핵폭탄을 보내지 마세요!>*** 피켓을 들고 서 있던 해준은 더 이상 견디지 못하겠는지 바닥에 피켓을 집어던지며 *버럭* 소리를 질렀다.

"이게 지금 뭐 하는 건가요? 이럴 바에는 차라리 총리를 고발합시다!!"

"무슨 죄목으로요."

옆에 있던 상혁이 물었다.

"횡령과 배임으로요. 솔라리스 사건 아시잖아요. 레저렉션도 똑같은 겁니다."

에피모 회원들이 무슨 소리인가 싶어서 그를 바라보았다.

"한울이 레저렉션 아무래도 조작 같습니다."

"말도 안 되는 소리 하지 마요. 그럼 다른 나라 아이들은요?"

"한울이처럼 건강하게 돌아온 아이들이 없어요. 다 화상을 입거나 식물인간 상태라고요."

"그럼 누가 조작이라도 한다는 거예요?"

"총리가요. 당신들이 그렇게 구세주처럼 떠받드는 차운택 총리가요."

그 말을 듣고 있던 상혁은 입술을 꽉 깨물었다. 그러거나 말거나 해준은 계속 떠들어댔다.

"한울이는 아무래도 정부에서 심은 아역 배우 같습니다. 저번에 커민스 교수와 인터뷰할 때 보셨지요? 예상치 못한 질문이 들어오니 당황하다가 갑자기 발작을 일으켰잖아요. 그때 시선 보셨나요? 어딘가를 향했어요. 마치 누군가의 지시를 받은 것처럼, 정부가 준 대본을 그대로 외운 게 확실합니다. 게다가 조사해보니까 모친이 젊었을 적 극단에 있었다고 해요."

"맞아!! 달에 핵폭탄 보내려는 걸 보니 총리는 우리 편이 아니었어!" "배신자야! 배신자!"

여기저기서 해준을 옹호하는 목소리가 터져 나왔다.

"너무 억측입니다."

총무가 말했다.

"도대체 무슨 근거로 그렇게 말하시나요?"

"아니에요. 차운택은 그러고도 남을 사람입니다. 제가 누구보다도 잘 압니다."

그때 듣다 못한 상혁이 자리에서 벌떡 일어났다.

"아니 씨발!! 지금 무슨 말 하는 거야? 그러면 한울이는 조작된 거고 하늘에 올라간 아이들은 다 죽었다는 거야? 우리 딸 그리고 당신 아들, 여기 있는 사람 아이들까지 싹 다?"

"아니 누가 죽었다고 했어요? 탐사선을 제대로 작동 안 시켰다는 거지. 가는 시늉만 하고 제대로 찾지 않았다고요. 말이 안 되잖아요. 불과 며칠 전에 에비에이션한 아이가 죽어서 돌아오는 게……."

"무슨 말도 안 되는 소리하고 있어. 씨발!!"

상혁이 해준에게 달려가서 그의 멱살을 잡았다. 해준 편에 선 사람들과 상혁 편에 선 사람이 서로 달려들어서 한바탕 몸싸움을 벌였다. 그걸 보고 지나가는 사람들이 핸드폰을 들어 동영상을 찍었다. 그때 누군가가 소리를 질렀다.

"이 개새끼들아!! 지금 대체 뭐 하는 거야?"

승연 남편이었다.

"우리 와이프는 지금 여자로서 자존심 다 버리고 삭발까지 하는데……. 자꾸 그러면 진짜 이걸로 다 쑤셔버릴 거야!!"

면도칼을 들고 그는 회원들에게 휘둘렀다. 승연이 뒤에서 말리지 않았다면 진짜 그러고도 남을 눈빛이었다. 회원들은 순간 조용해졌다. 총무가 마이크에 대고 차분하게 타이르듯 말했다. 아직 정리되지 않은 머리카락이 지저분하게 그의 정수리에 남아있었다.

"네! 이제 제발 좀 그만하세요. 아이들 안 찾을 거예요? 아이들은 구조될 날만 기다리며 일분일초 힘들게 숨 쉬고 있는데 진짜 우리 이래도 되는 거예요?"

그제야 상혁은 잡았던 해준의 멱살을 내려놓았다. 하지만 서로 노려보는 눈빛은 차마 거두지 못했다.

다음 날 광화문 시위 현장에는 비가 추적추적 내렸다. 그동안 통 소식을 들을 수 없었던 한울이가 올 수도 있다는 소식에 시민들뿐만 아니라 기자와 정부 관계자들도 꽤 많이 찾아왔다. 이미 한울은 전국적으로 유명 인사가 된 지 오래였다. 사람들은 '달에서 온 아이'라 부르며 기대감 가득한 눈빛으로 한울을 기다렸다. 하지만 무대 뒤는 전혀 다른 분위기였다. 정아는 계속 전화했지만 한울모는 받지 않았다.

"과연 올까요? 날씨도 이런데……."

민머리의 승연이 걱정하며 물었다.

"올 거예요. 전 믿어요."

정아는 확신에 가득 찬 눈빛으로 그렇게 답했다.

하지만 약속 시간이 지나자 우산을 쓴 채 기다리던 시민들은 한두 명씩 입을 내밀었다.

"도대체 언제 오는 거야?"

"올 때 지나지 않았어?"

"뺑인 건가!"

"역시 에피모!!"

멀리서 들리는 사람들의 비아냥거림이 신기하게도 정아 귀에 쏙쏙 꽂혔다. 예정 시간 10분이 지나고 또다시 15분이 흘렀다. 다들 짜증 내면서 자리를 뜨려고 할 때 누군가가 외쳤다.

"저거 구한울 아니야?"

"맞아! 맞는 것 같아~."

그들이 가리킨 곳에 정말 한울이가 있었다. 한울모의 우산 아래서 한울부는 한울의 휠체어를 밀며 천천히 무대를 향해 다가오고 있었다. 너무 반가운 마음에 정아는 우산도 쓰지 않은 채 그들에게 달려갔다.

"와줘서 정말 고마워요!"

"죄송해요! 조금 늦었죠?"

한울모가 정아를 보며 말했다. 정아는 허리를 굽힌 후 한울의 손을 꼭 잡았다. 그러자 한울이 희미하게 미소 지었다.

"아줌마가 그려준 그림을 보고 용기를 얻었어요."

어제 정아는 병원 복도 의자에 앉아 펜으로 A4 용지에 그림을 그렸다. 깜깜한 우주 너머로 나비가 된 친구, 별이 된 친구 사이에서 즐겁게 노래 부르는 한울의 모습이 그려진 그림이었다. 그 아래 정아는 이렇게 적었다.

'난 한울이 말 믿어. 왜냐하면 아줌마 딸이 옆에 있다면 분명 그렇게 말했을 테니까.'

잠시 후, 한울은 단상 위로 올라갔다. 자기를 호기심 어린 시선으로 지켜보는 수많은 사람들을 보자 아이의 시선은 불안해졌고 호흡은 거칠어졌다. 당장이라도 내려가고 싶다는 충동이 일었다. 하지만 고개를 끄덕이는 정아를 보며 한울은 용기를 냈다.

"만약 우주선이 없었다면……. 저는 지금도 깜깜한 우주를 떠돌고 있을 거예요. 아무 소리도 들리지 않고 또 아무것도 느껴지지 않는……. 친구들이 다 떠나고 너무너무 외롭고 힘들었는데, 그때 저 멀리서 생명의 빛이 느껴졌어요. 그리고 그토록 그립고 보고 싶었던 엄마 아빠를 만날 수 있게 되었네요. 아직도 저 위에는 제 친구들이 있어요. 엄마의 손길을 그리워하고 또 아빠의 목소리를 그리워하는……. 여기 계신 어른들께 진심으로 부탁드려요. 부디 우리를 잊지 말아주세요."

한울의 잔잔한 목소리가 마이크에 실려 집회에 모인 수많은 사람들에게 전달되었다. 다들 마음이 뜨거워졌다. 정아는 가슴에 손을 얹고 아이의 말에 귀를 기울였다. 언제 그랬냐는 듯 한울은 다시 총명한 모습으로 돌아왔다. 다행이었다. 혹시나 다시 아플까봐 걱정했는데…….

"봐요, 사람들 표정이 달라졌어요."

승연의 말대로 기자나 정부관계자 모두 호의적인 시선으로 한울을 바라봤다. 특히 한울이 엄마 아빠를 하염없이 기다리며 친구들과 나눴던 이야기를 할 때는 훌쩍훌쩍 눈물 흘리는 사람들도 많았다.

"언니! 잘했어요. 큰일 하나 해냈네요."

주원이 정아 곁으로 다가오며 말했다.

"아니, 내가 한 게 뭐 있다고요. 승연 씨는 머리까지 깎았는데."

정아는 승연의 머리를 보며 마음이 아렸다. 여자가 머리카락을 포기한다는 게 어떤 의미인지 그녀는 누구보다 잘 알고 있었다.

"진영이가 살아 돌아온다면 이 정도 쯤이야!"

아무렇지 않다는 듯 밝게 미소 짓는 승연의 모습에 정아도 희미하게 웃었다. 그때였다. 다시 무대 쪽으로 시선을 돌리던 그녀는 헉!! 숨을 크게 들이켰다.

"언니! 왜 그래요? 괜찮아!!"

놀란 주원이 물었다. 무언가를 본 정아는 떨리는 손으로 입을 틀어막았다.

"너가…… 어떻게……."

객석에 앉아 있는 사람은 다름 아닌, 용달이었다. 용달은 깨진 카메라를 들고 원망 가득한 눈빛으로 정아를 쳐다보았다. 자기도 모르게 정아는 계속 뒷걸음쳤고 그 모습을 본 총무가 재빨리 달려가 그녀의 팔을 잡았다. 아찔했다. 하마터면 단상 아래로 떨어질 뻔했으니까.

"왜 그래요? 정아 씨!"

정아가 거칠게 호흡하며 다시 고개를 들자 용달, 아니 용달과 너무나도 닮은 용달모가 앉아 있었다. 그녀는 ***<내 아들을 죽인 살인자!>***라는 피켓을 든 채 정아를 노려보았다.

"어때? 너도 이제 내 기분을 알겠지? 내 아들 데려와. 네가 죽인 내 아들 데려오라고."

"아니…… 일부러 그런 거 아니에요. 진짜예요. 믿어주세요."

충격으로 정아는 벌벌 떨었다.

"왜 그래요? 언니! 도대체 왜 그래요?"

주원이 옆에서 팔을 잡았지만 정아는 계속 앞을 보며 중얼거렸다.

"오지 마세요!! 오지 말라고!!"

그때 용달모가 깨진 카메라를 들고 그녀에게 다가오자 정아는 황급히 밖으로 내달리기 시작했다.

"어디 가요?" "어디 가!!"

뒤에서 승연과 총무가 소리 높여 불렀지만 그녀 귀에는 들리지 않았다. 그러다가 뒤늦게 행사장 안으로 들어오던 해준과 부딪쳤고, 그 바람에 신고 있던 운동화 한쪽이 벗겨졌다.

"앗! 죄송해요."

해준은 고개 숙였지만 정아는 다시 신발을 신을 겨를도 없이 그저 앞만 보고 내달렸다.

"미안해요. 실수였어요! 내가 일부러 죽인 거 아니라고요!"

"네? 정아 씨!!"

한쪽 운동화를 든 채 해준이 소리쳤지만 그녀는 뒤도 돌아보지 않았다.

정아는 서둘러 차에 타자마자 시동을 걸었다. 맨발이었고 또 정신이 하나도 없었지만 운전대를 잡은 두 손은 놓지 않았다. 어디로 가는지도 알 수 없었다. 그저 여기를 빨리 벗어나고 싶은 생각뿐이었다. 그때 전화가 왔다. 상혁이었다.

"자기야! 무슨 일 있어? 갑자기 사라졌다며."

회사에서 일하던 그는 총무에게 연락받고 곧바로 전화한 것이었다.

"용달이랑 용달이 엄마 봤어! 나한테 살인자라고 적힌 피켓을 들고 있었다고."

"그게 도대체 무슨 말이야! 용달이는 죽었잖아!! 아줌마는 고향으로 돌아가셨고."

"아니야! 분명히 내 앞에 있었어! 두 눈으로 똑똑히 봤어!"

정아는 거의 절규하듯 소리를 질렀다. 그때였다. 왼쪽으로 핸들을 돌리다가 한 아이가 뒤늦게 횡단보도로 다가오는 것을 본 정아는 황급하게 브레이크를 밟았다. *끼이이익~!* 긴 파열음을 내며 그녀의 차는 노면 위로 미끄러졌다. 그리고 그 순간, 잊고 있었던 7개월 전 그날의 기억이…… 정아의 머릿속에서 선명하게 재생되었다.

전시회 이틀 전이었다. 회랑에 전시 작품을 진열해놓고 어린이집에서 수진을 픽업하고 집으로 돌아오는 길이었다. 밤샘 작업 하느라 피곤한 정아는 연신 눈을 비비면서 운전을 했다.

"오늘 점심에 뭐 나왔어?"

하지만 수진은 답을 하지 않았다. 룸미러로 본 딸은 아무것도 안 들린다는 듯 그저 밖만 내다보고 있을 뿐이었다. 그날이 있고 나서 수진은 입을 굳게 닫아버렸다. 토라진 게 생각보다 오래갔다. 어떻게 해야 하나 정아가 고민하고 있을 때 수진이 갑자기 입을 열었다.

"엄마! 저기 혹시……."

수진이 가리킨 방향으로 고개를 돌리자 멀지 않은 곳에 용달이가 보였다. 용달은 카메라로 이것저것 찍고 있었다. 아마 동네 사람들 모두 그를 외면하자 도로 쪽으로 나온 모양이었다. 그때였다. 갑자기 뭔가에 홀린 듯 용달은 차도 쪽으로 가까이 다가왔다. 도로 표지판이나 신호등을 찍으려는 듯 카메라를 위로 든 채 아이는 바쁘게 도로 위를 내달렸다. *빵빵!* 옆에서 다른 차들이 경적 소리를 내며 위태롭게 그의 옆을 지나갔다. 그 모습을 본 정아는 깜짝 놀라서 용달에게 소리를 질렀다.

"용달아~, 조심해!!"

하지만 들리지 않는지 용달은 8차선 한가운데로 정신없이 내달릴 뿐이었다. 주위에 있던 차들이 급정거를 했고, 운전자들은 창밖으로 고개를 내밀며 거칠게 욕을 내뱉었다.

"야 이 새끼야! 미쳤어?"

"죽으려고 환장했어?"

하지만 용달은 그저 손을 뻗어 카메라만 바라볼 뿐이었다.

"오빠! 왜 저러는 거지?"

뒤에서 수진이 걱정스러운 목소리로 말했다. 저러다가 금세라도 다른 차에 부딪칠 것 같았다. 안 되겠다 싶었는지 정아는 차선을 바꿔서 용달에게 달려갔다. 정신이 없다보니 방향 지시등을 켤 생각도 못했다. 가까이 다가가서 *빵빵!!* 클랙슨을 울리자 그제야 용달은 뛰던 걸음을 멈추고 정아를 바라봤다. 수진은 손을 흔들었고 용달도 그런 수진을 발견하고 배시시 웃었다.

"오빠!!"

"수진아, 안녕……!!"

서로의 시선이 마주치던 바로 그 순간, 반대 방향에서 빠른 속도로 달려오던 트럭이 용달을 덮치고 지나갔다. 헉……! 순간 정아는 숨이 멎었다. 방금 눈앞에 펼쳐진 모습을 도무지 믿을 수 없었다.

"오빠!! 용달 오빠!!"

수진이 비명을 질렀다.

"너…… 여기에 있어. 절대 나오지 마."

정아는 딸에게 당부하며 미친 듯이 밖으로 뛰쳐나갔다.

"용달아……. 용달아!!"

소리치며 달려간 정아는 용달을 끌어안았다. 바닥에 쓰러진 용달의 코와 입에서 피가 줄줄 흘러나왔다. 다리는 이미 반으로 꺾인 상태였다. 정아는 울먹이며 주변에 몰려드는 사람들을 향해 소리쳤다.

"빨리 119 불러주세요? 빨리요!!"

"아줌마……. 카메라, 제 카메라……."

"용달아! 금방 앰뷸런스 올 거니까 조금만 더 기다려. 알겠지?"

정아는 손으로 용달의 얼굴을 감싸며 그렇게 속삭였다. 하지만 피범벅이 된 채 정아를 희미하게 바라보던 용달의 숨은 점점 가냘파지더니…… 이내 멎고 말았다. 그의 팔이 힘없이 아래로 툭! 떨어졌다.

'그래, 내가 그랬어. 내가 용달이를 차도로 민 거야!'

정아는 그때 자신을 바라보던 용달의 모습을 잊을 수가 없었다. 자기 품에 안겨 꺼져가는 한 생명의 모습을.

"아니, 아줌마! 운전을 왜 이따위로 해요? 큰일 날 뻔했잖아요!!"

아이의 손을 잡은 엄마가 다가와서 차창을 손으로 거세게 두드렸다. 하지만 정아는 고개를 들 수 없었다. 그저 핸들에 고개를 파묻은 채 불규칙적인 숨만 거칠게 내뱉을 뿐이었다. 보조석 위에 핸드폰이 계속 울렸지만 그녀는 받을 수 없었다.

✦

다섯 번째 우주 비행을 마치고 탐사선은 다시 송도우주센터로 돌아왔지만 역시 생존자는 없다. 싸늘하게 식어버린 아이들의 시신만 침대에 실려 무균실로 들어갈 뿐이었다. 로비에서 초조하게 서성이던 회원들은 전광판에 있는 명단을 확인하면서 망연자실한 표정을 지었다. 그리고…… 마지막에 확인된 아이의 이름은 '송현우'였다. 놀란 해준이 옆에 있는 주원을 바라보았다.

"저거 우리 현우 맞죠?"

주원은 나지막이 읊조리더니 정신없이 무균실로 뛰어갔다. 들어가보니 의료진이 아이들을 소독하고 있는 가운데 유리창 너머로 흰 천에 씌워진 작은 아이가 보였다. 현우였다.

"우리 현우…… 우리 현우……."

주원은 유리창을 두드리며 오열했다.

"우리 현우 살려내라고 이 새끼들아!!"

뒤늦게 온 정아와 승연도 현우를 바라봤다. 아이는 편안한 표정을 짓고 있었다. 너무 귀여운 아이인데……. 정말 남일 같지 않았다. 눈물이 나오는데 닦을 수조차 없었다.

"언니! 나 이제 어떻게 살아요? 현우가 나한테 얼마나 소중한 아이인데……."

흐느끼는 주원에게 정아는 무슨 말을 해야 할지 막막하기만 했다. 그저 주원의 등을 토닥일 뿐이었다.

한 시간 정도 지나니 주원의 감정은 조금씩 잦아들었다. 정아는 집에서 준비한 마카롱 하나를 건넸다. 처음에는 먹는 둥 마는 둥 하던 주원은 남김없이 맛있게 잘 먹었다. 어느 정도 기운을 차린 걸까? 자리에서 벌떡 일어난 주원이 곧바로 정부 관계자에게 다가갔다. 보상금 수령 절차에 대해 묻자 관계자는 관련 자료에 서명하면 모레까지 위로금 2억을 입금하겠다고 했다.

"2억이요? 전에는 3억이었잖아요?"

주원이 신경질적으로 말하자 관계자는 난감해하며 에비에이션 피해자가 너무 많아서 4일 전부터 일괄적으로 2억으로 줄이기로 했다고, 대신 솔라리스 50퍼센트 할인권이 제공된다고 덧붙였다.

"아니. 누구 마음대로 이딴 식으로 바꾼 거예요?"

주원은 고래고래 소리를 질렀다.

"우리 아들 목숨이 이것밖에 안 돼요? 그동안 내 모든 걸 다 바쳐서 먹이고 재우고 키웠어요. 근데 고작 2억이요? 저 차운택 총리 잘 아는데요! 제가 직접 물어볼게요. 진짜 이게 전부냐고."

주원의 말에 관계자는 당황한 표정을 지었다. 옆에서 다른 회원들도 황당한 표정으로 그녀를 쳐다봤다. 총무가 다가가서 일주일 전에 합의된 사안이라며 먼저 말씀 못 드려서 죄송하다고 하자 그제야 주원은 주변의 시선을 살피고는 길게 한숨을 내쉬었다.

"에휴~, 진짜 너무하네."

그러면서 그녀는 서류를 챙겨 밖으로 나갔다.

"재 좀 이상하지 않아?"

"친모 맞아?"

"사진 보니까 똑같이 생겼던데."

"그럼 도대체 정체가 뭐지?"

회원들 모두 한마디씩 했다. 정아도 조금 이상하다 생각했지만, 그래도 그게 주원의 타고난 성격이라 생각했다. 밖으로 나가보니 주원은 라커룸에 있는 자신의 짐을 챙기고 있었다.

"언니! 그동안 고마웠어요."

"아니에요. 주원 씨! 마음 잘 추스르고…… 힘내세요!!"

정아가 할 수 있는 말은 여기까지였다. 주원은 정아를 한 번 끌어안더니 우주센터 밖으로 향했다. 정아는 마지막까지 그녀를 배웅했다. 친한 동료 한 명이 떠나간다니 마음이 쓸쓸했다.

"아! 언니~, 혹시 해준 씨 못 봤어요? 전화도 안 받고."

"정 기자님이요? 글쎄요. 아까 로비에서 보고 못 봤어요."

"이상하다! 어디 있는 거지?"

주원은 고개를 갸웃했다. 떠나는 그녀에게 정아는 손을 흔들었지만 한 번도 뒤돌아보지 않았다. 한참 울어서 그런가! 주원의 뒷모습은 왠지 홀가분해 보이기까지 했다.

오늘도 윤재를 찾지 못하자 해준은 공황 상태에 빠졌다. 이러다가 진짜 윤재 못 찾는 거 아니야? 그런 위기감에 몸에 한기까지 느껴졌다. 송도우주센터 옥상에서 그는 맞바람을 맞으며 줄담배를 폈다. 수애에게 뭐라고 전해야 하나? 맨날 똑같은 말만 반복하다보니 이제 더 이상 할 말도 남지 않았다. 종이컵에 꽁초 다섯 개 쌓였을 때 그는 다시 한번 마음을 잡았다.

'조만간 찾을 수 있을 거야. 분명 찾을 수 있어!'

그렇게 스스로에게 주문을 걸며 주차장으로 향하는데 누군가가 그의 차 앞에 서 있었다. 주원이었다.

"해준 씨!!"

슬픔에 잠긴 표정으로 그녀는 다가왔고, 해준은 주원의 어깨를 토닥이며 정말 유감이라고 말했다. 잠시 그의 품에서 흐느끼던 주원은 고개를 살짝 들었다.

"혹시 괜찮으시다면 저 술 한잔 사주시면 안 되나요?"

눈 주변이 마스카라 범벅된 그녀를 보며 해준은 고개를 끄덕였다.

둘은 인천에 있는 와인바로 향했다. 그곳 역시 솔라리스가 설치되어 있었다.

"여기서는 늦게까지 술 먹어도 되니까 얼마나 좋아. 그쵸?"

살짝 취기가 돌았는지 주원의 혀는 점점 짧아졌다.

그동안 술의 소비량은 급격히 늘었다. 제정신이 아닌 세상에서 맨정신으로 살아남기란 쉽지 않은 법이었다. 창밖을 보니 무수한 불빛들이 암흑의 밤하늘 위에서 거칠게 얽히고 있었다. 오늘도 에비에이션한 아이들이 있는 게 분명했다.

"진짜 해준 씨 술 안 할 거예요? 그러지 말고 해요, 해!! 저기요. 여기 발렌타인 30 한 병이요!"

주원은 발그레한 얼굴로 손을 들었다.

"저기, 저는 괜찮은데……."

해준이 손을 들어 사양했지만 주원은 아랑곳하지 않았다.

"제가 살게요. 우리 아들 죽어서 제가 돈 많이 벌었거든요. 그 돈으로……."

그렇게까지 말하니 해준은 사양할 수 없었다. 이윽고 싱글 몰트 위스키 한 잔이 그의 앞에 놓였고 주원은 기대에 찬 표정으로 그를 올려다봤다. 술잔에 영롱하게 찰랑거리는 술을 보니 해준의 마음은 갑자기 무거워졌다.

'더 버틸 수 있을까?'

앞으로 얼마나 힘들지 감히 예상할 수 없었기에 더 힘들었다. 마음 한구석에는 이제 다 내려놓고 싶다는 충동까지 일었다. 잠깐 망설이던 그는 에라 모르겠다는 심정으로 독한 위스키를 한입에 털어 넣었다.

"와~, 해준 씨! 술 잘하신다!"

"죄송해요. 제가 너무 빨리 마셨죠?"

술 한 모금 들어가니 마음속에 응어리진 게 조금 풀리는 느낌이었다. 다들 이래서 술을 먹는구나 싶었다. 몇 잔 더 연거푸 들이켜니 바에 흐르는 블루스는 달콤했고, 천장을 밝히는 불빛은 마음에 부는 바람 속에서 춤을 추듯 일렁였다. 그때 그가 느낀 것은 이상한 종류의 권태였다. 평화로울 정도로 시간이 천천히 흘렀고, 무책임한 온기가 그의 몸을 휘감았다.

"주원 씨에게 현우는 어떤 존재인가요?"

"너무너무 사랑스런 아이였지요."

그녀는 씁쓸하게 읊조리듯 말했다. 하지만 그 이상 말하지 않았다. 더 묻는 건 실례인가! 하는 생각까지 들 정도였다.

"해준 씨에게 윤재는요?"

"저에게…… 우리 아들 윤재는요……."

위스키 잔에 든 얼음을 돌리면서 해준은 점점 과거로 침잠해갔다.

윤재를 갖게 된 건 실수였다. 자기를 오랫동안 짝사랑하는 대학 후배 수애랑 술김에 자게 되었고 그녀는 털컥 임신을 해버렸다. 스물셋이라는 어린 나이에 아기를 지우냐 마나 갈림길에서 해준은 후자를 선택했다. 아이를 지우면 자기도 아버지 윤택과 다를 바가 없다 생각했으니까. 자기는 어떠한 순간에도 포기하지 않을 거라고. 원치 않는 임신이었지만 그래도 한 생명을 끝까지 책임지겠다고 그는 마음을 먹었다.

하지만 태어난 아들을 품에 안았을 때 그는 자기와 조금 닮았다는 생각 외에는 별다른 감정이 느껴지지 않았다. 눈물 흘리는 사람도, 전율이 돋는 이도 있다 했지만……. 그는 그저 뭔가 알 수 없는 무게감만 느껴질 뿐이었다. 제대로 움직이지도 몸을 가누지도 못하는 윤재를 보면서 '내가 평생 이 아이를 잘 돌볼 수 있을까?' 막막함에 두려움까지 더해졌다. 이것도 다른 종류의 부성애라고 말하면 할 말이 없겠지만……. 그렇다고 아이를 위해 모든 것을 다 내놓고 싶지는 않았다.

"지금까지 전 좋은 아빠가 아니었어요. 그저 앞만 보고 살았거든요. 내가 가는 길이 가족의 길이라 생각하고 무작정 달렸던 것 같아요. 아들 숙제 한번 못 봐주고 딸이랑 재밌게 놀아주지도 못하고. 그동안 제대로 된 추억 하나 없어서 더 가슴이 아프네요."

"아니에요. 해준 씨는 좋은 사람이에요."

주원이 긴 손톱으로 얼음 잔을 긁으며 말했다.

"그런가요?"

"네! 맞아요. 저는 처음부터 느낄 수 있었어요."

그렇게 말하며 주원은 그의 팔에 자신의 얼굴을 기댔다. 해준은 순간 깜짝 놀랐다. 그녀의 입술이 살짝 열려 있었으니까. 당황한 그에게 주원은 점점 가까이 다가왔다.

"그거 아세요? 저 해준 씨 많이 좋아해요."

그러면서 주원은 해준에게 키스했다. 분위기에 취했는지 해준은 자기도 모르게 가느다란 손가락으로 그녀의 볼을 부드럽게 감쌌다. 그녀의 입술은 달콤했다. 그리고 따뜻했다. 그 순간, 깜깜하게 닫혀 있던 시야 너머로 불현듯 윤재 얼굴이 떠올랐다. 깜짝 놀란 해준은 서둘러 입술을 뗐다.

"이러면 안 될 것 같아요."

"왜요?"

주원은 끈덕진 눈빛으로 원망하듯 물었다.

"그게……."

"해준 씨! 저랑 같이 떠나요. 아픈 기억 다 던져버리고 우리 다시 새로 시작해요."

해준은 순간 흔들렸다. 지긋지긋한 지난날을 떨쳐버리고 하루하루 새롭게 채워나가고 싶다는 욕망이 일었다. 하지만…… 하지만……. 그럴 수 없었다. 그에게 가장 중요한 것은 가족이니까. 잃고 나니 알게 된 사실이었다.

"죄송해요."

해준은 서둘러 자리에서 일어났다. 주원은 그의 손을 다시 잡았지만 해준은 천천히 고개를 저었다. 그리고 뒤도 돌아보지 않은 채 밖으로 나가버렸다.

거리에 나온 해준은 밤하늘을 올려다보았다. 초록빛 오로라가 춤을 추듯 깜깜한 밤하늘을 휘젓고 있었고, 강한 바람이 황량한 거리를 휩쓸고 지나갔다. 이내 차디찬 기운이 그의 머리칼을 거칠게 흩날렸다. 해준은 손가락을 들어 그의 입술을 한 번 만져보았다.

힘겹게 병원으로 돌아온 해준은 작은 의자를 하나 가져와 침대에 누워 있는 아내에게 다가갔다. 작게 코를 골고 있었다. 해준이 그녀 손을 자신의 입술에 갖다 대자 수애는 조금씩 눈을 떴다.

"왔어? 왜…… 무슨 일 있었어?"

"아니……, 아무것도."

그러면서 해준은 아내의 머리칼을 쓸어 올렸다. 그동안 고되었는지 이마가 땀으로 흥건했다.

"우리 윤재 찾을 수 있겠지?"

"당연하지. 이제라도 아빠 노릇 제대로 하려면."

해준이 잠긴 목소리로 말했다. 그런 남편의 볼을 부드럽게 쓰다듬으며 수애는 입을 열었다.

"예전에 윤재가 말했어. 자기도 나중에 크면 아빠처럼 기자 될 거라고, 그래서 세상을 바꾸는 사람이 되고 싶다고……. 그러니까 아빠가 바빠도 그리고 집에 잘 안 들어와도 이해해주자고. 우리가 누리고 있는 게 다 아빠가 짊어진 외로움의 값이니까."

그 이야기를 듣는 순간, 해준의 마음속에 뜨거운 것이 치밀어 올랐다. 입술을 깨물어도 미간을 찌푸려도 막을 수 없었다. 결국 그의 눈에서 한 가닥 눈물이 눈초리를 지나 주르르륵 흘러내렸다.

"미안해. 정말 미안해……!"

"아니야. 지금까지 자기 잘 해왔잖아. 우리 윤재만 돌아오면 돼. 그러면 돼."

그렇게 말하며 수애는 흐느끼는 남편의 어깨를 천천히 토닥여주었다.

7장

그동안 일곱 번의 비행 끝에 총 337구의 시체가 돌아왔다. 좀 더 멀리 가고 좀 더 오래 돌아다녔지만 살아 돌아온 아이는 단 한 명도 없었다. 충격으로 쓰러지는 부모들 사이에서 상혁과 정아는 망부석처럼 서 있다가 아무 말도 못 한 채 다시 집으로 돌아왔다. 예전만큼 눈물도 나오지 않았다. 그저 여러 번 본 영화처럼 느껴질 뿐이었다. 서로 다른 곳을 보며 송도우주센터로 오가는 것도, 전광판을 보며 가슴 쓸어내리는 것도, 그리고 눅눅해진 마카롱을 쓰레기통에 버리는 것도 이제 익숙한 풍경이 되었다.

며칠 후 합동 장례식이 열렸다. 강물 위로 황토 봉안함이 천천히 내려왔다. 봉안함이 바다에 닿자 그 안에 담겨 있던 유해가 꽃잎 장식과 함께 물결 사이로 흩어졌다. 그리고 그 모습을 난간에 서서 바라보던 총무와 승연, 승연 남편은 강물에 하얀색 국화꽃을 띄웠다. 그 뒤를 정아와 상혁이 이었다. 수많은 회원들은 이제 한 줌의 재가 되어 자연으로 돌아간 자식들을 바라보며 눈물을 흘렸다. 누군가는 바닥에 그대로 주저앉았고, 또 누군가는 벽기둥에 마구 머리를 박으며 울부짖었다. 심지어는 아직 자신들의 아들딸은 죽지 않았다며 저건 가짜라고 부정하는 이도 있었다.

제단 위에는 현우의 사진도 있었지만 끝끝내 주원은 오지 않았다. 장례식에 참여한 에피모 회원들은 한 번 더 속닥거렸고, 검은 정장을 입은 해준은 그녀를 대신해 현우 사진 앞에 향을 피웠다. 향에 불이 붙자 손으로 바람을 일어 불꽃을 껐다. 향 끝에서 시작된 연기는 아지랑이처럼 흐느적거리며 가느다랗게 하늘 위로 올라갔다.

"이제 그것 좀 그만하면 안 돼?"

주방에서 정아가 마카롱을 만드는 것을 보고 상혁은 신경질을 냈다. 정아는 뒤도 돌아보지 않고 말없이 만들다 만 마카롱을 냉장고에 넣었다. 이제는 대꾸하기도 싫었다. 상혁은 소파에 앉아서 핸드폰으로 야구 하이라이트를 봤다. 보고 또 본 거지만 그래도 상혁은 응원하는 팀이 이기면 좋아했다. 정아는 그런 남편을 이해할 수 없었다. 달달달 다리 떠는 모습마저 마음에 안 들었다.

"잠깐 보는 거야."

상혁은 그런 아내의 시선이 불편했는지 일어나서 슬며시 화장실로 했다. 가끔은 먼지가 뽀얗게 앉은 의자에 앉아서 창밖을 바라보고 있으면 정아는 '지금 이게 뭐 하는 건가!' 싶기도 했다. 무기력했다. 딸은 천천히 굳어 가는데……. 할 수 있는 게 아무것도 없다는 게 너무나도 슬펐다. 죄스럽기까지 했다. 정아는 물과 함께 약을 삼켰다. 심장이 단단하게 굳어가는 건지 아니면 유리 조각처럼 조금씩 깨지는 건지 그녀로서는 알 길이 없었다.

'무너지면 안 돼! 절대로 무너지면 안 돼!'

그렇게 스스로를 잡아 일으키며 정아는 작업실로 들어가 다시 그림을 그렸다.

그동안 상혁은 일에 집중 못한다며 회사에서 명예퇴직을 권고받았다. 어느 정도 예상은 했지만 막상 현실이 되자 충격은 상당했다.

'그래, 이제 될 대로 돼라!'

상혁은 그저 웃을 뿐이었다. 수진도 없는 마당에 굳이 아등바등 열심히 살 필요 없었다. 어차피 지구는 곧 망하는데 죽기 전에 편하게 살고 싶었다. 과자를 아그작아그작거리며 입에 쑤셔 넣었고, 심지어 송도우주센터에 가는 것도 귀찮아했다.

'그렇게 성실하던 사람이 어디 간 거야!'

정아는 남편의 변한 모습에 실망을 감출 수가 없었다.

그때 핸드폰으로 프랑스 상공에서 살아 있는 아이를 발견했다는 속보가 떴다. 기사를 보던 정아는 황급히 거실로 나와서 TV를 켰다. 하지만 상혁은 관심조차 없었다.

"보면 뭐해. 어차피 또 죽을 건데."

냉소적인 그의 말은 곧 현실이 되었다. 몇 시간 뒤, 결국 아이가 사망했다는 후속 보도가 이어졌다. 정아는 쓴웃음을 지으며 눈을 감았고 상혁은 '그럼 그렇지!'라는 표정으로 전원을 껐다. 이제 놀랍지도 않았다.

"수진이가 아직도 살아있다고 생각해?"

다소 거칠고 투박한 말투로 그는 물었다.

"살아 있을 거야. 분명 살아 있을 거야. 우리 딸은 제일 달이 컸을 때 올라갔으니까 따뜻한 곳에 잘 있을 거야."

정아는 동조해달라는 듯한 눈빛을 보냈지만 상혁은 그런

그녀의 시선을 애써 외면했다.

"이 모든 게 더 이상 과학으로는 설명할 수 없잖아, 그치?"

"이제 곧 달이 떠. 밤새 조심해."

그렇게 말하며 상혁은 핸드폰을 든 채 작은방으로 들어갔다.

그날 밤이었다. 이마에 뭔가 붙은 느낌이 들어 정아는 잠에서 깼다. 눈을 떠보니 포스트잇에 ***'엄마는 잠꾸러기'***라는 글씨가 삐뚤삐뚤하게 적혀 있었다. 뭐지? 깜짝 놀라서 주위를 둘러보니 수진이 문틈에 숨은 채 깔깔거리면서 지켜보고 있었다.

'세상에……. 수진아! 수진이가 돌아왔어.'

정아는 도무지 믿어지지 않았다.

"엄마! 뭐 하고 있어?"

분명 수진의 목소리였다. 감격에 겨운 정아는 달려가서 딸을 확 끌어안았다. '혹시 꿈이 아닐까?' 싶어서 볼을 만져봤지만 꿈이라기에 그 촉감이 너무나도 생생했다. 재빨리 상혁을 부르려고 했지만 목이 메어서인지 목소리가 제대로 나오지 않았다.

"수진아! 너가 어떻게……."

"민간 우주선 타고 왔지~. 로봇팔 타고, 흐흐~! 엄마, 위에서 내가 누구 만났는지 알아? 용달 오빠! 오빠 만나서 같이 수다 떨고 춤추면서 재미있게 놀았어. 생각해보니까 나한테 마카롱 처음 사준 게 누군지 알아? 맞아! 용달 오빠였어. 용돈 받았다며 날 데리고 마카롱 가게에 갔거든. 먹어보니까 너무 맛있는 거 있지? 그때부터 마카롱이 좋아졌어."

수진은 작은 입술로 종알거렸다. 정아는 울먹거리며 딸의 얼굴을 계속 어루만졌다.

"그래. 그래…… 우리 딸……."

"근데 엄마는 나 안 보고 싶었어?"

"보고 싶었지. 너무나 너무나도."

정아는 수진의 머리칼에 얼굴을 파묻었다.

"아픈 데 없지. 그동안 진짜 괜찮았던 것 맞지?"

정아는 한울을 생각하면서 말했다. 찰나 힘들어하는 한울의 표정이 머리를 스쳐 지나갔다.

"엄마! 근데 그림이 왜 바뀌었어? 난 예전 그림이 더 좋았는데."

"무슨 그림……?"

"요즘 엄마가 그린 그림."

수진은 그러면서 밖으로 달려나갔다.

"수진아!! 수진아!!"

정아도 서둘러 따라갔다. 작업실 안으로 들어오자 수진은 정아가 그린 그림을 물끄러미 보고 있었다. 수없이 많은 수진의 얼굴이 벽면에 가득했다.

"저게 다 내 얼굴이야?"

"어……."

"난 내 그림보다 엄마 풍경화가 더 좋은데."

"그래도…… 다른 걸 그릴 수가 없었어."

그러면서 다시 딸을 끌어안으려 하자 수진은 *하하하하!* 더 큰 웃음을 남기며 어딘가로 달려갔다. 안방으로 갔을까? 아니면 베란다로 갔을까? 하지만 아무리 둘러봐도 딸의 모습은 보이지 않았다.

"수진아~, 어디 있니? 위험해! 위험하다고……."

다시 딸을 잃을 수 없었다. 어떻게 어떻게 돌아왔는데……. 하지만 어느 순간 수진의 웃음소리는 점점 사라지고 그 짧은 그림자조차 더 이상 눈에 띄지 않았다.

"엄마! 빨리 와!"

다시 수진의 목소리가 들렸다.

"어디 있는 거야? 위험하다고. 제발 좀 나와~, 수진아!!"

다급한 목소리로 발걸음을 옮기려는 그때, 뒤에서 누군가가 정아 손을 확 낚아챘다. 상혁이었다.

"지금 뭐 하고 있어? 위험하게."

주위를 돌아보았다. 밖에서 불어오는 거센 비바람에 두 사람의 머리칼이 형편없이 흩날렸다. 정아는 그제야 자신이 서 있는 곳이 베란다 끝임을 깨달았다.

"자기야, 수진이 못 봤어? 분명 좀 전까지 여기 있었어."

하지만 상혁은 의심의 눈초리로 그녀를 바라봤다.

"진짜야. 진짜 수진이가 있었다니까! 내 생일 때 했던 것처럼 크레파스로 글씨 썼다고."

정아는 반쯤 넋이 나간 얼굴로 서둘러 포스트잇을 찾았다. 하지만 이마에도 주머니에도 없었다. 안 되겠다 싶은 그녀는 상혁의 손을 잡아끌고 잰걸음으로 작업실로 향했다. 하지만 역시 수진이는 없었다. 바닥에 떨어졌던 붓과 물감들이 어질러진 채 공중에 둥둥 떠 있을 뿐이었다. 정아는 그 자리에 풀썩 주저앉았다. 상혁은 애원하듯 말했다.

"수진이는 없어. 이제 없다고. 제발 정신 차려, 자기야!"

"아니야. 아니야. 분명 느꼈어."

"자기야, 설령 왔다고 해도 어떻게 이 밤에 달릴 수 있겠어? 안 그래?"

그제야 정아는 커다란 두 눈을 끔뻑였다.

"이상하다. 맞는데…… 분명 맞는데……."

창문에 이마를 기댄 채 그녀는 중얼거렸다. 창밖을 바라봤다. 떨어지던 빗방울이 다시 하늘로 올라갔고 줄곧 따라붙던 입김이 투명한 창에 하얗게 서리고 있었다.

✦

세상에……. 해준은 두 눈을 의심하지 않을 수 없었다.

'왜 엄마 같지도 않은 여자가 우리 아들 보상금을 가져갔죠?'

다음 날 청와대 신문고에는 현우의 아빠란 사람이 쓴 글이 올라와 있었다. 현우가 태어난 지 5개월 만에 집 나간 여자가 뻔뻔하게 에피모 회원으로 활동하며 거액의 보상금을 챙겨갔다는 내용이었다. 뒤늦게 그 글을 확인한 회원들은 혀를 내둘렀다.

"이게 진짜예요?"

"네. 맞는 것 같아요. 그때도 뭔가 이상했잖아요."

회원들은 며칠 전 주원이 정부 관계자에게 악다구니 쓰

던 장면을 떠올렸다.

"주원 그년이 계좌에서 돈 빼서 도망갔다며."

"어디로 갔대?"

"CCTV 마지막에 찍힌 건 일본행 선박이었대."

해준은 좀처럼 주변의 대화에 집중할 수 없었다. 어지러운 시선은 계속 바닥에 머물렀다.

"수진 엄마! 아는 거 없어요? 둘이 친하게 지냈잖아요."

회원들은 정아에게 다가가서 질문을 퍼부었다. 당황스럽기는 그녀도 마찬가지였다.

'어떻게 이럴 수가……!'

마지막까지 주원을 믿은 자신이 등신처럼 느껴졌다. 처음 봤을 때부터 에피모에 같이 가입하자 끌어들이고, 서울시 강당에 와서는 가족관계증명서를 두고 왔다며 대신 추천서 써달라고 하고……. 그때는 왜 그럴까 싶었는데 이제야 머릿속에서 퍼즐이 맞춰졌다. 강한 배신감이 느껴졌다. 정아는 곧바로 해준에게 다가갔다. 혹시 같은 편이 아닐까 싶었다. 둘이 그렇게 붙어먹었으니.

"그 나쁜 년 지금 어디에 있어요?"

"모르겠어요."

해준은 건조하게 대답했다. 진심이었다.

그동안 주원은 몇 번이고 계속 해준에게 전화를 걸어 같이 떠나자고 했다. 나중에는 아버지가 총리라는 걸 밝히겠다는 협박까지 했다. 겁이 나서일까? 해준은 핸드폰을 꺼놓았다. 그녀가 이런 사람이었다니……. 왜 진작 몰랐을까? 해준은 자기가 기자라는 사실이 부끄러워졌다.

"죄송해요. 제가 잘 관리 했어야 하는데……."

총무가 고개를 숙였다.

"아니, 어떻게 알겠어요. 세상에 자기 아들 이용할 여자가 있을 거라고."

알고 보니 주원은 처음부터 보상금을 노린 것이었다. 우연히 경찰서에 갔다가 현우가 에비에이션 했다는 소식을 듣고 그때부터 엄마 노릇을 한 것이다. 그런 줄도 모르고 정아는 친동생처럼 그녀를 대했는데…….

"내 그넌 그럴 줄 알았다."

승연이 팔짱을 낀 채 쓴웃음을 지었다.

"그러게 처음 볼 때부터 뭔가 이상했다 했어."

"아이도 보육원에서 자랐다며. 그러다가 에비에이션한 거고."

이야기를 듣던 총무의 얼굴은 점점 심각해졌다.

"이러다가…… 우리 진심이 호도될까 두렵습니다."

역시나 그의 예상대로 '에비에이션 피해자 모임'에 대해 전 국민의 비난이 쏟아졌다. 이기적인 집단이라고, 이미 죽은 딸과 아들 팔아서 국가 세금 낭비하게 한다고. 시민들의 여론에 힘입어 한 국회의원은 조만간 전수 조사를 진행하겠다고 말했다. 게다가 이들이 그동안 서울시 강당을 마치 전세 낸 것처럼 공짜로 사용했는데 앞으로 사용료를 꼭 받겠다고 덧붙였다.

"아니, 지들이 편하게 이용하라고 할 때는 언제고."

승연은 울분을 토했다.

그 와중에 상혁은 강당에 모인 회원들을 유심히 쳐다봤다. 이 중에 또 주원 같은 사람이 있는 건 아닐까? 그런 시선으로 바라보니 여기 모인 사람들 대부분이 아들딸로 한몫 단단히 챙기려는 사람들처럼 느껴졌다. 정아는 아니라고 그럴 리 없다고 했지만, 상혁의 생각은 변함이 없었다.

집으로 가는 길, 상혁은 정아에게 이제 모임에 나가지 않았으면 좋겠다고 했다.

"위험해! 진짜 이러다가 큰일 날 지도 몰라."

안 그래도 회원 중 한 명이 오늘 서울 시청에 오다가 봉변을 당하는 일이 있었다. 누군가가 던진 소주병에 머리가 깨져 피가 철철 흘러내렸다. 응급조치 후 곧바로 앰뷸런스에 실려 가는 모습을 상혁은 눈앞에서 지켜보았다. 하지만 정아는 완고했다.

"안 돼! 그럴 수 없어."

"아니 그럼 적어도 그 빌어먹을 하얀 브로치라도 빼고 가던가!"

굳이 남들에게 다 알릴 필요 있나 싶었다. 게토에서 '다윗의 별'을 차고 다니는 유대인도 아니고. 정아는 그런 상혁에게 딸보다 다른 사람 시선이 더 중요하냐며 앞으로 뭐라 하든 계속 집회에 나갈 거라고 했다.

"그럼 맘대로 해! 하긴 언제 내 말대로 하는 걸 봤나!"

그렇게 말하고 상혁은 입을 꾹 다물었다.

다음 날 총무는 강당에 모인 회원들에게 우리의 아이들 한 명이라도 살릴 수 있다면 끝까지 싸워나가야 한다며 필사의 의지를 다졌다. 하지만 참석한 회원은 전날의 반의반도 되지 않았다. 이 빠진 듯 곳곳에 빈자리를 보며 승연과 정아는 걱정스러운 표정으로 한숨을 내쉬었다.

핵탄두를 실은 로켓 발사 날짜가 3주 앞으로 다가왔다. 단 한 번의 실수도 용납되지 않았기에 굉장히 세심한 준비가 필요했다. 커민스 교수는 말했다.

"지구 저궤도에 수천 개의 위성과 민간 우주선, 탐사선이 지구 대기를 뒤덮고 있습니다. 뿐만 아니라 이들이 내뿜는 반사광 때문에 밤하늘을 관측하는 데 엄청난 방해가 되고 있습니다. 이러다가는 나중에 정밀한 로켓 타격이 힘들어질 수 있습니다."

NASA는 이제 더 이상 민간 우주선과 탐사선을 보내지 말아 달라고 각국 정부에 요청했다. 천문학자들은 이에 동조했다. 실제로 이틀 전 태국 천문연구원에서는 헤르쿨레스 별자리에 있는 구상성단 M13을 관측하다가 탐사선과 민간 우주선들이 지나가면서 남긴 선명한 선들 때문에 몇 달간 준비한 관측 자료를 폐기하는 일이 발생했다. 또한 로켓이 다른 우주 물체와 충돌할 위험성도 있었다. 핵탄두를 실은 로켓은 딱 한 번 정밀 타격을 목표로 했기에 조금의 변수도 허용되지 않았다.

"앞으로 우주선을 보내는 국가에게는 국제 협정 의무를 위반한 사유로 패널티를 부과하겠습니다."

유엔 사무총장은 단호한 목소리로 말했고 이에 전 세계에 있는 수많은 에비에이션 피해 부모 대표들은 반발하고 나섰다.

"아이들을 찾아야 합니다!"

"그동안 열세 명의 아이들이 돌아오지 않았습니까?"

하지만 사무총장의 옆에 있던 커민스 교수는 고개를 저었다.

"이제 우리는 선택과 집중을 해야 합니다. 원하는 것을 얻으려면 희생도 감수해야지요. 열세 명의 아이가 돌아온 것은 좋은 일이지만, 이러다가 6개월 안에 전 세계 80억 인구가 희생당할 수도 있어요. 당신 그리고 당신이 사랑하는 가족들 모두 다요."

그렇게 말하자 회의장은 조용해졌다. 커민스 교수는 다시 한 번 힘을 줘서 말했다.

"어쩌면 이것이 인류의 마지막 찬스일지도 모릅니다."

운택도 고민의 고민을 거듭했다. 많은 회원들의 기대를 한순간에 저버리는 건 쉽지 않은 선택이었다. 그동안 에비에이션 사태를 해결하면서 보여준 인간적인 면모로 많은 지지를 받았던 것도 사실이었다. 하지만 아무리 기다려도 살아 돌아온 아이는 없었다. 그는 커민스 교수의 말에 동의했다. 이제는 현실을 인정해야 한다고. 운택은 집무실로 에피모 총무를 불렀다.

"이제 탐사선 그만 보내는 게 좋겠습니다."

하지만 총무는 고개를 저으며 확실하게 거부 의사를 밝혔다.

"절대 안 됩니다!!"

"뉴스 못 봤어요? 김주원 사태 이후로 여론이 얼마나 안 좋은지."

"로켓 발사 전까지 허용해주세요. 예전에 저희가 쓴 계약서에도 그렇게 적혀 있지 않습니까? 자꾸 이러시면 소송을 걸 수밖에 없습니다."

운택은 난감하다는 표정을 지었다.

"이러다가 대한민국이 패널티를 받게 될지도 몰라요."

"그럼 민간 우주선이라도 가능하게 해주세요. 단 한 명만 찾으면 돼요. 그러면 다시 여론이 돌아올 수 있어요. 부탁입니다. 총리님!!"

그렇게 말하며 총무는 그 자리에서 무릎을 꿇었다. 그런 그를 보며 운택은 한숨을 내쉬었다. 여러모로 골치 아픈 표정이었다.

그 사이 병원에 있던 해준에게 문서 하나가 전달되었다. 뭔가 하고 살펴보니 바에서 주원과 키스하는 장면이 찍힌 사진이었다. 그의 심장이 두근두근 뛰었다. 도대체 누가 보낸 걸까? 송 비서? 아버지? 아니면…… 에피모 회원 중에 한 명? 그때 화장실에 있던 수애가 나왔다. 깜짝 놀란 해준은 다급히 사진을 숨겼다.

"그거…… 뭐야?"

"아, 아니야! 저번에 취재한 자료. 너무 늦게 왔네."

"아직도 아버님 뒷조사하고 다니는 거야?"

수애는 이해할 수 없다는 듯 고개를 젓더니 다시 침대에 누웠다. 해준이 자연스레 이불을 덮어줬다.

"탐사선 어떻게 된대? 설마 안 보내진 않겠지?"

"아직은 정부에서 공식 입장을 발표하지 않았어."

"우리 윤재…… 다시 돌아와야 하는데."

"걱정 마. 오늘 집회에서 우리 의지 확실히 밝히면 되니까."

그렇게 말하면서 해준은 다시 겉옷을 입었다. 하얀색 클로버 브로치를 찰까 하다가 빼서 주머니에 넣었다. 아무래도 지금은 몸 사리는 게 좋을 듯했다.

에피모 회원들 모두 집회에 참여하기 위해서는 큰 용기가 필요했다. 상혁은 가지 말라고 한 번 더 만류했지만 오늘도 정아는 꿋꿋하게 집회에 참석했다. 옷이 찢기기도 하고 때론 지나가는 사람들의 침까지 맞았지만 어쩔 수 없었다. 다시 수진을 찾을 수만 있다면 이 정도 고통 따위는 충분히 감내할 수 있었다.

"우리 아이들을 지켜주세요. 부탁이에요."

정아는 전단지를 나눠주며 시민들에게 호소했다. 총무는 맨 앞에서 소리쳤다.

"우리 포기하지 맙시다. 제가 어떻게 해서라도 우주선 꼭 띄울 테니."

칼 맞은 자리가 아직도 욱신거렸지만 그의 목소리는 거침이 없었다.

하지만 다음 날, 8차 비행 끝에 총무의 5살 아들이 발견되었다. 역시 싸늘하게 식어 있었다. 바닥으로 총무의 빨간 뿔테 안경이 툭! 떨어졌지만 그는 차마 주울 수 없었다. 입을 느리게나마 벌렸지만 목소리는 흘러나오지 않았다. 고장났다기보다는 죽은 것처럼 느껴졌다.

"……준표야. 준표야."

마치 영혼이 빠진 사람처럼 그는 터벅터벅 아들 곁으로 다가갔다. 무균실 사람들은 위험하다고 했지만 개의치 않았다. 그는 축축하게 젖은 아들의 머리칼을 매만지며 아무 말없이 꼭 안아주었다. 옆에서 지켜보던 정아가 담요를 건네주었다.

"고맙습니다."

총무는 꺼져가는 목소리로 고개를 숙였다.

"아니에요."

정아의 눈시울이 붉어졌다. 그 모습을 본 상혁은 밖으로 나가서 담배를 찾았다.

"시바~ 남일 같지 않네."

시니컬하게 말하며 담배 심지에 불을 붙였다. 금연한 지 10년 만에 피는 담배였다. *콜록콜록!* 그는 사레 걸린 듯 기침을 해댔지만 손에서 담배를 놓지는 않았다.

잠시 후 총무 부자를 덮은 담요는 천천히 그리고 오랫동안 들썩거렸다. 그리고 그렇게…… 그는 자연스레 모임에서 떠나가버렸다.

✦

차기 총무는 부총무인 승연이 맡게 되었다. 그녀는 부임과 동시에 운택의 호출을 받았다. 그녀가 소파에 앉자마자 운택은 단도직입적으로 물었다.

"이제 그만하시죠."

"그럴 수 없어요. 저희가 한 약속이 있잖아요."

잠시 이마를 긁적이던 운택은 두 손을 앞으로 모으고 천천히 상체를 기울였다.

"아이들이 진짜 살아 있을 거라 생각하시나요?"

"네……. 분명 그렇게 생각합니다."

"지금까지 단 한 명도 살아 돌아온 아이가 없는데도요."

"그래도……."

승연의 말은 점점 짧아졌다.

"왜 그렇다고 생각하시나요? 아이들이 돌아오지 못한 이유가."

그 말에 승연은 할 말을 잃었다. 지금까지 궤도도 조금씩 바꿔보고 전문가의 조언을 받아 위치 추적도 하는 등 수많은 방식을 써봤지만 헛수고였다.

"괜찮으시다면 제 생각 한번 말씀드려도 될까요?"

승연이 고개를 끄덕이자 운택은 자리에서 일어나더니 그녀의 주위를 빙빙 돌기 시작했다.

"우주는 넓어요. 가도 가도 끝이 없죠. 그런 우주에서 방대한 데이터베이스로 수천 명의 아이들을 동시에 찾으려고 하니 쉽지 않은 거고요. 바다에 그물을 뿌려놓고 문어, 고등어, 새우, 전복을 동시에 잡으려면 제대로 잡히겠어요?"

"그게 지금 무슨…… 말씀이시죠?"

승연은 고개를 들어 운택을 바라봤다.

"도대체 하시고 싶은 말씀이 뭔가요?"

"총무님!! 아들 이름이 뭐라고 했죠?"

"진영입니다. 이진영!"

"저는 한 아이만 타깃으로 삼으면 구조할 확률이 수십 배 올라갈 거라 생각합니다."

운택의 말에 승연은 마른 침을 꿀꺽 삼켰다.

"그러면……."

"네, 회원들에게 탐사선 포기하라고 잘 말씀해 주시면……. 진영이만을 위한 민간 우주선 보내드리겠습니다. 더 늦기 전에 제대로 찾아야 하지 않겠어요?"

순간 승연의 눈빛이 흔들렸다.

"지금…… 저더러 조직을 배신하라는 말씀이신가요?"

"아니요. 조직 자체를 살리라는 거예요. 명분을 드릴게요. 그러니 실리까지 챙기셔서 현명하게 빠져나오세요."

운택은 안경 너머로 승연을 뚫어지게 바라보며 말을 이었다.

"대신 딱 한 번뿐입니다!"

대한민국 정부가 탐사선 계획을 백지화할 것이라는 소문이 떠돌자 서울시 강당에 모인 회원들은 초조해지기 시작했다. 정아는 그럴 리 없다고 로켓과는 별도로 계속 탐사선 보낼 거라고 생각했다. 정부에서 먼저 제안한 약속이니만큼 어기긴 쉽지 않을 거라 전망하는 이도 있었다. 하지만 돌아온 승연의 표정은 밝지 않았다.

"어떻게 된 거예요?"

"뭐래요?"

회원들은 다들 그녀 곁으로 몰려들었다.

"정부에서 역시나 강하게 나오네요. 아무래도 반대 여론이 많아서 그런가 봐요."

강당 분위기가 순식간에 엄숙해졌다. 승연은 회원들의 눈치를 살폈다. 방금 전 총리실에서 나누었던 대화가 그녀의 머리를 강하게 짓눌렀다. 정아는 오늘따라 그녀가 달라 보인다 생각하고 있을 때, 승연은 호흡을 가다듬으며 천천히 입을 뗐다.

"정부에서 새로운 제안을 해왔어요. 만약 우리가 탐사선을 포기한다면……. 약속의 반대급부로 솔라리스를 무상으로 설치해주겠다고."

그 말에 회원들은 다들 놀라며 서로를 쳐다봤다.

"진짜로요?"

"그 비싼 걸 공짜로 주겠대요?"

"언제 해준다는데요?"

"총리님이 우리 회원들에게 제일 먼저 해주겠다고 약속하셨습니다."

승연은 '총리'라는 단어에 힘을 주며 말했다. 술렁거리는 분위기가 심상치 않자 정아는 자리를 박차고 일어났다.

"아니……. 지금 무슨 소리 하시는 거예요? 포기하긴 뭘 포기해요? 하루라도 빨리 우리 애들 데리고 와야지."

하지만 그녀의 말에 호응하는 이는 많지 않았다.

"수진 엄마! 이미 수차례 봤잖아요. 다 세상을 떠난 거."

하지만 정아는 고개를 저었다.

"예전에 삼풍백화점 사고 때도 다들 죽었다고 했어요. 근데 보세요! 아무것도 안 먹고 10일 아니 20일 가까이 버티다 살아났잖아요. 분명 아직 살아 있는 아이들 있을 거예요. 그러니까……."

하지만 주위 반응은 생각보다 냉담했다. 여덟 번의 비행 끝에 그들이 확인한 건 아이들의 차디찬 시체뿐이었으니까.

"다 죽었어요. 현실적으로 너무 늦었다고요."

누군가가 체념하듯 그렇게 말했다.

"설령…… 설령 우리 아이들이 죽었다 해도……. 그럼 몸이라도 찾아와야죠. 찾아서 제사라도 지내야죠. 안 그래요? 여기가 집인데……. 다시 집으로 돌아와야 하는 거 아니에요?"

정아는 울먹이며 간절히 호소했다. 하지만 다들 한숨만 길게 쉴 뿐 고개 끄덕이는 사람은 없었다. 보다 못한 승연이 앞으로 다시 나섰다.

"다 아시겠지만 지금 김주원 사건으로 우리의 신뢰도는 바닥을 찍고 있습니다. 다들 우리를 이익 집단으로 매도하고 있죠. 무조건 앞만 보고 달리는 것보다 지금 이렇게 정부가 회유 제안을 할 때 손잡는 게 좋을 것 같아요. 이러다가 아무것도 못 얻고 빈손으로 돌아갈 수도 있으니까요."

역시 회원들은 침묵을 지켰다. 마치 논밭에 서 있는 허수아비처럼 이렇다 할 표정 없이 승연을 올려다볼 뿐이었다. 정아는 헛웃음이 나왔다. 이게 뭐지? 위에 올라가니 지가 뭐라도 되나? 황당하기 그지없었다. 한순간에 옆에 있던 동료가 적이 된 느낌이었다. 그때였다.

"갑자기 하루아침에 이렇게 뒤바꾸는 경우가 어딨어요?"

어디선가 나타난 해준이 승연을 노려보며 소리쳤다.

"혹시 뭐 받은 거 아니에요? 우리 설득하면 좋은 자리 주겠다고."

"그게 지금 무슨 말이에요? 절 의심하는 거예요?"

"네고 한 거 아니냐고요? 그 쓰레기 같은 총리랑."

하지만 승연은 절대 아니라고 강하게 부정했다. 해준은 뭔가 있다는 촉이 왔다.

"그럼 제가 직접 총리에게 물어볼게요. 진짜 네고를 했는지 안 했는지……."

그러자 승연의 얼굴이 갑자기 흙빛으로 변했다.

"도대체 누가 누구한테 물어본다는 거예요?"

듣던 회원 중 한 명이 해준에게 쏘아붙였다. 중년의 여성 회원이었다.

"지는 주원이랑 붙어먹었으면서……."

"네? 그게 지금 무슨 말이에요?"

해준은 어이가 없어서 더 이상 말이 안 나왔다.

"사진 다 봤어. 아주 입술을 쪽쪽 빨던데……. 혹시 똑같은 한패 아니에요?"

그 말에 다른 회원들까지 해준을 향해 삿대질했다. 그걸 보고 있으니 그는 부아가 치밀어 올랐다.

"지금 그게 중요한 게 아니잖아요. 잘 생각해봐요. 우리가 왜 여기에 있는지……. 아이들, 우리 아이들 구하려고 하는 거 아니에요? 아이들 찾을 때까지 조금 불편하게 지내면 안 되나요? 솔라리스가 그렇게 갖고 싶어요?"

정아도 해준 곁으로 다가가 힘을 실어주었다.

"그래요. 그럼 한 번만, 딱 한 번이라도 좋으니 이번에는 달까지 탐사선 보내봐요. 처음에 약속했잖아요. 지구 돌면 우주 멀리 보내기로. 약속은 지켜야 하는 거잖아요, 네?"

정아가 두 손을 싹싹 빌며 애원했다. 하지만 그녀 눈을 보는 이는 많지 않았다.

"수진 엄마~, 수진이는 죽었어요. 이제 놓아주세요."

"그래~, 우리도 이제 곧 죽을지도 모르는데."

"정부에서 그렇게 하라잖아. 이제 돌 맞기 싫단 말이야."

다들 한 마디씩 거들었다. 안 되겠다 싶은 정아는 승연에게 다가갔다.

"승연 씨! 승연 씨도 진영이 보고 싶어 했잖아요. 달 근처에 있을 거라고 확신했잖아."

"저는요……. 우리 아들 죽은 모습을 지켜볼 자신이 없어요."

씁쓸한 목소리로 승연은 고개를 떨어뜨렸다. 정아는 두 손으로 머리를 움켜쥐었다. 이 모든 게 믿기지 않았다. 그동안의 노력이 한순간에 물거품 되어버렸다는 걸 도무지 받아들일 수 없었다. 그때 소식을 들은 상혁이 강당으로 달려왔다. 그는 분위기를 읽고 정아에게 다가가 그녀의 손을 잡아끌었다.

"이제 끝났어. 가자!"

"어딜 가! 가긴."

정아는 뿌리쳤지만 그는 그녀의 몸을 잡고 놓아주지 않았다.

"이거 놓으라고~. 이제 곧 달에 핵 떨어진다고요. 그러면 달로 간 우리 아이들은 한 줌의 재도 못 될지 몰라요. 그러니까 제발요, 제발……."

이내 문이 닫히자 그녀가 남기고 간 잔향만이 강당에 싸늘하게 울려 퍼졌다. 승연은 마음이 불편했지만 어쩔 수 없었다. 이게 최선이었다. 그래야 달이 폭파되기 전에 아들 진영을 데려올 수 있었다.

"그러면 절차상 표결을 진행할게요. 솔라리스를 받을까요? 아니면 계속 우주선 보낼까요? 솔라리스 받는 게 좋겠다! 생각하시는 분들은 손 들어주세요."

복도에서 정아는 기다렸다. 안에서는 박수 소리가 나왔다. 아마 결정된 모양이었다. 상혁은 다 끝났다며 집에 가자고 했지만 정아는 끝끝내 일어나지 않았다.

"혹시 모르잖아. 어쩌면 잘 생각했을지도 몰라! 지들도 부모잖아. 그런데 설마 그러겠어?"

그런 아내를 보며 상혁은 두 손으로 마른세수를 했다. 그때 문을 열고 도망치듯 해준이 나왔다. 정아는 벌떡 일어났다.

"어떻게 됐어요?"

그는 고개를 저었다. 참석 회원 378명 중에서 단 3명을 제외하고 전부 손을 들었다고. 거의 만장일치에 가까운 결과였기에 정아는 큰 충격을 받았다. 뇌에 커다란 구멍이라도 뚫린 기분이었다.

"정아 씨! 제가 어떻게든 방법을 찾아볼게요. 아버지가…… 제 친부가 총리 차운택이에요."

"진짜요?"

"네! 제가 직접 가서 아버지를 설득할게요. 탐사선 보내 달라고."

"그럼 잘 좀 부탁할게요."

정아는 해준의 팔을 잡고 연신 흔들었다. 그 모습을 본 상혁이 해준에게 다가가 그의 가슴팍을 확 밀쳤다.

"희망 좀 주지 마! 제발."

그리고 그의 귓가에 거칠게 속삭였다.

"헛된 희망 주지 말라고 이 새끼야! 그것 때문에 우리가 그동안 얼마나 힘들었는지 알아?"

그렇게 내뱉은 뒤에야 상혁은 해준의 멱살 잡은 손을 내려놓았다.

서울 시청 앞을 걷는 정아는 지그재그로 걷다가 휘청거렸다. 그동안 그녀를 지탱하던 모든 실이 한순간에 끊어졌다. 결국 정아는 차디찬 바닥에 쓰러졌고 상혁은 재빨리 다가가 그녀를 잡았다.

"괜찮아?"

하지만 정아는 대답할 수 없었다. 아니 숨쉬기조차 힘들었다. 가느다란 양팔로 온몸을 부여잡고 헉헉 거칠게 호흡할 뿐이었다.

"네 딸은 이제 죽었어! 방금 전까지 살아있었는데……."

누군가의 목소리가 들려서 위를 올려다보니 어디선가 나타난 용달과 용달모가 정아 자신을 내려다보고 있었다. 통쾌하다는 듯 그들은 한쪽 입술을 올렸다.

"저리 가요! 저리 가라고요."

정아는 울부짖으면서 손을 가로질렀다.

"도대체 왜 그래? 자기야. 제발 그러지 마."

상혁은 그녀의 어깨를 거칠게 흔들었다. 달래기보다는 원망스러움에 가까운 행동이었다. 정아는 주변을 둘러보았다.

'방금 전까지 여기 있었는데……. 어디 간 거지?'

정아는 벌겋게 충혈된 눈으로 계속 주위를 살폈다.

✦

용달이 죽자 장례식이 열렸다. 용달모는 영정 사진에 쓸 만한 사진을 찾았지만 마땅한 사진이 없었다. 가장 최근에 찍은 증명사진은 용달이가 중학교 1학년 때 찍은 사진이었다.

"혹시 가족사진이나 아니면 우연히 찍힌 사진이라도 있지 않을까요?"

한 아파트 주민의 말에 용달모는 서둘러 집으로 가서 앨범을 가져왔다. 동네 사람들 다 모여 앨범을 확인해봤지만 마땅한 것은 없었다. 초점이 나갔거나 카메라에 집중 못하고 딴 곳을 보고 있는 사진이 대부분이었다. 그때 누군가가 말했다.

"용달이 본인 카메라에 자기 얼굴 찍히지 않았을까요?"

"맞아, 맞아. 용달이가 늘 카메라를 들고 다녔지."

"거기에는 있을 거야~, 당연히."

동네 사람들이 한두 마디씩 거들었다. 용달이가 있을 때는 철저히 외면하던 사람들이 막상 그가 죽자 다들 적극적으로 나서기 시작했다. 다들 마음 한구석에 죄책감이 남아 있었다. 혼자 남은 용달모가 안쓰럽기도 했고.

그날 옆집 아줌마가 정아를 찾아왔다. 정아는 솔직히 마주치기 싫었으나 계속 벨을 누르는 바람에 어쩔 수 없이 현관문을 열었다.

"수진 엄마! 삼거리 사진관에서 용달이가 찍은 사진 인화한대. 혹시 시간 되면 올 수 있어?"

"제가…… 가도 될까요?"

정아는 조심스레 말했다.

"그럼, 당연하지. 실은 언니가 말했어. 수진 엄마 꼭 오라고."

정아는 긴장되었다. 왜 나를 부른 걸까? 혹시 억울함을 풀려고? 아니면 수진이 사진을 주면서 사과하려고? 정아는 두근거리는 마음을 안고 서둘러 카디건을 챙겼다.

'과연 어떤 사진이 있을까?'

모든 사람들의 호기심과 두려움 속에 용달이가 찍은 사진이 현상됐다. 인물 사진이 대부분이었지만 동네를 찍은 풍경 사진도 군데군데 눈에 띄었다. 담벼락에 앉아 하품하는 고양이, 눈 맞으며 눈싸움하는 동네 꼬마들, 아파트 숲 사이로 높이 날아다니는 새, 하굣길에 오순도순 이야기하는 아이들의 모습도 있었다. 전문 사진작가의 작품이 아니라 많이 투박하고 어설펐지만 그래도 그런대로 괜찮았다. 따뜻한 용달의 시선이 고스란히 느껴졌으니까.

"이걸 언제 찍었대?"

"어…… 이거 용달이 사진 아니야?"

그 소리를 듣고 저쪽에서 용달모가 달려왔다. 하지만 사진을 본 그녀는 이내 고개를 저었다. 그렇게 한 시간 넘게 용달이가 찍힌 사진을 찾고 또 찾았지만 쓸 만한 것은 없었다.

"여기 마지막 필름 하나 더 있네. 가장 최근에 찍은 거."

사진사가 현상기에 넣자 커다란 모니터 위로 사진이 하나둘씩 떴다. 정아는 두려웠다. 혹시 수진이 찍힌 이상한 사진이 있을까봐. 있다면 곧바로 폐기하리라 마음을 먹었다. 주변 사람들도 어느 때보다 호기심 어린 눈으로 쳐다보았다. 이윽고 현상된 사진에는…… 동네 곳곳을 뛰어노는 수진이 있었다. 부동산, 놀이터, 그리고 생일 파티와 차 안에서 맑게 웃고 있는 수진의 모습이 고스란히 담겨 있었다.

'이게 어떻게 된 거지?'

그리고 마지막으로 현상된 사진은 좁은 골목 계단에서 뛰어놀다가 날씨 덥다고 수진 스스로 옷을 벗는 연사였다. 핑크 스웨터에서 빠진 올이 바람에 실려 공중 위로 떠다니고 있었다. 떠도는 소문은 사실이 아니었다. 정아는 큰 충격을 받았다. 윗니와 아랫니가 부딪칠 정도로 온몸이 덜덜 떨렸다. 사진을 본 용달모는 흐느꼈다.

"봐……, 우리 아들이 안 그랬다니까. 우리 아들……. 용달이 나쁜 놈 아닌데. 왜, 왜들 그랬어? 내 아들이 뭘 잘못했다고……!"

가슴을 부여잡고 눈물 흘리는 용달모를 보면서 정아는 그 어떤 말도 할 수가 없었다.

'내가 죽였다! 누구보다 착하고 선량한 애를 내가 죽인 거다!'

까맣게 물들어가는 의식을 부여잡으며 고개를 든 정아의 얼굴은 공포로 일그러져 있었다.

정아는 용달의 장례식에 초대받지 못했지만 혼자서 몰래 찾아갔다. 차마 안으로 들어가지 못한 채 멀리서 지켜보니 몇 개 안 되는 근조 화환이 보였고, 그 너머로 중학생 얼굴을 한 용달의 영정 사진이 있었다.

"누가 좀 찍어줄걸……."

"그러게 맨날 찍히기만 하고 한 번도 찍어줄 생각을 못 했네."

영정 사진을 보며 동네 주민들이 말했다. 그들은 국화꽃 하나를 집어 들어 분향 후 향로에 꽂았다. 그리고 그 모습을 정아는 누구보다 뿌연 눈빛으로 바라보았다.

8장

운택의 차기 대통령 선호도가 93퍼센트까지 올랐다. 시국이 시국인 만큼 본격적인 유세는 할 수 없었지만 그래도 시민들은 TV에 나오는 운택을 볼 때마다 그를 이 시대의 '마지막 구원자'라 생각했다. 전 세계에서 가장 유명한 과학자인 커민스 교수와 긴밀하게 소통을 했고, 달의 이상 현상을 세계 최초로 예상했으며 NASA의 솔라리스를 가정용으로 개발, 대한민국 사람들이 밤새 편하게 잘 수 있게 해주었으니 이 시대에 그보다 더 적합한 인물은 없었다.

"이번에 업그레이드된 솔라리스 4.0 버전으로 여러분들이 조금 더 편안하고 안전한 휴식을 즐길 수 있도록 하겠습니다."

운택은 기자회견을 통해서 신형 솔라리스의 가격을 기존 버전보다 15퍼센트 더 싸게 공급할 계획이라고 밝혔다. 평창에 새로 지은 공장을 통해서 앞으로 두 달 동안 50만 개 이상을 생산하겠다고, 그러면 2천만 명 이상이 다시 밤이 있는 삶으로 돌아가게 될 것이라고 그는 강조했다. 그의 연설이 끝나자 운집한 수많은 사람들이 그의 이름을 외치며 환호했다.

집회를 마치고 집으로 돌아오는 길, 그는 윤재에게 다시 한 번 전화를 했다. 혹시나 했지만 역시나 받지 않았다. 거의 매일 듣던 목소리를 3주 가까이 못 들으니 운택은 손자 목소리가 너무 그리웠다. 수만 명의 환호보다 '할아버지 멋져요!'라고 말하는 손자 녀석의 한 마디가 그에게는 더 절실했다.

"윤재랑 윤아 잘 지내는 거 진짜 맞지?"

운택은 송 비서에게 물었다.

"네, 안에 들어가 볼 수는 없었지만 저녁 다섯 시만 되면 방에 불이 켜지고 있습니다. 학교 관계자에게 물어보니 이상 없이 잘 다니고 있다고 했습니다."

그 말을 듣고 운택은 고개를 끄덕였다.

‘조만간 다시 핸드폰 전해줘야 하나?’

그렇게 생각하며 차에 타자 송 비서가 서류 가방에서 파일을 꺼내 그에게 건넸다.

“총리님! 2차 리스트입니다.”

운택이 검토해보니 파일 안에는 정재계 인사를 비롯해 690명의 이름이 들어 있었다.

“분양은 다 완료됐지? 비밀 유지 각서도 받았고?”

“네!”

송 비서는 고개를 끄덕였다.

대통령이 미리 알아차린 대로 운택은 평창 대관령에 대규모 지하 벙커를 만들어 놓았다. 외형은 솔라리스 공장이었지만 그 밑에는 지하 5층의 미로 같은 시설이 숨겨져 있었다. 원래 이곳은 북한의 핵 위협에 대비해 한 건설 회사 회장이 만든 대피소였지만, 1년 전 인수 후 그동안 극비리에 공사를 진행해왔다. 국내외 최고급 인력이 투입된 가운데 공사비만 12조가 넘는 초대형 프로젝트였다. 솔라리스로 번 돈 대부분이 여기에 들어갔다.

운택의 계획은 이랬다. 300헥타르의 부지 아래 그동안의 솔라리스 기술이 집대성된 소형도시를 만들어서 달의 인력에서 어느 정도 자유로워질 때까지 버텨내는 것, 이미 안에는 700명이 살 수 있는 창고형 주거시설, 마트와 시청, 경찰서와 소방시설까지 구비되어 있었고, 심지어 다른 도시로 이동할 수 있는 정교한 터널망까지 완공을 앞두고 있었다. 적어도 5년은 버틸 수 있었고 그 이상 넘을 경우에는 바이오 농법을 통해서 육가공 식품을 자체 조달할 계획이었다.

"최대한 공사 빨리 마무리할 수 있도록 해봐! 핵 발사 전에 들어가야지!"

"네! 그렇게 해보겠습니다."

운택은 다시 한 번 송 비서가 만든 리스트를 바라봤다. 이미 정보력 좋은 많은 기업가와 정치인은 그의 계획을 눈치채고 자기에게도 우선권을 달라고 연락했다. 운택과 송 비서는 차명계좌를 통해서 그들에게 분양권을 팔았다. 1인당 300억이었다.

"대통령은 어떻게 할까요?"

"일단 대기 명단에 넣고 추이를 지켜보자고. 아! 그리고 전에 말했듯이 자리 네 개는 무조건 빼놔. 우리 윤재랑 윤아도 들어가야 하니까."

당사에 도착한 운택은 수행원이 차 문을 열자 밖으로 나갔다. 송 비서는 운택과 걸음을 맞추면서 다시 그에게 물었다.

"만약 핵으로 달이 다시 예전으로 돌아가게 된다면 어떻게 하실 생각이십니까?"

"그렇게 되길 빌어야지. 가능성은 낮지만…… 멀쩡한 세상에 대통령 되면 좋잖아."

"그러면 지하 벙커는?"

"적어도 돈은 벌 수 있잖아."

그렇게 말하며 운택은 건물 안으로 들어갔다. 송 비서는 잠시 멈춰 생각을 정리하다가 이내 고개를 끄덕이고 서둘러 그의 뒤를 뒤따랐다. 그때였다. 로비 프론트 데스크 앞에서 누군가가 고래고래 소리를 지르고 있었다. 경비들이 막으려 했지만 그는 꼭 총리를 만나야 한다며 막무가내로 나왔다.

"도대체 누군데 그래요?"

송 비서가 한 경비원에게 물었다.

"그게…… 자기가 총리님 아들이라고 하던데요."

깜짝 놀란 송 비서는 자기가 알아서 처리하겠다고 했지만 운택은 괜찮다 손짓하며 앞으로 걸어나갔다. 로비에 몰려든 사람들 사이로 들어가자 역시 그곳에는 해준이 있었다. 거의 반실성한 모습으로 주변을 살피던 해준은 운택과 시선이 마주치자 재빨리 곁으로 달려왔다.

"아버지…… 아버지……."

"도대체 뭐야! 왜 찾아온 거야?"

주위 사람들을 의식하며 운택은 그렇게 속삭였다. 눈치를 보던 직원들은 슬슬 자리를 피했다. 해준은 그 자리에서 무릎을 꿇고 운택의 바지 끝단을 부여잡았다.

"아버지, 탐사선 다시 보내야 해요. 제발 부탁드려요."

"이미 결정된 일이야. 번복할 수 없……."

그때 운택은 뭔가 불길한 기운이 느껴졌다.

"너……. 왜 이러니?"

해준은 울먹이며 말했다.

"윤재가……. 우리 윤재가 사라졌어요."

"뭐…… 라고?"

운택은 큰 충격에 빠졌다.

"다시 탐사선을 보내야 합니다."

곧장 청와대로 간 운택은 강력하게 어필했지만 대통령은 고개를 저었다.

"다 죽었다면서요. 쓸모없는 일이라면서요."

"아니에요. 어떻게 될지 몰라요. 절 믿어주세요."

"어쩔 수 없어요. 이미 총리님 말씀대로 국제 협정서에 사인해버렸어요."

"입장이 바뀌었다고 번복하시면……."

"도대체 왜 이렇게까지 하시나요? 거 이유라도 들어봅시다!"

대통령의 말에 운택은 몇 번이고 숨을 들이마셨다. 입속에 수많은 말들이 맴도는데 어디서부터 어떻게 말을 꺼내야 할지 좀처럼 갈피를 잡을 수 없었다. 그동안 다시 아들과 손자를 만나고 있었다. 그런데 손자가 밤하늘로 올라갔다. 그래서 탐사선을 보내야 한다! 간단한 이야기지만 동시에 자신의 치부가 여실히 드러나는 이야기였다. 두려웠다. 뱀 같은 대통령은 호시탐탐 자기 뒷덜미를 깨물 기회만 엿보고 있었으니까.

"왜 그러시는 거죠? 총리님!!"

대통령이 다시 한 번 물었다. 운택은 지금까지 살면서 단 한순간도 이렇게 머리가 안 돌아간 적이 없었다. 입술을 깨물며 고민하던 그는 결심한 듯 말했다.

"지하 벙커 제일 좋은 자리 드리겠습니다."

하지만 이번에는 대통령도 난감하긴 마찬가지였다.

"만약 지금 이 상황에서 다시 탐사선 보내겠다! 하면 과연 우리 입장은 어떻게 될까요?"

"제가 책임지고 한번 해보겠습니다. 유예 기간을 달라고, 탄소 중립 때처럼 어느 정도 패널티를 내면……."

"잘 생각해보세요. 총리님! 사익과 공익을 혼동하시면 안 됩니다. 이러다가 역풍 맞을 수도 있어요. 똑똑하신 분이 왜 이러실까 모르겠네."

그 말을 듣고 운택의 자존심에 금이 갔다.

"내년에 되셔야지요. 지난 17년 동안 고생고생해서 여기까지 오셨는데, 이제 와서 다 포기하시려고요?"

대통령이 정신 차리라는 듯한 투로 말했다. 이번에는 진심이었다. 운택은 턱을 괴고 괴로운 듯 미간을 찌푸렸다.

결국 정아는 쓰러졌다. 작업실에서 발견된 그녀는 상혁에게 업힌 채 응급실로 향했다. 치료를 받고 8시간이 지난 후에야 그녀는 겨우 눈을 뜰 수가 있었다. 의사는 그녀에게 말했다. 절대적 안정이 필요하다고. 그동안 잠도 거의 못 자고 제대로 먹지도 않아서 무려 8kg이나 빠졌다며, 이러다가 진짜 큰일 날 수도 있다며 그녀를 나무랐다.

"이제 약 먹으면서 억지로 버티면 안 돼요. 알겠죠?"

"저기…… 선생님! 제가 혹시 정신병인가요? 자꾸 환상이 보이고 그래서……."

의사는 트라우마의 일종이라고 했다. 아마 딸이 눈앞에서 사라져서 그런 것 같다며 계속 이 상태가 지속되면 정신병동에 입원할 수밖에 없다고 충고했다.

"따님을 잃은 건 슬픈 일이지만 그래도 이제는 보내줘야 해요. 안 그러면 정아 씨의 모든 게 모래성처럼 서서히 무너져 내릴 거예요."

의사의 그 말이 메아리처럼 정아의 귓가에 계속 맴돌았다. 밖으로 나가서 원무과 복도를 돌아보니 멀지 않은 곳에서 상혁과 두심은 대화를 나누고 있었다.

"이제 그만 포기하라고 좀 해. 걔 저러다가 진짜 죽을지도 몰라."

"네. 하지만 제 말을 죽어도 안 들어요. 저도 환장하겠어요, 어머님."

그렇게 말하는 남편의 모습을 보며 정아는 마른 침을 삼켰다.

집에 간 둘은 식탁에 앉았다. 아직도 충격이 가시지 않는지 정아는 아무 말 없이 멍하니 테이블 위에 놓인 작은 제라늄 화분을 응시했다. 오랜 침묵을 깬 건 상혁이었다.

"이제 제발 사람답게 살자! 좀……."

하지만 정아는 대답이 없었다. 그저 알 듯 말 듯 썩은 미소만 지을 뿐이었다.

"어머님이 그러시잖아. 이러다 우리 둘 다 미칠 거라고."

"이제 좋겠네. 드디어 그렇게 바라던 솔라리스를 얻게 되었으니."

가시 돋친 정아의 말에 상혁은 숨을 고르면서 천천히 입을 열었다.

"이제 인정하자고. 수진이는 죽었어. 그러니까 제발 우리도 우리 살길 좀 찾자! 엉?"

"어떻게 네 딸을 그렇게 말할 수 있어? 그러고도 니가 아빠야?"

"그럼 너는? 니가 무슨 엄마야! 엄마가 되었으면 자식을 잘 챙겼어야지."

"……뭐?"

정아는 입 벌린 채 상혁을 올려다보았다.

"왜 수진이를 잡지 못했는데. 그때 왜 손을 놓쳤냐고! 엄마란 사람이 도대체 왜?"

저주처럼 쏟아붓는 남편의 말을 들으면서 정아는 자신에게 손을 내밀던 수진의 마지막 얼굴을 떠올렸다. '엄마! 엄마!!' 외치며 점점 밤하늘로 올라가던 그 모습…….

"미안해. 어쩔 수가…… 없었어."

"그렇게 엄마 노릇을 하고 싶으면 살아 있을 때 잘했어야지? 죽고 나서 이게 뭐 하는 거야?"

정아의 눈에서 굵은 눈물이 뚝뚝 떨어졌다. 상혁은 그 모습을 보고 괴로운 듯 손가락으로 머리칼을 쓸어 넘겼다.

"나도 힘들다고. 너만 힘든 게 아니라고. 근데 어쩔 수 없잖아. 이제 우리가 할 수 있는 게 아무것도 없잖아!"

"그래도 우리 딸 절대 포기 못해. 내가 그래서…… 나 때문에 그런 거니까."

정아는 소파에 주저앉은 채 머리를 쥐어뜯었다. 상혁은 다시 한 번 그녀의 손을 꽉 잡았다.

"과거는 힘이 없어. 그러니 제발 그 속에서 좀 나와. 부탁이야."

"가만히 있으면 아직도 울려. 마지막으로 날 부르는 수진의 목소리가 여기에 웅웅 울린다고."

그러면서 정아는 한쪽 손으로 자신의 귀를 퍽퍽 내려쳤다.

상혁은 그런 아내의 눈을 쳐다봤다. 이제 남아 있는 감정이라곤 슬픔과 좌절뿐이었다. 더 이상 아내를 안아줄 용기도 힘도 나지 않았다. 그는 자리에서 일어났다. 그리고 마른 세수를 하며 계속 그녀 주위를 돌았다. 그때 그의 표정은 웃는 듯 울고 있었다.

"이러다가 진짜 미칠 것 같아. 우리 이제 그만하자! 더 이상은 못 견디겠어."

상혁은 오랫동안 마음속에 품었던 말을 입 밖으로 꺼냈다. 그리고 그는 그 길로 짐을 챙겨 문밖으로 나갔다.

정아는 하염없이 문을 바라봤지만, 상혁은 몇 시간이 지나도록 돌아오지 않았다. 저녁이 되고 달이 떴지만 전화조차 받지 않았다. 핸드폰은 꺼져 있었다. 소파에 멍하게 앉아 있던 정아는 지친 발을 질질 끌며 불 꺼진 수진 방으로 들어갔다. 철가루가 들어간 카펫을 걷자 그 아래 있던 수진의 학용품들이 공중에 둥둥 뜨기 시작했다.

"수진아. 수진아. 어디에 있는 거니?"

딸의 물건들을 손으로 하나둘씩 만지며 정아는 소리 죽여 흐느꼈다. 눈가에 맺힌 눈물방울이 천천히 위로 올라갔다.

"미안하다. 불가능할 것 같다."

카페에서 운택은 그렇게 말했다. 해준은 어이가 없었다. 세상 다 가지고 놀 기세였으면서 고작 그거 하나 해결 못하다니.

"이게 당신이 말하는 힘인가요?"

고개를 수그린 채 아무 말이 없는 그를 보고 있으니 더 부아가 치밀어 올랐다.

"결국 대통령이 되는 걸 선택하신 거죠? 그렇게 윤재 사랑한다 사랑한다! 하나밖에 없는 손자라고 노래 불러놓고……."

"나도 정말 보내고 싶었다. 하지만……."

"아버지는 늘 그런 식이었어요. 처음에는 간이나 쓸개 다 빼줄 것처럼 하시다가…… 감당이 불감당이 되면 사랑이 픽 식어버리죠. 그리고 이내 언제 그랬냐는 듯 떠나가 버리고……. 맞아요. 이게 당신이 세상을 대하는 방식이에요."

그 말을 들은 운택은 입술을 깨물었다. 부정하고 싶었다. 하지만 그럴 수 없기에 가슴이 더 아려왔다.

"해준아! 그동안 말하지 못한 게 있다. 평창에 지하 벙커 만들고 있어. 조만간 완공될 거야. 그러니 수애와 윤아를 데리고 거기로 와라. 부탁이다."

"제가 왜요?"

해준은 황당하다는 듯 말했다.

"윤재는 죽었더라도 윤아는 살려야지. 안 그래?"

그러자 해준은 멸시하는 눈빛을 내뱉었다.

"정말 안 바뀌네요, 사람은……. 이제 윤재가 사라지니 윤아를 택한 거예요? 참나……. 제 몸에 당신의 피가 있다는 게 진짜 역겹네요."

자리를 박차고 일어나려고 할 때 운택의 말이 그를 잡았다.

"나를 위해서 그런 게 아니야. 날 원망하려면 평생 원망해도 돼. 하지만 이러다가 윤아마저 하늘로 올라가 버리면 너 감당할 수 있겠어? 너도 결국 나 같은 아빠가 되길 원하는 거니?"

해준은 운택을 노려보았다.

"나는 당신과 달라요. 절대 버리지 않는다고요!"

하지만 이번에는 운택도 지지 않았다.

"너도 나와 똑같아. 왜 다르다고 생각하지? 네가 솔라리스만 부수지 않았다면 윤재는 아직 우리 곁에 있을 거야. 네 그 알량한 자존심 때문에 윤재가 하늘로 올라간 거라고!"

그렇게 말하자 해준은 더 이상 할 말이 없어졌다. 그저 멍하니 다 식은 커피 잔만 바라볼 뿐이었다. 온몸의 감각이 예민해지고 있었다.

"뭐가 중요한지 한번 고민을 해봐라."

그렇게 말하며 운택이 자리에서 일어나자 홀로 남은 해준은 고개를 떨구었다.

정아는 테이블 위에 놓인 제라늄을 바라봤다. 잎사귀가 쪼그라든 채 시들어 있었다. 왜 이렇게 갑자기 시든 걸까? 궁금해하다가 문득 깨달았다. 그동안 누가 물을 주고 있었는지.

정아는 상혁이 돌아오기를 기다렸다. 하지만 3일 넘게 그는 돌아오지 않았다. 전화 한 통 없었다. 정말 떠나버린 걸까? 영영 돌아오지 않는 걸까? 병든 제라늄처럼 정아는 쪼그라든 채 하염없이 창밖을 내다봤다. 그때 핸드폰이 울렸다. 서둘러 받아보니 해준이었다.

"정아 씨……, 그동안 잘 지냈어요?"

"네……. 해준 씨, 어떻게…… 됐나요?"

해준은 주저하다가 어렵게 입을 열었다.

"죄송해요. 아버지를 설득하지 못했어요."

"그랬군요……. 고생 많으셨어요."

애써 담담한 정아의 목소리가 해준의 마음을 더 먹먹하게 만들었다.

"여기서 끝인가 봐요."

"그런가요?"

"탐사선을 달까지 보냈어야 했는데……. 정말 죄송해요. 제 아들만 소중하다 생각했네요."

정아는 그 말을 듣고 잠시 숨을 고르다가 천천히 입을 떼었다.

"이제 알겠어요. 그 마음을요. 알 것 같다고, 알 수 있다고 생각했는데. 아는 게 아니었어요. 뒤늦은 사과가 얼마나 무책임한 건지……."

해준은 묵묵히 그녀의 말을 들었다.

"제 자신에게 하는 말이에요. 잘 지내요, 해준 씨!"

그러면서 정아는 핸드폰을 내려놓았다.

전화를 끊고 해준은 한동안 먹먹한 시선으로 주변을 바라보았다. 저만치 지나가는 다정한 일가족의 모습을 보며 미소 짓던 그의 두 눈에 어느새 눈물이 가득 고여 있었다.

✦

운택은 창밖을 바라보다가 에비에이션 첫날을 떠올렸다. 목줄에 감긴 채 낑낑거리고 있는 골든리트리버, 그리고 가위로 줄을 끊자 하늘로 올라가던 모습, 불과 한 달 전 일이지만 마치 그 일이 1년 전처럼 아득하게 느껴졌다. 정원으로 가서 한구석에 초라하게 방치된 개집을 바라봤다.

'참 충직한 녀석이었는데……. 같이 산책할 때면 언제나

든든한 녀석이었는데…….'

아직도 박수를 치면 어디선가 나타나서 왈왈~ 꼬리를 흔들며 다가올 것 같았다.

'아버지는 그런 사람이에요. 처음에는 간이나 쓸개 다 빼줄 것처럼 사랑하시다가……. 감당이 불감당이 되면 사랑이 픽 식어버리죠.'

며칠 전 해준의 목소리가 계속 운택의 귓가에 맴돌았다. 조금만 더 기다리면 되는데……. 그러면 진짜 자랑스러운 아버지, 할아버지가 될 수 있는데……. 갑자기 운택은 모든 게 허무해졌다. 이제 손만 뻗으면 다 잡을 수 있는 거리에 있는데도 조금도 만족스럽지 않았다.

"해준아! 네 말이 맞다."

그는 텅 빈 개집을 바라보며 그렇게 읊조렸다.

운택은 그날 일정을 다 취소하고 옛날 앨범을 꺼냈다. 나중에 보려고 보관해뒀는데 정작 20년 가까이 보지 않았다. 먼지가 가득 쌓인 앨범을 한 장 한 장 넘기던 그의 눈시울이 점점 뜨거워졌다. 사진 속 어린 해준은 기억 속의 어린 해준과 전혀 달랐다. 윤재만큼 밝고 맑은 아이였는데……. 이제는 그 누구보다 나이 든 눈을 갖고 있었다. 세상에 회의적이고 누군가를 쉽게 믿지 못하는 그 충혈된 눈.

'이게 다 나 때문이구나!'

미련하게도 이제야 알 수 있었다. 자신이 그동안 얼마나 어리석은 선택을 했는지. 자기의 이기적인 판단 때문에 사랑하는 사람이 평생 고통을 겪어야 했다. 한참 앨범을 넘기던 운택은 송 비서에게 전화를 걸었다.

"네, 총리님."

"민간 우주선 마지막으로 뜨기로 한 게 언제지?"

"내일 오전 11시입니다. 총리님."

그 이야기를 듣고 운택은 크게 심호흡하며 고개를 끄덕였다.

딸이 혼자가 되었다는 소식을 들은 두심은 정아를 돌보기 위해 다시 서울로 올라왔다. 바람이 잘 통하지 않아 그런지 냄새가 집 구석구석 고여 있었고, 그동안 밥 한 끼 제대로 안 챙겨 먹었는지 딸은 피골이 상접해 있었다. 두심은 혀를 쯧쯧 차면서 냉장고에 오랫동안 방치된 음식들을 정리했다. 그 사이에 정아는 창밖만 계속 바라보았다. 태풍이 지나간 밤하늘처럼 그녀의 눈은 아주 투명하고 깊었다.

"이 서방 연락 없었지?"

두심이 물었지만 역시 정아는 아무런 답이 없었다.

"저번에 연락하니까 너 괜찮냐고 하더라."

"이미 떠난 사람이야. 아무 미런 없어."

"잡아야지. 그래도 이것아!!"

속상했다. 냉장고에 말라버린 상추보다 하나밖에 없는 딸이 더 시들어버렸으니.

"내 옆에 있는 사람은 다 불행해져. 그러니 엄마도 이제 찾아오지 마."

하지만 거기서 포기할 두심이 아니었다. 장을 봐서 냉장고를 채워놓은 후 천안 집에 가서 남은 짐을 다 싸들고 왔다. 생각 같아서는 딸을 데리고 고향으로 내려가고 싶었는데 정아는 좀처럼 움직이려고 하지 않았다. 밥도 마찬가지였다. 거식증에 걸렸는지 제대로 음식을 씹지 못했다. 죽도 마찬가지였다.

"제발 좀 먹어! 씹으라고."

두심이 억지로 먹이려 해도 정아는 좀처럼 삼키지 못하고 먹는 족족 토를 했다. 그 모습을 보며 두심은 정아의 어깨를 때렸다.

"이러다 죽으려고 그래? 진짜 너 왜 그러니?"

"먹을 수가 없어. 먹고 싶지도 않고……."

그러면서 정아는 식탁에서 일어났다. 작업실로 간 그녀

는 작은 의자에 앉아 밖으로 시선을 돌렸다. 눈부신 8월이었다. 지구는 망해 가는데 그 소식을 모르는지 아니면 애써 모르는 척하는지 자연은 변함이 없었다. 버드나무의 길게 늘어진 잎들이 산들바람에 보드랍게 흔들렸고, 따사로운 햇살에 반짝이는 비닐봉지가 바람에 나부껴 하늘로 올라갔다. 그 모습을 보면서 정아는 천천히 고개를 끄덕였다.

'진짜 정신 병원에 데려가야 하나?'

알 듯 모를 듯 미소 짓고 있는 딸을 바라보는 두심의 고민은 점점 깊어져만 갔다.

— 오늘 인력은 34.2kg. 월출 시간은 15시 53분입니다. 다들 밤사이 안녕하시길 기도드립니다.

라디오에서 아나운서의 멘트가 흘러나왔다.

밤이 깊었다. 솔라리스를 설치하지 않았기에 다시 집에 있는 모든 물건은 부유했다. 아무리 숨겨놓아도 아무리 감춰놓아도 소용없었다. 부엌의 뒤집개가 올라갔고 상혁이 쓰던 컴퓨터 마우스가 올라갔다. 올라갔다 떨어졌다 반복하다 보니 한쪽 면이 깨져 있었지만 그 누구도 관심을 주지 않았다. 정아는 철가루가 들어 있는 이불을 덮고 침대에 누웠다.

아무것도 하지 않았는데도 지친 몸이 조금씩 들썩였다.

"내일은 병원에 가볼까?"

옆에서 두심이 말했지만 정아는 고개를 저었다. 소용없었다. 그 어떤 주사를 맞아도 아무리 좋은 약을 먹어도 구멍 난 가슴은 메울 수 없다는 걸 그녀는 본능적으로 알 수 있었다. 한숨 쉬던 두심이 돌아누워 눈 감으려 할 때 정아가 오랜만에 입을 열었다.

"엄마~, 수진이 잘 때 습관이 뭔지 알아?"

"뭔데."

"인형을 꼭 옆에 두고 자!"

밤에 천둥과 번개가 칠 때마다 수진은 인형 하나를 품에 안고 안방으로 왔다. 그리고 정아와 상혁 사이 공간을 비집고 들어가 정아의 베개 옆에 토끼 인형을 두었다. 그럴 때마다 솔직히 잠자리는 불편했다. 킹도 아니고 퀸 사이즈였기에 세 명, 아니 인형까지 같이 한 침대에 자는 건 여간 좁은 게 아니었다. 그래도 정아는 좋았다. 매시간마다 수진이가 자기 몸에 발을 올리는 바람에 잠을 설쳤지만 그래도 참을 만했다. 남편이 그랬다면 화를 냈겠지만…….

그때 정아는 느꼈다. 이게 모성애인가! 마주 보며 자는 수진의 얼굴을 볼 때면 자기도 모르게 미소가 흘러나왔다.

'어떻게 내 배 속에서 이런 애가 나왔을까?'

숨결에 움직이는 작은 솜털, 앵두 같은 작은 입술을 오므리며 잠든 딸의 얼굴을 보다 보면 그 꿈까지 같이 느끼고 싶어 질투 날 정도였다.

"지금 수진이는 좋은 꿈 꾸고 있겠지?"

정아의 눈에 오래 고인 눈물이 눈초리에서 관자놀이까지 또르르 흘러내렸다.

"그럼 그럼……."

두심은 투박하고 주름진 손으로 딸의 눈물을 닦아주었다. 두심의 마른 눈도 촉촉해졌다.

"엄마. 로켓 언제 출발하지?"

"2주 후에. 왜?"

"아니야, 아무것도."

정아는 두 눈을 감은 채 고개를 흔들었다.

다음 날 해준은 아침 일찍부터 일어나 솔라리스를 고치려 애썼다. 하지만 그때 망치로 너무 세게 내리쳐서일까? 군데군데 표면이 움푹 파인 기계는 아무리 해도 작동되지 않았다. 혼자 힘으로는 역부족이었다. 그는 이마에 땀을 닦아내며 긴 한숨을 내쉬었다.

오늘은 윤아의 다섯 번째 생일이었다. 수애의 퇴원 기념과 더불어서 해준은 작은 파티를 준비했다. 아내는 이런 상황에서 무슨 파티냐고 했지만 해준은 그래도 분위기를 바꾸고 싶었다. 다시 시작하고 싶었다. 지난 아픈 기억들 모두 잊고. 마치 새 저금통을 꺼내 동전 하나하나 넣듯, 다시 새로운 추억 쌓아가고 싶었다.

작은 초코 케이크 위로 다섯 개의 초가 올라갔다. 해준은 아픈 아내를 대신해 직접 미역국도 끓였다. 태어나서 처음 끓여보는 거지만 유튜브 레시피를 참조하니 맛도 모양도 나쁘지 않았다.

'진작 이렇게 해줄 걸…….'

그동안 아내가 해주는 요리를 입에 넣기에만 바빴다. 수애를 의자에 앉히고 해준은 방에 가서 윤아를 데리고 나왔다. 어린 윤아는 거실에 있는 케이크를 보고 기뻤는지 박수를 쳤다.

"생일 축하합니다~ 생일 축하합니다~."

다 함께 생일 축하 노래를 부른 다음에 윤아는 작은 두 손을 모으고 소원을 빌었다. 그리고 *후!* 불자 다섯 개의 촛불이 순차적으로 꺼졌다.

"무슨 소원 빌었어?"

수애가 물었다.

"어~, 달이 작아졌으면 좋겠고. 음…… 또 오빠 병 빨리 나으라고."

갑자기 분위기가 숙연해졌다. 그동안 윤아에게는 차마 윤재가 하늘로 올라갔다고 말할 수는 없어 아파서 병원에 있다고 했다. 잠시 망설이던 해준은 천천히 입을 열었다.

"윤아야, 실은 말이지……. 오빠는 이제 돌아올 수 없어."

온 신경을 집중하자 주먹 쥔 손에서 식은땀이 났다.

"왜?"

"그게……."

그때 옆에서 수애가 해준의 팔을 만졌다. 그만하라는 신호였다.

"왜…… 오빠가 왜 돌아올 수 없어?"

윤아가 슬픈 눈빛으로 물었다.

"좋은 곳에 갔거든. 지구보다 더 좋은 곳에. 그러니까 다시 만날 수 없어도, 오빠가 그리워도…… 다시는……."

순간 거적때기 같은 감정에 휘둘려 해준은 더 말을 이을 수가 없었다. 이제 인정해야 한다! 산 사람은 살고 떠난 사람은 떠나보내야 한다. 그래야 살 수 있다. 옆에서 수애는 밥숟가락을 들다가 밥 위에 툭툭 눈물을 떨어뜨렸다. 눈물

젖은 그녀의 안경이 조명에 반사되어 귤빛으로 산란되었다.

"엄마 왜 그래? 괜찮아?"

"그럴 수 없잖아. 애써 괜찮은 척하지 말자!"

수애는 본인의 널뛰는 감정을 떨쳐내려는 듯 두 손으로 자신의 얼굴을 감싸 비볐다. 해준도 인정할 수밖에 없었다. 이 아픔을, 이 기억을 죽는 날까지 안고 가야 한다고. 아무리 부정하려 해봤자 소용없는 짓이라고.

어린 윤아는 멀뚱멀뚱 엄마 아빠를 바라보았다. 케이크는 질퍽하게 녹아내렸고, 생크림에 파묻혀 있던 초는 형편없이 기울어졌다. 그때였다. 해준의 핸드폰이 울렸다. 운택이었다. 받을까 말까 고민하다가 해준은 수신거부를 눌렀다. 그러자 잠시 후 다시 문자가 왔다.

— 해준아! 마지막 민간 우주선 한 대가 송도우주센터에서 오늘 오전 11시에 출발할 거다. 가서 윤재를 구해다오!

그 문자를 본 해준의 눈이 커졌다.

운택은 문자를 보내고는 다시 안개가 자욱한 천변을 뛰기 시작했다. 때마침 대통령의 전화가 왔지만 그는 받지 않았다. 오랫동안 고민했지만 이게 최선이라고 생각했다. 이제 후회도 미련도 남지 않았다. 계속 핸드폰이 울리자 그는 옆에 있는 하천으로 던졌다. 포물선을 그리며 핸드폰은 풍덩 물속으로 떨어졌다. 그리고 그는 다시 앞을 향해 나아갔다. 뛰면 뛸수록 그의 시야는 점점 좁아졌지만 동시에 머릿속은 점점 선명해졌다.

“갈 데가 있어. 빨리 옷 갈아입고 나와.”

두심은 정아를 재촉했다. 어젯밤 마음이 통했다 느껴서일까? 웬일로 정아는 순순히 응했다.

차창 너머로 강렬한 햇살이 엉킨 채 커다란 상수리나무가 가지를 흔들고 있었다. 그리고 푸르른 잎들 사이로 유난히 붉게 물든 백일홍 하나가 정아의 눈에 들어왔다.

‘예쁘다!’

그녀는 손을 뻗어 만져보고 싶다는 충동이 일었다. 두심과 정아, 둘이 탄 택시는 이내 커다란 첨탑이 있는 교회 앞에 섰다. 정아는 택시에서 내려 주변을 둘러보았다. 어렸을 때 온 후로 거의 30년 만이었다. 다시는 여기 오지 않겠다고 굳게 다짐했었는데……. 그때 예배당에서 반주가 울려 퍼졌다. 합창 연습 중인지 반주에 맞춰 성가대 노랫소리가 뒤를 이었다. 두심이 다가와 어깨를 두드리자 정아는 결심했다는 듯 고개를 끄덕였다. 그리고 둘은 교회 안으로 들어갔다.

“여기 앉으면 돼.”

정아는 두심이 시키는 대로 의자에 앉아 위를 올려다보았다. 눈부시게 청명한 스테인드글라스를 배경으로 십자가에 못 박힌 예수가 보였다. 원망과 절박함이 한데 섞인 눈동자로 정아는 그를 바라보았다.

“네가 하고 싶은 이야기를 전해드리렴.”

그 소리를 따라 정아는 눈을 감고 두 손을 모았다.

‘상희는 지금 잘 살고 있을까?’

초등학교 때 왕따였던 친구가 문득 궁금해졌다. 그때 충격으로 종교랑은 담을 쌓고 살았지만 이렇게 못에 박힌 예수상을 바라보고 있으니 신기하게도 마음 한구석으로 숨 쉴 구멍이 조금씩 비집고 들어왔다. 당신의 손과 발에 있는 상처가 자신과 닮아서일까? 정아는 속에 든 이야기를 조금씩 꺼내놓기 시작했다.

“용달이라는 아이가 있었어요. 참 착하고 따뜻한 아이였는데……. 제가 그 아이에게 몹쓸 짓을 하고 말았어요. 제 딸만 소중하다 생각했기에…….”

그렇게 정아는 몇 시간이고 그에게 이야기를 건넸다. 더 이상 눈물은 흐르지 않았다. 옆에서 두심도 그녀를 위해 기도해주었다. 여름날 오전은 부드럽게 잦아들어 오후로 이어졌고, 그녀의 짙은 그림자는 시계 반대 방향으로 조금씩 움직였다. 한동안 멀리서 지켜보던 목사가 정아에게 가까이 다가왔다.

"기도가 주님께 잘 전달될 겁니다."

주위에 있던 다른 신자들도 정아에게 다가와서 그녀를 안아주었다.

"그동안 많이 힘들었지요? 이제 슬픔도 기쁨도 우리 함께해요."

"환영합니다. 자매님."

처음 보는 이들의 행동이 조금 낯설었지만 그래도 정아는 그들의 말과 행동에서 따뜻한 온기를 느낄 수 있었다. 집으로 가는 길, 버스에서 두심은 정아의 손을 어루만졌다.

"엄마 따라 잘 왔지?"

그런 두심을 보며 정아는 희미하게 웃었다. 그때 그녀의 머리 뒤로 ***'아이를 찾습니다!'*** 라고 적힌 수많은 광고 전단지가 스쳐 지나갔다. 대부분 낡고 변색되어 누더기 된 상태였다. 정아가 혹여나 뒤를 볼까 봐 두심은 서둘러 그녀의 시선을 잡았다.

"정아야!! 이제 다 잊고 잘 지내보자. 다 잘 될 거야. 보상금 나온 걸로 솔라리스도 설치하고 또 남는 돈으로 수진이 추모예배도 올리자. 알겠지?"

잠시 눈빛에서 두려움이 스쳐 지나갔지만 이내 지우고 정아는 천천히 고개를 끄덕였다.

해준은 운택이 알려준 대로 재빨리 송도우주센터로 향했다. 하지만 예전처럼 편히 들어갈 수 없었다. 정문에는 무장한 군인들이 출입구를 막고 있었다.

"무슨 일이시죠?"

"아, 저 에피모 회원인데 여기 물건을 놓고 와서요."

해준은 하얀 클로버 브로치를 보여주었다.

"죄송합니다! 지금은 들어가실 수 없습니다."

군인은 경직된 투로 말했다. 그때였다. 건물 너머로 로켓 엔진 소리가 들렸다.

"저 소리는 뭐죠?"

"기상 위성을 점검하고 있습니다. 돌아가시죠."

"저기…… 혹시 차운택 총리 쪽에서 전달받은 것 없나요?"

"저희는 들은 바 없습니다. 나가시죠."

그러면서 그들은 해준을 밖으로 내보냈다. 답답한 마음에 그는 전화를 걸었지만 아무리 기다려도 운택은 받지 않았다.

'어떻게 발사가 허가된 거지? 또 누구를 찾는 거고? 혹시 윤재를 찾는 건가? 아니야 그랬다면 날 막지 않았겠지.'

그의 머릿속은 복잡해졌다. 하지만 깊이 생각할 시간이 없었다. 우주선이 출발하기 전에 빨리 안으로 들어가야 했다. 다행히 윤재의 DB는 지갑 속에 들어 있었다.

뒷문으로 가보니 높은 담장이 있었고 군인들이 순찰을 돌며 지키고 있었다. 잠시 후 차에서 철제 밧줄을 챙긴 해준은 조심스레 담장 위로 올라갔다. 다행히 군인들은 눈치채지 못했다. 조심스레 주변을 살피며 구조물 사이를 내달리기 시작했다. 서둘러 달리다보니 튀어나온 못 하나가 그의 허벅지살을 찔렀다. 끔찍한 고통이 느껴졌다. 조금씩 피가 새어나왔지만 그는 속도를 늦출 수 없었다. 그때였다. 어디선가 나타난 개가 해준을 보며 왈왈 짖었다. 검은 귀를 쫑긋 세운 로트와일러였다. 해준은 아래로 점프한 후 곧바로 내달렸다. 뒤에서 개소리가 들렸고 어디선가 들리는 호루라기 소리가 바람결에 실려 콘크리트 벽에 반사됐다.

"왜 그래? 뭐 있어?"

"이쪽으로 와봐!!"

군홧발 소리가 뒤를 이었다. 군인들이 다가오기 전에 건물 안으로 들어가야 했다. 처음 와본 길이라 이곳이 어딘지도 분명치 않았다. 해준은 재빨리 주위를 둘러보다가 철문 하나를 발견했다. 다가가서 잡아당겨봤지만 애석하게도 문은 굳게 잠겨 있었다. 개 짖는 소리가 점점 더 가까이서 들려왔다. 그는 주위에 있던 돌을 들어 잠금장치를 내려치려고 했다. 그때였다! 문이 열리면서 안에 있던 관계자가 밖으로 나왔다. 라이터를 꺼내는 걸 보니 담배를 피러 잠시 나온 모양이었다. 재빨리 해준은 벽 뒤로 몸을 숨겼다.

"혹시 여기 수상한 사람 못 봤어요?"

"어? 못 봤는데……."

담배남이 말했다.

"이상하다. 잘못 봤나?"

개는 계속 짖었고 군인들은 고개를 돌리며 그가 왔던 방향으로 뛰어갔다. 그들이 떠나자 해준은 살짝 열린 문틈으로 몸을 쑤셔 넣었다. 거친 숨이 그의 턱 끝을 간지럽혔다. 잠시 숨을 돌린 뒤, 그는 비상계단을 부지런히 올라갔다.

관제센터 안으로 들어가니 분주히 움직이는 스페이스 X 관제사들의 모습이 보였다. 중앙 한복판에 '발사 15분 전'이라는 디지털 사이니지가 눈에 띄었다. 서둘러야 했다. 지금이라도 DB를 넣으면 루트를 수정할 수 있으니까. 관계자들을 제치고 안으로 들어가자 상황실 한 편에 익숙한 얼굴이 보였다. 승연과 승연 남편이었다. 해준은 깜짝 놀랐다.

"여기서…… 뭐 하시는 거죠?"

그러자 승연 부부 역시 놀란 표정으로 그를 올려다봤다.

"기자님! 여긴 어……떻게 들어왔어요?"

그제야 해준은 모든 것을 알 수 있었다. 예상대로 승연은 에피모를 해체한 대가로 민간 우주선 이용권을 받은 것이었다. 화가 났지만 그는 최대한 침착하게 말을 꺼냈다.

"우리 아들도…… 같이 찾아주세요."

"그럴 수 없어요. 이미 루트를 입력했어요. 변경할 수 없다고요."

단호한 승연의 목소리에 해준은 다시 한 번 끓어올랐다.

"다 알고 있어요. 저 과학 전문 기자예요. 루트 변경 지금도 가능하잖아요."

"안 돼요. 이번에는 진영이만 찾을 거예요. 단 한 번뿐이니까 어쩔 수 없어요. 나가세요! 빨리 나가라고요."

승연은 거칠게 저항하며 해준의 팔을 잡아끌었다. 상황실에 있던 관제사들 모두 어쩔 줄 몰라 하며 그들을 바라봤다. 그때 누군가가 긴급호출 버튼을 누르려고 하자 해준은 재빨리 다가가서 그의 손을 낚아챘다.

"그러지 마요! 부탁이에요. 한 사람 더 찾는다고 달라지는 건 없잖아요. 안 그래요? 여기 제 아들 DB예요. 제발 입력해주세요."

그러면서 선임 관계자에게 DB를 내밀려고 할 때 승연이 그의 앞을 가로막았다.

"안 돼! 절대 안 돼!! 당신 아들은 지구 대기권에 있다며. 루트가 전혀 다르다고!!"

승연은 악다구니를 쓰며 해준에게 달려들었다. 다시 해준과 승연과의 몸싸움이 펼쳐졌다. 그때였다. 승연 남편은 그러지 말라고 소리쳤다.

"자기야~, 어쩔 수 없잖아. 이왕 이렇게 된 거 서로 도와야지. 비밀 유지하시는 거죠?"

해준이 고개를 끄덕이자 그는 다가가서 윤재의 DB를 건네받았다. 그러고는 관제사들 쪽으로 걸어가서 건네는 척하더니 한쪽 창문을 열고 밖으로 DB를 집어던졌다.

"지금 뭐 하는 거야?"

해준은 승연 남편에 다가가 멱살을 잡았다.

"너 때문에 그동안 우리 아들 못 찾았어. 네놈 때문

에……. 그런데 뭐 같이 가자고?"

승연 남편은 들고 있던 가방으로 해준의 머리를 내리쳤다. 넘어진 해준은 소매로 찢어진 입술의 피를 닦으며 일어났다.

"이 비겁한 새끼들이……!"

그러면서 승연 남편에게 다가가 엎어치기로 집어던졌다. 승연 남편은 붕~ 날아가 맞은편 콘솔에 부딪친 후 바닥에 꼬꾸라졌다. 플라스틱 유리가 산산조각 났다. 사람들이 비명을 지르는 사이에 해준이 서둘러 밖을 내다보니 발사대 근처 철 구조물에 DB가 떨어진 게 보였다.

"저기 어디로 내려가요!! 어떻게요?"

"위험해요. 발사 10분 전이에요."

관계자가 걱정스러운 투로 말했다. 그러거나 말거나 해준은 잠시의 망설임도 없이 문밖으로 뛰쳐나갔다. 호흡이 턱 끝까지 찼지만 어쩔 수 없었다. 얼마나 정신없이 뛰었을까? 다행히 해준은 철제 계단 앞에 떨어진 윤재의 DB를 주울 수 있었다. 다시 올라가려 하다가 위를 보니 관제상황실까지 가는 건 너무 아득하게 느껴졌다. 시간도 촉박했다. 이러다 DB를 입력 못할 수도 있었다. 그때 문득 예전에 기술감독관이 했던 말이 생각났다.

'변동 값만 입력하면 이륙 직전이든 비행 중이든 언제든지 자동항법시스템으로 전환되어 유연하게 움직일 수 있지요.'

그때 기억이 떠오른 해준은 스타십 23 기체로 방향을 틀었다. 가까이 다가가보니 에어락이 굳게 닫혀 있었다.

'이걸 어떻게 열더라?'

잠시 고민하던 그는 관제상황실을 바라보며 두 손을 크게 흔들었다.

"지금 저게 뭐라는 거예요?"

승연이 물었다.

"우주선 안에 직접 들어가려는 것 같아요. 들어가서 DB 직접 입력하려고."

관제사 한 명이 그렇게 말하자 승연은 황급히 밖으로 뛰쳐나갔다.

"문 좀 열어주세요!! 제발요."

해준은 한 번 더 소리를 질렀다.

"위험해요. 이제 5분 후에 출발할 거라고요."

관제사는 스피커를 통해 그렇게 전했지만 그는 꿈쩍도 하지 않았다. 어쩔 수 없이 선임 관제사는 비상호출을 눌러 군인들에게 말했다. 큰일 나기 전에 빨리 저 사람 끌어내라고. 주변에 있던 군인들은 서둘러 철제 계단을 타고 위로 올라갔다. 주위의 움직임을 읽었는지 해준은 점점 뒤로 물러났다. 이윽고 군인들이 바로 아래층까지 올라오자 그는 넥타이를 풀어 자신의 손을 철제 난간에 묶었다. 자신의 요구를 들어줄 때까지 절대 물러나지 않겠다는 각오였다.

"어떡하죠?"

관제사 한 명이 물었다. 선임 관제사의 고민이 깊어졌다.

"아무래도 비행 취소해야 할 것 같아."

"안 돼요! 절대 안 돼요."

승연 남편이 애원하며 말했다.

"이러다 진짜 죽을 수도 있다고요."

"이번이 마지막이잖아요. 절대 취소하면 안 돼."

그러면서 승연 남편은 주위에 있던 깨진 유리 조각 하나를 들어 선임 관제사를 협박했다.

"죽기 싫으면 빨리 엔진 점화해!!"

해준이 민간 우주선 근처에서 계속 버티고 있을 때 뒤에서 1번 에어락이 열렸다. 큰일 날 것을 두려워한 관계사 한 명이 몰래 문을 연 것이었다. 손을 푼 해준이 서둘러 안으로 들어가려고 할 때 어느새인가 나타난 승연이 그의 뒷덜미를 잡았다.

"안 된다고!! 왜 이래 진짜?"

옥신각신 몸싸움을 하다가 해준이 옆으로 밀자 승연은 철제 난간 위로 철퍼덕 쓰러졌다. 그 사이에 군인들이 가까이 다가오자 인기척을 느낀 해준이 돌아서서 주먹을 휘둘렀다.

"다가오지 마! 다가오지 말라고!!"

하지만 한발 앞서 군인들은 해준의 머리를 잡아 난간에 처박았다. 맥없이 픽 쓰러진 그의 이마에 피가 새어나왔다. 그래도 포기할 수 없었다. 힘들게 일어난 해준은 옆에 있던 승연의 몸을 붙잡고 난간 근처로 조금씩 밀기 시작했다.

"한 발자국만 더 가까이 와봐! 이 여자 떨어뜨릴 거야!"

해준이 고함을 지르자 군인들은 주춤하면서 가까이 다가오지 못했다. 수십 미터 상공의 발사대 위로 강한 바람이 불자 승연의 가발이 힘없이 나부끼기 시작했다.

— 발사 3분 전, 발사 3분 전.

발사대 위로 기계음이 흘러나왔다.

"해준 씨!! 이러면 우리 둘 다 못 찾아요. 제발 놓아주세요."

승연도 소리를 질렀다.

"안 돼. 우리 아들 찾아야 해. 대기권으로 궤도 바꿔~, 빨리! 안 그러면 이 여자 죽일 거야."

동시에 관제센터에서는 승연 남편이 계속 관제사를 협박하고 있었다.

"빨리 출발 시켜~! 빨리 발사 버튼 누르라고."

"엔진이 점화되면 저 사람들 다 죽는다고요."

"알아서 피할 거야! 분명 알아서 피할 거라고."

날카로운 유리를 갖다 대자 선임 관제사의 목에서 피가 조금씩 배어져 나왔다. 그때 신고를 받은 경찰이 사이렌을 켜고 우주센터로 왔다. 어떻게 알았는지 방송 관계자도 와서 카메라를 설치했다. 경찰 관계자가 확성기에 대고 소리쳤다.

"이제 끝났어요. 그만하세요."

그때 주엔진 소리와 함께 자동 시스템이 가동됐다. 엔진이 점화되자 바닥부터 열기가 후끈 올라왔다. 군인들은 겁이 났는지 뒤로 주춤거리다가 이내 밖으로 빠져나갔다.

"이렇게까지 해야 돼요? 이런다고 윤재가 좋아할 것 같아요? 이러다가 우리 둘 다 죽는다고요."

승연이 자신을 누르고 있는 해준에게 소리 질렀다.

"이렇게밖에 할 수 없다는 걸 알잖아요. 이게 우리한테 마지막 동아줄이니까."

해준은 그러면서 승연의 멱살을 끝까지 놓지 않았다.

"빨리 비키세요. 곧 스타십이 이륙할 겁니다."

관제센터 스피커가 울렸다.

— 엔진 점화.

커다란 수증기 폭탄이 터지면서 뜨거운 열기가 두 사람을 덮쳤다.

"차라리 날 떨어뜨려요."

"우리 아들 없이는 절대 뜰 수 없어!!"

그때 승연의 가발이 바닥으로 떨어졌다. 흩날린 가발은 불꽃 사이로 흔적도 없이 사라졌다. 그 사이에 멀리서 뜬 헬기가 둘의 모습을 카메라에 담았고 그 모습은 방송화면으로 생중계됐다.

— 고정 장치 해제

운택은 TV 앞에서 송 비서와 그 현장을 바라봤다. 많이 놀랐는지 그의 눈썹 아래가 자동적으로 바르르르 떨렸다.

집에 있는 정아도, 모텔방에 있는 상혁도 심지어는 일본에 있는 주원까지도 승연과 해준, 둘의 모습을 지켜보았다. 정아는 화면을 보면서 나지막하게 신음을 내뱉었다.

"해준 씨……."

"그래요!! 그럼 우리 둘 다 그냥 죽어요."

승연이 두 눈을 부릅뜨고 해준에게 말했다.

— 10. 9. 8.

"자기야!! 빨리 나와! 부탁이야……."

승연 남편은 소리를 질렀다. 뒤늦게 취소하라고 했지만 관제사는 한 번 엔진이 가열되면 쉽게 끌 수 없다고 했다. 해준은 승연을 바라봤다. 승연의 눈가에 고인 눈물이 뜨거운 열기에 기화되었다.

— 6. 5. 4.

잠시 후, 민간 우주선 스타십 23이 굉음을 내면서 발사대에서 출발했다. 그리고 그 모습을 발사대 근처 특수 창문 너머로 해준은 거친 숨을 내쉬며 바라보았다. 그는 차마 승연을 아래로 떨어뜨리지 못했다. 발사 직전에 그는 승연을 업고 문밖으로 뛰쳐나갔다. 1초만 늦었다면 큰일 날 수도 있었다.

"윤재야…… 윤재야……."

"진영아…… 우리 아들."

해준과 승연은 동시에 눈물을 흘렸다. 눈물의 의미는 서로 달랐으나 뜨겁기는 매한가지였다.

다섯 시간 후, 스타십 23은 다시 지상으로 돌아왔다. 하지만 승연의 아들, 진영은 찾을 수 없었다. 승연 남편과 해준은 협박과 상해죄로 유치장에 수감됐다. 둘은 한 공간에 있었지만 끝끝내 말 한마디도 나누지 않았다. 조사실에서 경찰은 누구에게 받은 정보냐며 캐물었지만 해준은 끝끝내 입을 열지 않았다. 그저 넋이라도 나간 사람마냥 어둑어둑 그늘진 벽만 바라볼 뿐이었다.

나중에 경찰 조사를 통해 드러난 사실은 해준과 주원의 키스 장면을 찍은 사람은 다름 아닌 승연 남편이었다. 그는 탐사선 궤도를 바꿀 명분을 만들기 위해 계속 해준의 뒤를 캤던 것이었다. 하지만 그동안의 모든 노력들은 다 물거품이 되어버렸다.

)

9장

철컹! 소리와 함께 유치장 문이 열렸다. 솔라리스가 설치되지 않은 상태라 며칠 동안 암흑 속에서 잠을 설친 해준은 고개를 들어 쇠창살 사이로 새어 들어오는 빛을 바라봤다.

"정해준 씨! 나오세요."

해준이 경찰서 밖으로 나오니 운택이 앞에 있었다.

"고생했다."

그는 두부를 들고 해준을 반겼다.

"어떻게 된 거예요?"

"네가 네 아들을 구하려 했듯 나도 내 아들을 구해야지."

해준을 바라보며 운택은 그렇게 말했다. 어찌된 영문인

지 해준은 좀처럼 이해할 수 없었다. 그동안 운택은 언론을 통해 모든 일의 배후에는 자신이 있었다고 시인했다. 승연에게 민간 우주선 기회를 준 것도, 해준에게 그 사실을 알린 것도 다 자기라고 밝혔다.

"저는 31년 전에 혼외로 낳은 자식이 있습니다. 그리고 그동안 더 높은 곳으로 올라가야 한다는 이유로 아들의 존재를 철저히 비밀에 부쳤습니다. 그로 인해 제 아들은 평생을 그림자 속에 살아야만 했습니다. 이번에 하나밖에 없는 손자가 에비에이션 하게 되자 저는 아들의 고통을 더 이상 볼 수 없어 한 나라의 총리로서는 절대 하지 말아야 할, 선 넘는 결정을 하고 말았습니다. 이에 국민 여러분께 진심으로 사과의 말씀을 드립니다."

그러면서 운택은 내년 대통령 후보 경선을 포기하겠다고 밝혔다. 부정하면 그만이었다. 아니라고 잡아떼면 어느 정도 지지율은 떨어질지언정 차기 대선은 따 놓은 당상이었다. 대통령도 여당도 그렇게 하라고 했다. 심지어는 자기 대신 총대 매겠다는 초선의원도 있었다. 하지만…… 운택은 어느 순간 이 모든 게 덧없게 느껴졌다. 승리가 코앞이었지만 승리를 해도 그리 기쁠 것 같지 않았다. 함께할 사람이 필요했다. 이제 앞으로 얼마나 더 살지 모르겠지만 남은 기간 자신과 함께 울고 웃을 가족이 필요했다. 그래서 그는 대통령에게 말했다. 이제 그만하겠다고. 당신이 이겼다고.

"왜 그만두셨어요? 그렇게 위로 올라가고 싶으셨으면서."

아들의 질문에 운택은 차분한 목소리로 입을 열었다.

"이제 숨기고 또 숨기는 게 지친다. 희망이 없으면서 희망을 이야기하는 것도, 있는데 없다고 부정하는 것도……."

해준은 운택의 그 말에 적잖은 충격을 받았다. 운택은 차 한 잔을 홀짝이며 이렇게 말했다.

"달에 핵을 쏘는 게 성공적이어도 예전으로 돌아가긴 쉽지 않을 거야. 앞으로 달은 계속 커질 거거든. 이미 늦었어."

해준은 묵묵히 그의 이야기를 들었다.

"이번에도 내 예상이 맞을 거야. 그러니 해준아! 윤아와 수애랑 같이 벙커로 들어가자! 이번에는 반드시 약속하마! 다시는 널 실망시키지 않겠다고."

하지만 해준은 망설였다. 그러자 운택은 벙커에 대한 이야기를 다시 꺼냈다. 지하 세계에 들어가야지 남은 가족들 모두 안전할 거라고. 마치 노아의 방주처럼 그곳에 들어가 끝까지 살아남자고. 그 이야기를 들은 해준의 얼굴은 밝았다 어두워졌다 계속 반복했다. 믿을 수 없다기보다는 애써 믿기 싫은 표정이었다. 주저하는 해준에게 운택은 마지막으로 진심을 전했다.

"해준아! 우리…… 적어도 불행에 익숙해지지는 말자."

처음으로 해준은 자신의 어깨를 쓰다듬는 운택의 손길을 뿌리치지 않았다. 그리고 잠시 후 그는 운택의 뜻을 받아들이겠다는 듯 고개를 끄덕였다.

"아버지! 혹시 한 사람 더 데려갈 수 있을까요?"

며칠 후, 교회에서 수진의 추모 예배가 진행되었다. 하얀 꽃다발 사이로 여러 개의 향불이 타올랐고, 제단 앞에는 사람들이 올려놓은 봉헌초들이 주위를 밝혔다. 한울모와 함께 한울도 오고, 총무도 왔지만 정작 상혁은 오지 않았다. 두심이 카톡을 남겼지만 그는 끝내 읽지 않았다. 소식을 듣고 해준도 교회 안으로 들어왔다. 그를 보고 사람들은 알은척을 했다.

"저 사람 혹시 그 사람 아니야?"

"맞네, 맞아. 아버지가 차운택이잖아."

불편한 시선을 애써 무시하고 해준은 주위를 기웃거리며 정아를 찾았다. 그리고 마침내 교회 제단 앞에 무릎 꿇고 앉아 있는 그녀를 발견할 수 있었다. 정아는 제단 위에서 해맑게 웃고 있는 딸의 사진을 흐릿한 눈빛으로 바라보고 있었다.

'저 사진이 저렇게 쓰일 줄이야?'

정아는 용달이 필름 카메라로 찍은 사진으로 수진의 영정 사진을 만들었다. 장난기 많은 수진이 용달에게 다가올 때 찍은 연사 중에 하나였다. 해준은 사진 속 수진의 얼굴을 보자 마음 한편이 아려왔다. 참 예쁜 아이인데……. 윤재처럼 반짝이는 눈빛을 가진 아이인데. 이제는 다시 볼 수 없다니……. 그때 정아의 옆집 아줌마가 해준에게 다가왔다.

"어떻게 오셨어요?"

"그게…… 같은 에피모 회원이어서요."

이제야 알겠다는 듯 그녀는 고개를 끄덕였다.

"저 사진 참 특이하죠? 누가 찍었는지 아세요? 용달이라는 아이가요. 우리 동네 명물이었는데 수진 엄마 차 사고로 죽었거든요. 인생 참 아이러니죠?"

그 이야기를 들으니 해준은 문득 예전 시위 현장에서 운동화 벗겨진 채로 황급히 달리던 정아의 모습이 떠올랐다.

'미안해요. 실수였어요! 내가 일부러 죽인 거 아니라고요!'

그래서 그런 거였구나! 해준은 이제야 조금이나마 그녀를 이해할 수 있었다.

그때 목사가 단상 앞으로 나오자 신자들은 모두 자리에서 일어났다. 그의 지시에 따라 묵상기도를 하고 다 함께 찬

송가를 불렀다. 두심은 큰 목소리로 노래를 불렀고 정아는 입을 살짝 벌린 채 계속 수진의 얼굴을 응시했다. 이윽고 추도사가 시작되었다.

"우리의 어린 천사가 주님 곁으로 갔습니다. 주님이 그 재능을 너무 소중하게 여기셨기에 조금 일찍 저희 곁에서 데려가셨습니다. 이 땅에 사는 모든 인생들 역시 하나님의 피조물이기에 아픔과 고통 없는 나라에서 다시 만날 소망이 있기에……. 이제 눈물을 닦으며 하나님께 보내드리고자 합니다. 수진 양의 영원한 구원과 또 행복을 위해서 다 함께 기도합시다. 아멘."

목사의 말이 끝나자 곳곳에서 '아멘'이라는 소리가 들렸다. 눈을 감은 정아의 속눈썹이 미세하게 파르르르 떨렸다.

"앞으로 우리는 주님의 말씀대로 행해야 합니다. 주님께선 당신의 겸손으로 너의 교만함을 이기셨으며, 당신의 관대함으로 너의 질투를 없애셨고, 당신의 유순함으로 너의 폭력을 짓밟으셨습니다. 또한 저희의 믿음이 부족했기에 주님은 저희를 심판의 길로 들어서게 하셨습니다. 하늘로 올라간 아이들을 대신해서 말합니다. 저희 죄를 참회하고 앞으로 저희가 좋은 길을 갈 수 있도록 인도하여 주시옵소서!"

고개 숙인 정아는 자기도 모르게 입술을 깨물었다. 본인의 널뛰는 감정을 떨쳐내려는 듯, 그녀는 두 손으로 자신의 얼굴을 감싸 비볐다.

"아니야. 그건 아니야."

"조용히 해."

옆에 있는 두심이 속삭였다. 하지만 정아는 고개를 절레 절레 흔들었다.

"우리 딸이 무슨 죄가 있다고……. 그 어린 게 뭘 잘못했다고."

그렇게 목소리를 높이자 뒤에 있는 신자 한 명이 그녀를 잡았다.

"저기 수진 어머님! 이러시면 안 됩니다. 벌 받아요."

하지만 더 이상 참을 수 없었던 정아는 자리에서 벌떡 일어났다.

"목사님! 궁금한 게 있는데요. 하느님께선 정말 우리 모두를 사랑하시나요?"

"네. 당연……하죠."

목사는 당황한 목소리를 애써 지우며 답했다.

"그럼 그렇게 사랑하시면서 왜 달을 크게 해서 우리를 고통 속에 놓는 거죠?"

"그게 다 믿음이 부족해서……."

정아는 목사의 말허리를 잘랐다.

"웃기는 소리 하지 마세요. 믿음이 부족하다고요? 그래서 우리 딸이 저기 저 위로 올라갔다고요? 차라리 죄가 있다면 내가 올라가야지. 내가 죄인인데…… 내가 두 사람이나 죽였는데……!"

그렇게 울부짖자 교회 안이 소란스러워졌다. 뒤에서 해준은 그런 정아를 씁쓸한 표정으로 바라보았다. 놀란 두심이 정아의 입을 틀어막았다.

"너 진짜 왜 그러니? 수진이 그러다 천국 못 간다니까."

"우리 수진이 안 죽었어. 분명 살아 있어. 내가 알아. 엄마로서 느낄 수 있다고. 근데 왜 자꾸 다들 우리 수진이 죽었다 그래? 안 죽었는데……. 아직도 저 위에서 날 기다리고 있는데……."

정아의 입술이 오열로 터져버릴 것만 같았다. 두심과 다른 장로들이 막으려 했지만 이미 그녀는 이성을 잃은 상태였다.

"근데 갈 수 없어! 갈 수 없다고. 어떻게 해도 갈 수가 없어!!! 왜!! 왜!! 도대체 왜!!!"

고막을 찢을 듯 정아는 비명을 내지르더니 털썩 무릎을 꿇고 머리를 쥐어뜯기 시작했다. 말리려고 다가오는 사람들에게 성경책을 집어던지고 손톱으로 할퀴었다.

"정아 씨!!!"

해준은 그녀를 달래려 다가갔지만 몰려드는 사람 때문에 가까이 다가갈 수 없었다.

그렇게 폭풍 같은 시간이 지나고 두심과 정아는 쫓겨나듯 교회 밖으로 나갔다. 그리고 다시는 그곳에 들어갈 수 없었다. 집으로 가는 길에 두심은 정아에게 단 한마디도 하지 않았다.

✦

해준은 운택의 서재로 들어갔다. 테이블 위에는 그의 어머니 사진이 있었다. 이번에는 먼지로 뒤덮여 있지 않았다. 마음이 불편했지만 그는 애써 못 본 척했다. 그런 아들을 살피며 운택이 말했다.

"실은 17년 전에 네 엄마가 그렇게 하라고 했다."

"그게 무슨 말씀이시죠?"

운택은 눈썹을 만지작거리다가 천천히 입을 열기 시작했다. 과거 운택이 국회의원 선거를 앞두고 괴로워할 때 해준 모 지은은 아무 생각하지 말고 빨리 더 큰 세상으로 나가라고 했다. 목표 지점까지 오른 다음, 아직도 자기 성을 쓰고 있는 아들 해준의 성을 '차 씨'로 바꿔달라고. 그래야 아들 앞에서 당당해질 수 있다고.

"언제까지 이러고 살 거예요. 나중에 우리 데려가면 되잖아요."

마지막까지 고민하던 운택은 해준모의 말을 듣고 고개를 끄덕였다. 하지만 국회에 입성한 후에도 그는 계속 욕심을 부렸다. 이미 어느 정도 위치에 올랐지만 잘하면 좀 더 높은 곳까지 올라갈 수 있을 것 같았다. 그러다 보니 어느덧 17년이라는 시간이 흐르고 말았다.

"너무 늦어버렸네."

해준은 무슨 말을 해야 할지 몰라 그저 사진 속 지은의 얼굴만 바라봤다. 아직까지 아버지가 혼자 지내는 걸 봐서는 엄마에 대한 마음이 그대로일지도 모른다고 그는 잠시 생각했다.

운택이 고양이와 까치가 그려진 민화 옆에 있는 작은 버튼을 누르자 스르륵~ 문이 밀리면서 비밀의 방이 나왔다. 그곳으로 들어가자 안에는 운택이 지난 40년 동안 모아놓은 자료들이 가득 들어 있었다.

"여기가 내 두뇌다!"

주위를 둘러보던 해준은 그가 어렸을 때 아버지가 서재에서 연구하던 모습이 떠올랐다. 망원경, 각종 천체지도, 우주선 설계도 등등 어린 시절 그가 봤던 것들이 그대로 보존돼 있었다. 그때 문득 그런 생각이 들었다. 예전에 세종시 옛집에 찾아갔을 때 왜 다른 자료 하나 없이 솔라리스 문양 하나만 달랑 남아 있었던 걸까?

'혹시 아버지는 내가 찾아올 걸 예상한 걸까?'

《헨젤과 그레텔》에 나오는 빵 조각처럼 자기도 운택이 흘린 부스러기를 주우면서 결국 아버지가 유인한 길로 오고만 건가! 그런 의심이 들었다. 결국 모든 것은 그가 원하는 방향대로 흘러갔으니까. 생각해보니 자신에게 솔라리스 차명계좌를 준 것도, 또 언론에 공개한 것도 다 운택의 자작극 같았다. 물어볼까 하다가 이내 고개를 저었다. 이미 다 끝난 마당에 부질없는 짓이었다.

"한번 봐도 될까요?"

해준이 주변을 둘러보며 말했다.

"그러렴."

책장에 놓인 논문도, 스크랩된 사건 파일도 하나하나 확인해보았다. 역시 해준의 예상대로였다. 운택은 2년 전부터 에비에이션의 전조를 모으고 있었다. 그가 갖고 있는 자료만 무려 137건이었다.

"왜 말씀 안 하셨어요?"

"두려웠단다. 또 예전 일이 반복될까봐."

운택의 얼굴이 어두워졌다. 해준은 복잡한 감정을 숨기며 한 장 한 장 자료를 넘겼다. 역시 자성 때문에 벌어진 일이었다. 프라이팬이 올라갔던 것도, 제일 먼저 자성을 띤 물질이 하늘 위로 올라간 것도. 그의 의심이 확신이 되는 순간이었다. 그동안 달은 지구에게 자신의 이상 징후에 대해서 계속 말해주고 있었지만, 인간들은 특이점이라며 애써 무시했던 것이다. 그때 자료를 넘기던 해준의 눈에 익숙한 얼굴이 들어왔다. 정아였다. '진용달'이란 17살 아이의 죽음에 참고인 자격으로 경찰 조사를 받고 있는 사진이었다.

"그럼…… 이것도 혹시?"

"맞을 거야. 옛날 필름 카메라 케이스는 강한 자석으로 만들어졌거든. 그래서 올라갔을 거다."

운택이 사진 속 용달의 카메라를 가리키며 말했다. 해준은 생각에 잠긴 듯 미간을 찌푸리며 다시 그 자료를 찬찬히 살폈다.

그렇게 며칠이 또 지났다. 검은 하늘 위로 천둥 번개가

쳤다. 그러다 보니 낮인지 밤인지 사람들은 헷갈리기 시작했다. 결국 이러다 영원한 밤이 오는 건가! 두려움에 떠는 사람들이 점점 늘어났다. 지금까지 한국은 2만 명, 전 세계적으로는 343만 명 정도의 아이들이 하늘 위로 올라갔다. 최근에 올라간 아이의 무게는 37.2㎏였다. 그리고 지금까지 레저렉션을 통해 살아 돌아온 아이는 총 13명이었고, 이 중에서 한국은 구한울이 유일했다. 아직도 병원에서 집중 치료를 받는 한울은 다행히 예전 모습으로 돌아오고 있었다.

그동안 달은 계속 커졌고 정아는 순식간에 늙어버렸다. 마치 세상의 모든 중력이 한 사람에게 간 듯 한 걸음 한 걸음 뗄 때마다 정아는 헉헉 거칠게 숨을 몰아쉬었다. 두심은 정아의 전화를 무시하고 애써 외면했다. 그날 일 때문에 40년 넘게 다니던 교회에서 쫓겨났기에 다시는 딸이랑 만나지 않을 거라고 독하게 마음을 먹었다. 하지만…….

"혹시 임정아 씨 어머님이신가요?"

경찰 연락을 받고 서둘러 한강 공원을 찾은 두심은 거기서 나뭇가지처럼 앙상하게 마른 딸을 보고 억장이 무너져 내렸다.

"정아야……."

목이 메어서 말도 제대로 나오지 않았다. 지구대 경찰들은 무성한 수풀 사이를 뒤지고 있는 정아를 향해 손전등을 비췄다.

"이러시면 안 됩니다!"

"저쪽에 한 번만 더 갔다 올게요."

경찰의 만류에도 불구하고 정아는 두 팔로 차디찬 몸을 감싼 채 상처 난 발을 질질 끌면서, 습지 여기저기 놓인 커다란 돌들 사이를 더듬더듬 헤쳐 나갔다. 그녀가 지나간 자리에는 쏟아지는 빗줄기 아래로 사람 키만큼 자란 풀들이 파도처럼 출렁였다.

"수진아!! 수진아!!! 어디 있니?"

정아는 그렇게 목 놓아 딸의 이름을 불렀다.

"지금 몇 시간째 저래요. 이러다가 달이 뜨면 정말 큰일 날 것 같은데."

옆에서 여경이 걱정스러운 투로 두심에게 말했다. 아무리 미워도 하나밖에 없는 딸이었다. 종교도 생각도 달랐지만 그래도 학창 시절 단 한 번도 말썽 피운 적 없는 아이였다.

'내가 죄인이여, 죄인!'

살았다고도 죽었다고도 할 수 없는 자신의 딸을 두심은 촉촉하게 젖은 눈으로 한참 동안 바라보았다.

창문의 암막 커튼을 모조리 뜯어내자 순식간에 안으로 햇살이 가득 들어찼다. 곧바로 두심은 정아의 손을 잡고 화장실로 데려가 샤워기로 때 묻은 온몸을 구석구석 씻겼다. 덥수룩한 머리도 정리하고 드라이어로 말렸다. 뼈만 앙상하게 남은 정아는 비 맞은 강아지마냥 얇은 수건 아래서 오들오들 떨었다. 두심은 마트에서 장을 본 후 냉장고를 가득 채웠다.

식탁에 앉은 딸에게 두심은 소고기 죽을 들이밀었다. 먹을 때까지 그녀 자신도 숟가락을 들지 않았다. 마지못해 정아가 한술 뜨자 그제야 두심은 자신의 수저를 들었다.

"그래! 먹어. 먹어야지 사는 거야. 살고 싶어서 먹는 게 아니고."

하지만 정아는 몇 번 못 씹고 헛구역질하며 화장실로 달려갔다. 그리고 변기에 수그린 채 묽은 토가 나올 때까지 계속 게워냈다. 두심은 감정을 실어서 딸의 등을 탁탁 때렸다.

"이것아~, 이러다 너 죽는다니까. 진짜 나 속상하게 왜 그래?"

변기 레버를 내리고 정아는 지친 표정으로 화장실 벽에 기대앉아 두 눈을 감았다.

"못 먹겠어. 당분간…… 아무것도……."

그때 딩동~ 현관 벨소리가 들렸다. 속상해하던 두심은 한숨을 쉬면서 밖으로 나갔다.

"누구세요?"

"저기 혹시……."

남자 목소리에 두심은 내심 기대했으나 방문한 사람은 상혁이 아닌 해준이었다.

해준은 테이블 위에 커피와 차를 두고 정아와 마주 앉았다. 두 사람은 그동안 수많은 일을 겪었기에 눈빛으로 서로를 잠시 위로했다. 그동안 정아는 몰라보게 초췌해져 있었다. 처음 봤을 때 그 강인하던 엄마의 모습은 어디 가고 깊게 팬 볼우물, 얇디얇은 두 팔의 여자가 자기 앞에 앉아 있었다. 해준은 슬펐다. '잘 지냈어요?'라는 그 흔한 말조차 할 수 없었으니까. 이게 다 자기 때문인 것 같아 그는 마음이 아려왔다.

"이야기 들었어요. 우주센터에서…… 고생 많으셨죠?"

정아가 먼저 입을 열었다.

"네. 하지만 우리 아들 찾을 수 없었네요."

해준은 승연에 대한 이야기를 꺼낼까 순간 고민했지만, 이 시점에서 그 이야기는 무의미해 보였다. 이미 눈앞에 여자는 충분히 고통받고 있었으니, 더 힘들게 하고 싶지 않았다. 해준은 그동안 자기가 준비한 자료를 정아 앞에 놓았다. 용달의 사진을 보자 정아의 눈썹은 위로 올라갔다.

"그때 말씀하신 아이가 이 아이 맞나요?"

해준이 묻자 정아는 흔들리는 눈빛으로 고개를 끄덕였다.

"경찰에게 본인 때문에 교통사고 당했다고, 그래서…… 죽었다고 말씀하셨죠? 하지만 아니었어요. 에비에이션이 본격적으로 생기기 전, 전조 현상이 있었어요. 달은 자성 물질을 제일 먼저 잡아당겼는데 우연히 용달이가 들고 다니던 카메라가 하늘로 올라가게 된 거예요. 그리고 그걸 잡으려고 용달이는 차도로 달려갔던 거고……."

천천히 이야기를 듣던 정아는 해준을 정면으로 응시했다.

"하고 싶은 말이 뭔가요?"

"그러니까…… 그러니까 제가 하고 싶은 말은……. 정아 씨 때문이 아니에요."

해준은 정아의 손등에 자신의 손을 올렸다.

"아이들이 이렇게 된 건 당신 때문이 아니라고요."

잠시 정적이 흐르고 이내 정아의 눈시울이 붉게 물들었다. 조금씩 들썩이는 그녀의 어깨를 토닥이며 해준은 숨죽인 채 입술을 깨물었다. 마음 같아서는 더 위로해주고 싶었지만 그럴 수 없다는 게 아쉬울 따름이었다.

"정아 씨! 이제 곧 핵로켓이 발사되잖아요. 저희 아버지 말로는 실패할 확률이 더 높을 거래요. 곧 지구에 한 번도 인류가 경험하지 못했던 카오스가 올 거라고……. 아버지가 그동안 지하 벙커를 만들었어요. 거기로 가면 에비에이션 전과 똑같이 생활할 수 있대요. 혹시 괜찮으시면 저희 가족과 같이 안 가실래요?"

해준은 진심을 다해 말했다. 하지만 정아는 이내 고개를 저었다.

"감사해요. 그 마음만 받을게요."

"왜요? 부담 안 느끼셔도 돼요. 그게……."

"아니에요. 아직 해야 할 일이 남았거든요."

"그게 뭔가요?"

"글쎄요. 실낱같은 희망이지만……. 그래도…… 희망은 좋은 거니까요."

그 말을 하는 순간만큼은 정아의 얼굴 위로 희미한 미소가 번졌다. 그리고 그 미소에서 해준은 무언가 조금씩 피어나는 희망을 느낄 수 있었다.

✦

정아는 작업실로 들어가서 몇 시간이고 그림을 그렸다. 여전히 야위었지만 그래도 해준이 다녀간 후로 그녀의 표정에는 변화가 생겨났다. 마치 갈라진 땅에 새싹이 돋는 듯 캔버스에 물감을 찍는 그녀는 조금씩 되살아나고 있었다. 사과 접시를 들고 방으로 온 두심은 딸의 그림을 살폈다.

"이게 뭐니? 갑자기 웬 해달?"

"아~, 이거……."

정아는 그렇게 운을 띄우며 예전 이야기를 꺼냈다.

에비에이션 당일 상혁과 정아는 수진을 데리고 아쿠아리움에 갔다. 수진은 기념품으로 해달 인형을 사달라고 졸랐다. 잠시 가격표를 보고 망설이던 정아는 조심스레 말했다.

"너무 비싼데……. 나중에 마트에서 사줄게."

"싫어~. 마트 거랑 여기 거랑 다르단 말이야."

수진은 몸을 흔들며 떼를 썼다. 하지만 정아는 생일날 사주겠다며 인형을 제자리에 놓았다. 삐친 수진은 흥~ 하고 콧방귀를 내면서 아빠에게 안겼다. 상혁은 고개를 절레절레 저으며 정아를 바라봤다.

"그거 얼마 한다고. 그냥 사주지 그걸……."

"그러게. 이럴 줄 알았으면 하나 사줄걸."

정아는 캔버스 위에 있는 해달 그림을 바라보며 읊조렸다.

"언제나 후회란 늦는 거야. 어쩔 수 없어."

"정말 어쩔 수 없는 걸까……?"

잠시 생각에 잠겨 있던 정아가 희미하게 웃었다. 두심은 포크로 사과 하나를 찍어서 정아에게 건넸다.

"너 주님 믿으라는 말 안 할게. 그냥 새로 시작하자. 응? 다 잊고 다시 처음부터 시작하자. 정아야."

정아는 조각난 사과를 말없이 바라봤다. 그때였다. 작업실 한편에 있는 TV에서 뉴스가 나왔다.

— 내일 날씨는 영상 19℃, 습도는 98퍼센트 이하, 압력은 101킬로 파스칼입니다. 전문가들은 로켓 발사에 최적화된 날씨라고 전했습니다.

기자의 목소리 너머로 전 세계 17개의 우주센터에서 핵탄두를 싣는 모습이 실시간으로 중계됐다. 드디어 내일이면 로켓이 발사된다. 카메라 앞에 선 전 세계 수많은 사람들은 긴장한 표정이 역력했다.

"제발 내일 성공했으면 좋겠어요."

아이 한 명이 떨리는 목소리로 말했다.

"달이 제발 예전 그대로 돌아갔으면 좋겠어요."

사랑하는 연인도 동시에 그렇게 말했다.

"신의 가호를 빕니다!"

종교 단체의 수장은 두 눈을 감고 주문을 외듯 말했다.

"부디 내일이 영원했으면 좋겠네요."

수많은 사람들이 두 손을 모아 기도했다. 정아는 마치 꿈이라도 꾸듯 멍하니 그 모습을 바라보았다.

그날 밤, 해준은 운택과 함께 평창으로 향했다. 뒷좌석에 앉은 수애가 에비에이션 때문에 힘들어하는 윤아를 달랬다. 아직까지 차량용 솔라리스는 없었기에 윤아의 몸은 계속 위로 떠올랐다. 우여곡절 끝에 물에 탄 수면제를 먹인 뒤에야 겨우 윤아는 수애 품에서 잠들 수 있었다. 운전석에 앉은 운택은 룸미러로 그런 며느리에게 고개를 끄덕였다. 얼마 안 남았으니까 조금만 더 참으면 된다는 뜻이었다. 조수석에 앉은 해준이 물었다.

"아버지! 이제 거의 다 왔나요?"

"응, 10분 정도만 더 가면 돼. 근데 그분은 왜 안 오기로 했니?"

"할 게 남았대요."

"무슨 할 일? 이제 지구는 희망이 없는데……."

운택은 자조적인 목소리로 말했고, 해준은 어둑해지는 창밖을 바라보며 정아의 마지막 모습을 한 번 더 떠올렸다. 이윽고 그들이 탄 차량은 솔라리스 새 공장 앞에 다다랐다. 정문 앞에는 마치 배급받는 것처럼 길게 줄지어 선 사람들의 행렬이 보였다. 가까이서 보니 정재계 인사부터 연예계 톱스타까지 다양했다. 다들 비밀리에 지하 벙커를 산 고객들이었다. 그들은 진행 요원의 지시를 따라 조금씩 앞으로 나아갔다.

"어~, 저 사람 그 사람 아니에요?"

수애가 가리킨 사람은 다름 아닌 커민스 교수였다. 그는 가족들과 함께 VIP 팻말 앞에 서 있었다. 그에게서 시선을 떼지 못하고 해준이 물었다.

"어쩌다가 저 사람이 여기까지 오게 된 거죠?"

"그동안 내게 좋은 정보를 많이 줬거든. 그래서……."

운택은 그렇게 말하며 차에서 내렸다.

오랜만에 만나서 그런가! 커민스 교수와 운택은 어깨를 치며 반갑게 서로를 맞이했다. 곧이어 운택의 시선을 따라 커민스와 그의 아내는 손을 흔들었고 해준은 고개를 숙여 그들에게 인사했다. 해준은 이 모든 상황이 비현실적으로 느껴졌다. 기회는 한 번뿐이라고, 핵로켓을 무사히 보내기 위해서는 탐사선과 민간 우주선 절대 띄우면 안 된다고. 자신의 방송에서 그렇게 강조하던 사람이 이곳에 숨으러 왔다니……. 이게 지식인의 민낯이구나! 싶었다. 하긴 생각해보면 해준 자신도 가족 데리고 여기 온 마당에 남을 탓하는 것도 웃긴 노릇이었다.

점점 하늘이 어두워지고 바람이 거세지자 밖에서 줄 선 사람들은 공장 안으로 들어갔고 운택도 서둘러 차로 들어왔다. 그가 다시 시동을 걸자 수애가 의아한 목소리로 물었다.

"아버님! 우리도 저기에 들어가야 하는 거 아니에요?"

"아니야! 우리는 우리만의 특별한 공간이 따로 있단다."

운택은 의미심장한 미소를 띠었다. 잠시 후 그들은 깊숙한 산속 희미한 불빛 하나가 도깨비불처럼 아른거리는 곳으로 향했다. 모르는 사람이 보면 이곳에 길이 과연 있을까 의심할 정도로 인적이 드문 곳이었다. 폐건물 같은 곳에 들어가서 운택이 벽에 손을 갖다 대자 벽이 뒤로 밀려나면서 바닥에 숨겨져 있던 출입구가 드러났다. 깜짝 놀란 수애는 하마터면 윤아를 놓칠 뻔했다. 해준이 아래를 내려다보자 환한 불빛 너머로 바닥까지 연결되는 긴 계단이 보였다.

"지상에 있는 모든 시설은 내일 아침에 폐쇄할 예정이다."

"왜요? 아버님……."

"그래야 다른 사람들이 안 들어올 거 아니냐?"

운택이 계단 아래로 내려가자, 수애와 윤아를 안은 해준이 그의 뒤를 따랐다. 안에 들어간 둘은 주위를 살펴보고는 그만 할 말을 잃어버렸다. 초라한 입구와 달리 지하 세계에는 정말 엄청난 규모의 시설이 있었으니까. 전체적으로 화이트 톤의 모던한 공간에 도서관, 어린이집, 극장, 스포츠 센터 심지어는 축구장과 골프장까지 있었다.

"이게 어떻게 가능한가요? 아버님."

수애는 입을 다물지 못했다.

"조금 세련된 노아의 방주를 만들고 싶었단다. 아마 전 세계 어디에도 이런 곳은 없을걸."

운택은 자신 있게 말하며 자신이 만든 공간을 둘러보았다.

아직 사람들이 들어오지 않아서 황량한 느낌은 지울 수 없지만, 지난 몇 십 년간 상상했던 결실을 이제 곧 맛볼 수 있다는 생각에 그는 흥분을 감출 수 없었다. 옆에서 해준은 찬찬히 주위 시설을 살펴보았다. 산소 생산 장치와 전력 공급 장치, 환기 시스템 등 최첨단 장치가 똬리를 틀 듯 여러 갈래로 얽혀 있었다.

"4도 이상의 지진뿐만 아니라 홍수, 태풍, 화재 등의 천재지변에서도 언제든지 대체가 가능하게 꾸며놓았단다. 전력 공급이 단절될 경우에도 2.5초 만에 전력 공급이 가능하며 72시간까지 자체적으로 전력 생산이 가능하지. 게다가 곳곳에 솔라리스를 매설해 놓아서 아이들이 밤낮 할 것 없이 자유롭게 뛰어다닐 수 있고."

"언제부터 이걸 만드신 거예요?"

"1년 전부터."

"그럼 이 모든 걸 예상하신 거예요?"

해준의 질문에 운택은 고개를 끄덕였다. 해준은 그런 아버지가 두렵다 못해 경외심까지 느껴졌다. 700명이 넘는 사람들이 자급자족 없이도 5년 동안 버틸 수 있다니……. 운택의 말대로 이곳은 작은 왕국과 다름없었다.

"어! 스타벅스 카페도 있네요?"

"응, 아직 입점은 안 했는데 조만간 들어올 거야."

운택의 말을 듣고 커피 좋아하는 수애가 행복하다는 표정을 지었다.

해준은 자신의 가족에게 배정된 방을 살펴봤다. 원래 살던 집보다 세 배 정도는 더 넓었다. 게다가 침대나 가구를 보니 유명 디자이너의 작품인 게 분명했다. 가족들에게 잘 보이려고 일부러 운택이 신경 써서 하나하나 고른 것이었다. 하지만 해준은 이상하게 계속 마음 한 편이 허전했다.

"아버지! 이 정도 공간이면 적어도 10명은 같이 쓸 수 있을 텐데……."

"하지만 그 사람들은 300억을 낼 수 없잖니."

운택이 말했다. 농담 같으면서도 진담처럼 느껴지는 말투였다.

"아버님! 그러면 여기는 한 번 들어오면 다시는 나갈 수 없나요?"

"아까 말했듯이 내일 달에 핵이 떨어지면 많은 사람들이 소식을 듣고 이곳으로 몰려들 거야. 그때를 대비해서 출입과 보안에 신경 쓸 수밖에 없단다. 내일 아침 6시부로 여기로 들어오는 모든 출입구를 폐쇄할 예정이다."

"그렇다면…… 어쩔 수 없네요."

해준이 그렇게 말하자 운택과 수애가 동시에 그를 바라봤다.

"그게 무슨 소리냐?"

하지만 해준은 운택의 질문에 답하지 않고 침대에 다가가 새근새근 자고 있는 딸의 머리칼을 손가락으로 부드럽게 쓸어 넘겼다. 수애는 그런 남편의 표정을 조심스레 살폈다.

윤아의 볼에 살짝 입을 맞춘 해준은 다시 운택에게로 다가갔다.

"아버지! 수애와 윤아 잘 부탁해요."

"자기야!!!"

수애가 놀라며 그에게 다가왔다.

"그게 무슨 뜻이냐고?"

운택의 목소리는 떨렸다.

"한 번 더 윤재를 찾아보려고요."

"앞으로 어쩌려고? 이제 저 위로 올라갈 수 있는 방법이 없는데."

"그래도 찾아봐야죠. 나중에 후회하지 않으려면요. 여기서 포기하면 절대로 제 자신을 용서할 수 없을 것 같아서요."

"해준아! 아직도 모르겠니? 윤재는 죽었다!!"

운택은 안타까운 표정으로 아들을 쳐다보았다.

"네, 그럴 수도 있죠. 아니 아마 그럴 거예요. 하지만…… 하지만…… 아직 모르잖아요. 아주 조금이라도 가능성이 있다면 끝까지 해봐야지요. 그게 부모니까."

그렇게 말하며 해준은 뜨겁게 아내를 안았다. 수애는 느꼈다. 이 순간이 어쩌면 둘의 마지막일지도 모른다는. 하지만 한 번 더 그를 믿기로 했다.

"자기야~, 우리 윤재 꼭 찾아와!"

"그럴게. 윤아 잘 지켜줘."

운택이 답답하다는 듯 다시 해준 곁으로 다가왔다.

"한 번 나가면 앞으로 1년 동안 못 들어온다. 해준아! 다시 한 번 생각해봐라~."

하지만 해준은 그런 운택을 잠시 바라보다가 따뜻하게 안아주었다.

"어렸을 때 아버지가 불러주신 자장가 들으면 잠이 솔솔 왔어요. 우리 윤아에게도 많이 들려주세요. 어떻게든 다시 돌아올게요. 너무 늦지 않게."

인사를 마치고 해준은 밖으로 나갔다. 지하 벙커 밖으로 나가자 거센 바람이 그의 머리칼을 거칠게 날렸다. 대관령이라 공기가 더 차디차게 느껴졌다. 해준은 정아를 생각했다. 과연 그녀의 선택은 무엇일까? 다른 방법이 있는 게 분명했다.

'실낱같은 희망이지만…… 그래도 희망은 좋은 거니까요.'

살짝 미소 짓던 그녀의 마지막 얼굴, 해준은 이에 질 수 없었다. 그녀가 딸을 그리워하는 만큼 자신도 윤재를 사랑하니까. 그게 '부성애'라는 이름으로 불리든 말든 그저 마지막 순간까지 아들을 찾고 싶었다. 어쩌면 오류와 실수로 점철된 자기 삶이 그렇게 볼품없는 건 아니라고 말하고 싶었는지도. 앞으로 힘들 게 분명했다. 하지만 그의 얼굴에서는 두려움 따위는 찾아볼 수 없었다. 윤재가 그랬다.

'이게 다 아빠가 짊어진 외로움의 값이라고.'

그래, 기꺼이 그렇게 하리라! 마음먹으며 해준은 인력이 더 커지기 전에 재빨리 차를 몰고 서울을 향해 나아갔다.

그날 밤이었다. 두심이 안방에서 잠을 자는데 밖에서 부스럭거리는 소리가 들렸다. 뭐지? 두심은 침대에서 부스스 일어났다. 혹시 솔라리스가 안 켜졌나? 그럴 리가 없는데. 아까 분명 오후 4시에 맞춰놨는데. 고장이라도 났나? 두려운 마음에 천천히 밖으로 나가보니, 창밖의 커다란 달을 배경으로 둔 채 정아는 부엌에서 무언가를 열심히 만들고 있었다.

"지금 뭐 하는 거야?"

"엄마, 일어났어? 미안해. 시끄러웠지?"

그러면서 정아는 오븐에서 뭔가를 꺼냈다. 보니 달 모양 마카롱이었다. '한밤중에 이걸 왜?' 의문이 들었지만 두심은 한편으로 다행이라는 생각도 들었다.

"그래, 잘했어. 배고프면 뭐라도 먹어야지."

그러면서 두심은 커피 포트에 물을 넣고 끓였다. 과자만 먹으면 목 막히니까 같이 먹일 생각이었다. 정아는 두심이 머그컵에 티백을 넣고 휘휘 젓는 모습을 보며 천천히 입을 열었다.

"엄마, 나 많이 원망하지? 교회에서 깽판 치고 이혼하고 하나뿐인 손녀까지 잃어버리고."

하지만 두심은 말이 없었다. 그저 쓸쓸한 뒷모습으로 한숨만 길게 내쉴 뿐이었다.

"엄마…… 어쩌다가 이렇게까지 되었을까?"

두심이 정아 앞으로 머그컵을 내려놓았다.

"그러니까 다시 교회 가서 사과하자. 용서해주실 거야, 분명."

"그러게. 용서받아야지."

그러면서 정아는 마카롱을 스웨터 주머니에 넣었다. 그녀의 옷에는 해달 인형이 달려 있었다.

"엄마, 나 어디 좀 다녀올게."

"이 밤에 어딜 간다고 그래? 봐~, 저 달 안 보여?"

하지만 정아는 두심을 말없이 바라보다가 꼭 끌어안았다. 갑자기 얘가 왜 이래? 두심은 야윈 딸의 앙상한 갈비뼈가 느껴졌다. 날이 밝는 대로 병원에 데려가서 링거라도 맞혀야겠다! 그렇게 마음먹은 순간, 그녀의 목덜미에 뭔가 축축한 게 느껴졌다. 눈물이었다. 정아는 흐느끼고 있었다.

"왜 그래? 정아야!"

두심은 깜짝 놀라 딸의 양 어깨를 잡았다.

"엄마, 잘 살아요! 나 너무 원망하지 말고."

"그게 무슨 소리야?"

이상한 기분이 들어서일까? 두심은 그녀의 손을 꼭 잡고 놓아주지 않았다.

"엄마. 놔줘요. 나 가야해, 이제."

"어딜 간다는 거야!! 너 진짜…… 왜 이래?"

하지만 정아는 벗어나려고 안간힘 쓰더니 이내 두심을 밀쳐냈다.

"안 돼! 정아야~ 이러지 마!!"

문밖으로 나가는 정아를 잡으려고 두심은 재빨리 손을 뻗었다. 하지만 다리가 불편한 탓에 채 몇 걸음 못 가고 그만 넘어지고 말았다.

잠시 후, 두심이 아파트 옥상 문을 열고 밖으로 나가자 희뿌연 달빛을 가리는 정아의 뒷모습을 볼 수 있었다. 자리에 우뚝 선 정아의 얼굴 위로 태양 같은 달빛이 떨어졌고, 차가운 밤공기가 마치 유영하듯 그녀의 옷자락에 내려앉았다. 바람에 펄럭이는 긴 치맛자락이 마치 인어의 꼬리처럼 느껴졌다.

"정아야. 정아야!!"

두심은 외쳤지만 정아는 그저 희미한 미소만 흘린 채 하늘을 향해 두 팔을 올렸다. 달빛을 받은 그녀의 두 눈이 일렁거리는 연못처럼 반짝였다. 그리고…… 잠시 후 그녀는 떴다. 이제 39*kg*이 된 정아, 그녀의 발은 공중으로 조금씩 떠올랐다. 하지만 더 이상 올라가지 않자 정아는 입고 있던 스웨터를 벗어던졌다. 마카롱이 들어 있는 스웨터가 달을 향해 점점 빠르게 올라갔다.

"정아야. 이러지 마~ 제발."

다급해진 두심은 정아에게 손을 뻗었다. 하지만 정아는 그녀의 손을 잡지 않았다. 아니 잡을 수 없었다. 해야 할 일이 있으니까. 이게 그녀가 선택한 마지막 방법이었다.

"미안해요, 엄마. 어쩔 수 없어."

그렇게 조금씩 둥둥 뜬 채 정아는 밤하늘로 사라졌다. 오로라가 초록빛 춤을 추면서 다가와 그녀의 몸을 부드럽게 감쌌다. 뒤에서 두심이 울부짖는 소리가 들렸지만, 정아는 돌아보지 않았다. 천천히 인력에 몸을 맡긴 채 어디론가 계속 떠날 뿐이었다. 두려웠다. 하지만 동시에 설레기도 했다.

"조금만 기다려, 수진아!! 엄마가 갈게."

정아는 하염없이 위로 올라갔다. 공기는 견딜 수 없을 정도로 추웠다. 올라가면 올라갈수록 머리가 어지러웠고 한기에 온몸이 덜덜 떨렸다. 그래도 포기할 수 없었다. 그렇게 한 시간쯤 올라갔을까? 이번에는 눈을 뜰 수가 없을 정도로 강한 빛이 그녀를 내리쬐었다. 전자레인지 안에 들어간 느낌이었다. 두 손으로 얼굴을 막았지만 후끈거리는 열기에 그녀는 어지럽고 토할 것만 같았다. 게다가 어느 순간부터 탁하고 비릿한 냄새가 코 깊숙이 스며들었다.

'여기가 혹시 성층권인가!'

실눈을 뜨고 세상을 바라보니 가늘고 붉은 선과 굵고 어두운 선들이 서로 층을 이루며 옆으로 길게 늘어져 있었다. 산소가 옅어져서 그런지 점점 숨쉬기가 힘들어졌다. 그녀는 입술을 꽉 깨물었다.

'살아야 해. 우리 딸도 견뎠잖아. 그러니까 참고 버텨야 해.'

하지만 의지와 달리 그녀의 호흡은 점점 약해졌다. 꺼

져가는 의식 속에서 정아는 옆으로 고개를 기울였다. 그리고…… 얼마의 시간이 흘렀을까?

쿵쿵쿵쿵!!! 밖에서 들리는 소리에 그녀는 두 눈을 번쩍 떴다.

'여기가 어디일까? 혹시 내가 죽은 건가!!'

하지만 그렇다고 하기에는 온몸의 감각들이 너무나도 생생했다. 미끌미끌한 손을 들어 올리며 정아는 주변을 다시 한 번 살폈다. 초록빛 젤리는 여전히 부드럽게 일렁이며 몸을 휘감고 있었고 암흑의 우주는 관망하듯 자신을 내려다보고 있었다. 그동안 몇 시간 아니 며칠이 지난 걸까? 눈을 감은 후로 시공간이라는 개념 자체가 사라져버렸다.

쿵쿵쿵쿵!!! 다시 한 번 밖에서 들리는 소리에 맞춰서 그녀의 심장이 반동했다. 그러고 보니 저 소리, 많이 들어본 소리다. 혈류가 내려오듯 따뜻하고 포근한 기운이 온몸을 감쌌다. 마치 태아가 되어 엄마 자궁 속으로 들어온 느낌이었다. 위를 올려다보자 밤하늘은 별사탕을 단 풍선 같았고 아래에는 길고 긴 어둠이 장롱 속 이불처럼 층층이 깔려 있었다. 본능적으로 알 수 있었다. 이제 거의 다 왔다고.

그때였다. 그녀의 시야 너머로 무엇인가 눈에 띄었다. 열대어의 수조 속처럼 몽환적인 푸른빛이 가득한 세상 속에서 저 멀리 무언가가 달빛에 반짝이고 있었다. 뭐지? 정아는 수영하듯 팔을 휘저으며 다가가 보았다. 아까와는 달리 편안하게 숨을 쉴 수 있었다. 시간은 안에서 부드럽게 흘러갔고 심장 소리는 조금씩 크게 공명하였다.

'어…… 저 토끼 인형!! 분명 우리 딸 수진이 건데.'

역시 그랬다. 수진은 팅커벨이 되어 있었다. 손끝으로 은빛 가루를 흩날린 채 딸은 유려하게 공중제비를 돌며 춤을 추고 있었다. 한울이 말이 맞았다. 자신이 생각하는 대로 꿈꾸는 대로 우리는 몸을 바꿀 수 있었다.

'내 딸……, 그동안 고생 많았지? 엄마가 곧 갈게.'

정아는 하나밖에 없는 자기 딸을 향해서 최선을 다해 손을 내밀었다. 이번에는 절대 놓치지 않으리라 마음먹으면서.

작가 후기

작년 초였다. 늦은 저녁에 가벼운 옷차림으로 천변을 걷고 있는데, 언덕 위에 나란히 서서 보름달을 보고 있는 한 가족이 눈에 들어왔다. 엄마, 아빠 그리고 어린 딸 이렇게 셋이서 손을 잡거나 서로의 어깨에 기댄 모습이 따뜻한 분위기를 자아냈다. 다른 사람들은 모두 뛰거나 움직이고 있는데, 그 가족만 유일하게 멈춰 있어서 그럴까? 환한 달무리에 갇힌 그들의 모습이 마치 타임랩스(미속) 속 한 장면처럼 느껴졌다. 그때 문득 그런 생각이 들었다.

'만약 저 딸이 달을 향해 올라간다며 남은 엄마 아빠에게는 어떤 일이 벌어질까?'

순간의 생각은 환시가 되었고, 이내 천천히 떠오르는 딸을 향해 손을 뻗는 엄마의 이미지로 옮겨졌다. 걷고 또 걸으며 상상의 나래를 펼쳤고 집에 오자마자 서둘러 노트북을 켰다. 그날의 장면과 기억은 단편으로, 또 장편으로 확장되어 한 권의 소설이 탄생됐다.

전체적으로 보면 달이 커짐으로 인해 전 세계가 종말을 향해 치닫는 재난물이지만, 개인적으로 이 이야기는 어른들의 '성장기'를 담은 '성장 드라마'라고 생각한다. 아이들만 성장하는 게 아니니까! 자기 자식밖에 모르던 정아, 가정보다 복수가 우선이던 해준이 아이들과 헤어진 후 비로소 깨닫게 되는, 조금은 빛바래고 굴곡졌지만 그래도 온기가 남은 감정의 나이테에 대해서 말해보고 싶었다.

그리고 이 소설은 '희망'에 대한 이야기이다. 가끔 희망은 잔인해 보일지라도, 그래도…… 우리는 그거 하나 보고 사는 거니까. 촌스럽고 고리타분할지언정 나는 아직 '희망'이라는 두 글자를 믿는다. 조류에 떠내려가지 않기 위해 친구 손을 꼭 붙잡고 잠을 청하는 '해달'처럼, 우리도 어찌 보면 '인생'이라는 거칠고 위험한 바다에서 '희망'이라는 부표 하나 잡고 표류하는 게 아닐까? 그래서 난 이 소설의 마지막이 '해피 엔딩'이라고 생각한다.

본업이 드라마 피디인지라 소설을 쓸 때 머릿속에 주인공들을 미리 캐스팅해놓고, 그 배우의 이미지와 캐릭터에 맞춰서 이야기를 진행시켰다. 읽으실 때 '혹시 이 배우 아니야?'라고 생각하셨다면 '네! 그 배우 맞습니다!' 말씀드릴 수 있다. 단편을 읽은 배우들이 "이 이야기는 좀 더 길었으면 좋겠어요!"라고 하지 않았다면, 감히 이렇게 장편으로 옮길 용기를 얻지 못했을 것이다. 고맙다 말하고 싶고, 만약 이 소설이 드라마나 영화가 된다면 부디 꼭 출연해 주시길 희망한다.

침대에 누워서 아내 품에 안겨 새근새근 잠든 딸을 볼 때마다 '모성애'의 위대함을 느끼곤 한다. 소설을 쓰는 지난 몇 달간 아내와 딸은 색, 소리, 맛, 향기 등 모든 감각으로 내게 다가왔다. 그들 없이는 불가능한 작업이었다. 그리고 여러모로 부족한 저에게 이렇게 소중한 기회를 주신 포레스트북스 김선준 대표님, 서선행 본부장님께 진심으로 감사드린다고 전하고 싶다.

마지막으로 천변에서 만났던 그 이름 모를 가족에게 말하고 싶다. 서로를 바라보는 그 미소 늘 간직하시기를. 그리고 맞잡은 그 손 영원히 놓지 않기를. 저기 저 깜깜한 우주에서 손끝으로 은빛 가루를 흩날리는 정아와 수진이 그러하듯.

달의 ✶ 아이

초판 1쇄 발행 2023년 9월 6일
초판 9쇄 발행 2025년 1월 20일

지은이 최윤석
펴낸이 김선준

편집2팀 배윤주, 문주영 **디자인** 엄재선
마케팅팀 권두리, 이진규, 신동빈
홍보팀 조아란, 장태수, 이은정, 권희, 박미정, 이건희, 박지훈, 송수연
경영관리팀 송현주, 권송이, 윤이경, 정수연

펴낸곳 (주)콘텐츠그룹 포레스트 **출판등록** 2021년 4월 16일 제2021-000079호
주소 서울시 영등포구 여의대로 108 파크원타워1 28층
전화 02) 332-5855 **팩스** 070) 4170-4865
홈페이지 www.forestbooks.co.kr
종이 (주)월드페이퍼 **출력·인쇄·후가공·제본** 한영문화사

ISBN 979-11-92625-65-2 03810